Walter Rothschild · Auf das Leben

Walter Rothschild

Auf das Leben

Aus dem Englischen
von Mirjam Pressler

Goldmann Verlag

Originalausgabe

FSC
Mix
Produktgruppe aus vorbildlich bewirtschafteten Wäldern und anderen kontrollierten Herkünften
Zert.-Nr. GFA-COC-1262
www.fsc.org
© 1996 Forest Stewardship Council

Verlagsgruppe Random House FSC-DEU-0100
Das für dieses Buch verwendete FSC-zertifizierte Papier *EOS*
liefert Salzer, St Pölten.

1. Auflage

Satz: Buch-Werkstatt GmbH, Bad Aibling
Druck und Bindung: Friedrich Pustet KG, Regensburg
Illustrationen: Oliver Weiss
Printed in Germany
ISBN 978-3-442-31185-9

www.goldmann-verlag.de

Inhaltsverzeichnis

I
Leben

Enkelkinder

Hetty Simmonds war Witwe und wohnte nicht allzu weit von der Synagoge. Deshalb beschloss ich eines Tages, als ich noch ziemlich neu in der Gemeinde war, sie zu besuchen. Ich hatte mir nämlich vorgenommen, alle Mitglieder kennenzulernen, vor allem diejenigen, die nicht in die *schul** kamen.

Hettys Haus – es war ziemlich klein und stand mitten in einer Häuserreihe – war tadellos, ebenso der kleine Vorgarten. Ich wurde bereits erwartet – mit Tee, kleinen Tassen mit dünnen, gebogenen Henkeln und einem Teller mit selbst gebackenem Biskuitkuchen. Wir machten höflich Konversation: Sie fragte, wie mir die Stadt gefiel, sprach über die Parks und das Einkaufszentrum und darüber, wie es früher war,

* Hebräische und jiddische Wörter und Begriffe werden im Glossar am Ende des Buches kurz erläutert.

als sie noch ein Kind gewesen war, solche Themen eben. Es war alles ziemlich harmlos, nichts als einzelne Informationsfetzen, die irgendwo im Gedächtnis verstaut wurden, für den Fall, dass sie später einmal wichtig werden könnten.

Überall standen Fotos herum, in billigen vergoldeten Rahmen: auf dem Kaminsims, auf Regalen, auf einem Tisch vor dem Erkerfenster. Ich hob eines hoch – es war das Bild einer ziemlich beeindruckenden jungen Frau mit einem großen, wohlgeformten Busen in einem engen Pullover, braunen, welligen Haaren – und fragte höflich, wer sie sei.

»Oh, das ist meine Tochter Rosemary«, sagte Hetty. »Das Foto ist schon etwas älter. Und hier«, sie deutete auf eine Reihe kleiner Bilder, »das sind ihre Kinder. Das ist Samantha, das ist Robert und das Edward.« Dann deutete sie auf das Erkerfenster. »Dort drüben sind meine anderen Enkelkinder, die Kinder von Michael. Er ist mein Ältester, wissen Sie.« Sie hob zwei der Bilder hoch. »Und hier sind Geraldine und Justin.« Einige der Fotos zeigten Babys, andere Kleinkinder oder Teenager. Alle sahen gesund, glücklich und wohlgeraten aus, und ich murmelte Komplimente.

Hetty lächelte und sagte: »Ja, ich liebe sie alle, Rabbi. Ich habe wirklich sehr viel Glück gehabt.«

Wir unterhielten uns weiter über ihre Kinder – Michael, den Rechtsanwalt, und Rosemary, die Botanik studiert hatte und jetzt mit einem Verleger verheiratet war. Und über die Enkelkinder, darüber, wie gut sie sich entwickelten. Es waren nette kleine Gespräche über kleine Menschen auf kleinen Fotos. Als ich wieder im Büro war, notierte ich einige Namen auf eine Karte in meiner Datei und beließ es dabei.

Im Lauf des nächsten Jahres besuchte ich Hetty noch zwei-, dreimal, und jedes Mal war es das Gleiche – es gab Tee und Kuchen und Gespräche über die Enkelkinder. Sie führte einen ordentlichen Haushalt, und die Kinder und Enkel auf den Fotos waren ebenfalls ordentlich. Bis eines Tages der Anruf kam, dass sie im St.-Joseph-Krankenhaus liege. Er kam in einer Woche, die voller Termine war, manche davon waren noch dazu Auswärtstermine, und bevor ich mich für eine Stunde freimachen konnte, um sie zu besuchen, war sie, verdammt noch mal, schon gestorben.

Also war wieder eine Beerdigung zu organisieren. Als ich im Krankenhaus ankam, sagte mir die Stationsschwester, dass Mrs Simmonds viel über ihre Familie gesprochen habe, sie jedoch keine näheren Angaben in der Patientenkartei finde. Einen Tag später hatte immer noch keiner ihrer Angehörigen bei uns angerufen, deshalb ging ich ins Büro und bat meine Sekretärin Geraldine, mir die Telefonnummern der Familie aus den Akten zu suchen. Janet fand nicht viel – je älter die Gemeindemitglieder waren, desto weniger Unterlagen gab es von ihnen. Zu Hetty fanden wir verblasste Anmeldeformulare, einige Korrespondenz, aber weder einen traditionell üblichen hebräischen Vornamen noch eine Kopie von Übertrittszeugnissen. Die Kinder waren nicht erwähnt. Verdammt! Also rief ich Julie an, die damals den Sozialdienst für ältere Mitglieder leitete.

»Julie? Hier ist der Rabbi. Wissen Sie vielleicht Genaueres über Hettys Familie? Nach meinen Notizen gibt es da einen Sohn Michael und eine Tochter Rosemary, aber ich habe keine Ahnung, wie ich mich mit ihnen in Verbindung setzen kann. In der Akte ist nichts zu finden.«

Am anderen Ende der Leitung blieb es lange still, dann antwortete Julie ziemlich leise: »Rabbi, ich glaube, hier gibt es ein Missverständnis.«

»Nein, ich habe Hetty einige Male besucht, und sie hat mir immer von ihren Kindern und Enkelkindern erzählt. Aber ich habe vergessen, sie zu fragen, wo sie genau wohnen.«

»Rabbi, Sie verstehen mich nicht. Hören Sie, sind Sie in der *schul?* In zehn Minuten bin ich bei Ihnen.«

Ich war verwirrt, hatte aber sehr viel zu tun, was mich ablenkte. Eine Viertelstunde später betrat Julie das Büro und begleitete mich in mein Arbeitszimmer.

»Rabbi, da gibt es etwas, was Sie wissen müssen«, setzte sie an. »Hetty Simmonds war mit Lewis verheiratet. Er arbeitete bei ›Hewletts‹ und starb vor vierundzwanzig Jahren. Die beiden hatten keine Kinder. Hat Ihnen das niemand erzählt?«

»Nein. Aber was ist, na ja, mit Michael? Mit Rosemary?«

»Die gab es nur in ihrem Kopf, Rabbi. Nur in ihrer Vorstellung. Sie existieren nicht. Es hat sie nie gegeben. Nur in ihrem Kopf.«

»Aber was ist mit all den Familienfotos? Da gibt es doch jede Menge davon in ihrem Häuschen!«

Julie schüttelte den Kopf. »Haben Sie sich die Fotos näher angesehen, Rabbi? Sie sind alle aus Katalogen ausgeschnitten. Es sind Hochglanzbilder. Oh, sie hat sie geliebt. Wann immer ich im Auftrag des Sozialdienstes vorbeikam, musste ich sie mir anschauen, und es war auf den ersten Blick ersichtlich, dass sie aus Zeitschriften und Katalogen stammten. Sie hat wirklich mit ihnen gelebt, wissen Sie – die Bilder wurden im Lauf der Jahre sogar älter. Sie fing mit Babyfotos an, dann kamen die von Kleinkindern, und schließlich ein paar Bilder von den Eltern, na ja, von ihrem Sohn und ihrer Tochter. Alle sorgfältig gerahmt. Hetty erzählte alle möglichen Geschichten über sie, was sie taten, was mit ihnen geschah. Als sie eine Grippe hatte, hatten sie auch Grippe. Wenn sie Urlaub machte, waren sie auch im Urlaub. Ich sage Ihnen, sie hat in den letzten zwanzig Jahren in einer Traumwelt gelebt. Nur sie und diese Bilder.«

Ich war bestürzt, erinnerte mich an das Kaminsims, an den Tisch im Erker. »Rosemary, Michael, Samantha und die anderen?«

»Alle nur ausgedacht, nur Schnittmuster ... Aber Hetty war glücklich, und niemand hatte das Herz, ihr zu widersprechen. Warum auch? Sie brauchte eine Familie, und so war sie beschäftigt. Sie hatte ja jetzt eine. Im Kopf. Aber machen Sie sich keine Illusionen, Rabbi, nein, ich glaube nicht, dass sie zur Beerdigung kommen werden.«

Julie hatte natürlich recht. Es kamen nur ein paar ältere Leute und ein Ehepaar aus der Nachbarschaft zum Friedhof. Keine Kinder, keine Enkelkinder. Gott sei Dank hatte Julie rechtzeitig das Geheimnis gelüftet, sonst hätte ich mich zum Narren gemacht, wenn ich über ihre liebevolle Familie gesprochen hätte. Meine Kartei nützte mir diesmal nichts. Ich hatte das Gefühl, dass alle Bescheid gewusst hatten, alle außer mir.

Übrigens hatte die Geschichte noch eine seltsame Fortsetzung. Als Hettys Testament eröffnet wurde, hatte sie genaue Anweisungen für ihren Grabstein hinterlassen. Sie waren sehr genau, sehr klar, sehr praktisch und sehr entschieden.

Hettys Rechtsanwalt, der Testamentsverwalter, kam eines Tages mit den Dokumenten bei mir vorbei und fragte mich um Rat.

»Was sollen wir tun?«, sagte er ratlos und legte ein Blatt vor mich auf den Tisch. Ich nahm es hoch und überflog es.

»Ich verfüge hiermit, dass folgende Inschrift auf meinem Grabstein angebracht wird:

Heather Simmonds. Mutter und Großmutter. Von Herzen vermisst von ihren liebenden Kindern Michael und Rosemary und von ihren Enkelkindern Geraldine, Robert, Samantha und Edward.«

Ich dachte eine Minute darüber nach, dann sagte ich: »Warum nicht? Es ist Hettys Wille und ihr Testament. Für sie haben diese Familienmitglieder existiert, also warum nicht? Soll sie die Namen auf ihren Grabstein bekommen.«

Und so geschah es. Eines Tages mag die Inschrift vielleicht irgendeinem Amateurgenealogen Rätsel aufgeben – aber da liegt Hetty bis heute, auf dem Synagogenfriedhof, eine der stolzesten Großmütter, die ich je getroffen habe.

Freiheit

Manchmal beschleicht einen das Gefühl, dass der Tag wahrscheinlich vergeudet sein wird. Da hat man eine Aufgabe, man erfüllt sie, aber eigentlich sieht man nicht ein, wozu. Genau so fühlte sich jener Tag an. Es habe jemand aus dem Gefängnis von Peckthorpe angerufen, sagte Geraldine, im Auftrag des Kaplans. Ein Gefangener wolle einen Rabbi sprechen. Dringend. Nein, er sei in den Gefängnisakten nicht als jüdisch geführt, aber der Bursche bestehe nun einmal darauf. Ob ich vielleicht vorbeikommen könne?

Peckthorpe. Ein Hochsicherheitsgefängnis. Dort war ich noch nie gewesen. Gott sei Dank. Es war noch nie notwendig gewesen. Es war einer der Orte, wo die richtig schweren Jungs weggesperrt wurden – große Drogendealer, die IRA und andere Terroristen –, lauter Leute, denen man nicht gern auf einer dunklen Straße begegnet. Peckthorpe war auf einem ehemaligen Flugplatz der Royal Air Force lokalisiert und bestand aus mehreren großen Betongebäuden, hohen

Betonmauern und vielen Türmen. Es war alles andere als ein normales städtisches Kittchen.

Und es lag verdammt weit draußen, mit dem Auto über eine Stunde entfernt. Das bedeutete, dass für einen schnellen Besuch gut und gerne ein ganzer Nachmittag draufging, womöglich sogar noch ein Teil des Vormittags. Ich hatte nämlich die Erfahrung gemacht, dass man immer mindestens eine halbe Stunde brauchte, um in ein Gefängnis hineinzukommen, selbst wenn man einen festen Termin hatte. Manchmal musste man sogar noch viel länger warten. Niemand ist schuld an solchen Verzögerungen, manchmal sind andere Besucher einfach vor dir dran, dann ist Schichtwechsel, schließlich muss der Wachmann hinter der dicken Glasscheibe deine Papiere prüfen, die Genehmigung lesen und in seinem dicken Ordner nachschauen, ob der Besuch überhaupt genehmigt wurde. Dann erst kann der Kaplan gerufen werden, der wiederum ist aber immer unterwegs, und so sitzt man in dem schäbigen Wartezimmer und liest ein Buch oder betrachtet die Poster oder lauscht den geflüsterten Unterhaltungen von Ehefrauen und Eltern, von Partnern und Kindern der anderen Besucher. Außerdem ist es noch mal ein Mordsaufwand, durch die Sicherheitsschleusen zu kommen, die Tasche und den Mantel in einem Schrank einzuschließen, eine Marke an der Jacke festzustecken und von einem höflichen, aber langsamen Begleiter durch die Verteidigungszäune unserer verletzlichen Gesellschaft geleitet zu werden ... Und wenn man wieder geht, dauert es noch einmal genauso lang; es kann nämlich immer nur einer durch die Schleuse, und nur jeweils einer kann Tasche und Mantel zurückbekommen ... der Parkplatz ist übrigens nie weniger als zehn Minuten Fußweg vom Tor entfernt, und immer scheint es zu regnen, wenn ich einen derartigen Gefängsnisbesuch mache.

Aber dafür ist ein Rabbi schließlich da, nicht wahr? Um sich um Leute zu kümmern, um Kranke und Unfreie zu besuchen, zuzuhören, Glaubenshilfe zu geben und dabei immer seine eigenen Gefühle hinunterzuschlucken ... Alles im Namen von etwas, das sich nicht mit Händen greifen lässt.

Der einzige Trost ist, dass man danach wieder gehen darf. Die Menschen, die man besucht, können das nicht. Und ich nehme an, dass für jemanden, der im Gefängnis arbeitet, wo die Leute in Spannen von Monaten und Jahren denken, die Zeit ziemlich relativ wird und er es nie eilig hat.

Es half alles nichts – ich hatte den Dienstagnachmittag noch frei, deshalb rief ich zurück, sprach mit dem Kaplan und machte aus, gegen zwei Uhr da zu sein. Er klang dankbar. Ich sah auf der Straßenkarte nach – Peckthorpe war wirklich irgendwo am Arsch der Welt, und als ich losfuhr, hatte ich umso mehr das Gefühl, eine gute Tat zu vollbringen.

Etwas Kaltes lag über dem Gefängnisareal. Es war die Art Kälte, die man spürt, wenn ein Ort vollkommen ohne Liebe ist. Die Kontrolle am Eingang war sehr gründlich, was mich nicht überraschte: Legen Sie den Inhalt Ihrer Taschen auf dieses Tablett. Nehmen Sie Ihren Hut ab. Bitte ziehen Sie Ihre Schuhe aus und stellen Sie sie auf diesen Tisch. Alles höflich, aber streng. Routine. Unpersönlich. Ich nehme solche Dinge nicht persönlich. Es bringt auch nichts, von

Menschenrechten anzufangen. Die Häftlinge sitzen in den Zellen, weil jemand entschieden hat, dass sie dort hingehören, und genau genommen sollte ich dankbar dafür sein. Es handelt sich bei den Gefängnissen ja nicht um Konzentrationslager, um Himmels willen, nein. Und ich lasse mich auch auf keine Diskussion über beschädigte Kindheiten ein. Mein ganzes Volk hatte beschädigte Kindheiten, schreckliche Kindheiten. Wir Juden mussten mitansehen, wie unsere eigenen Eltern oder Geschwister geschlagen und voneinander getrennt wurden, ja, wie sie umgebracht wurden. Fast jeder Jude in Europa der Hitlerzeit verlor sein Haus im Bombenhagel, seine Freunde wurden getötet, er litt Hunger, lebte in Verzweiflung und Angst. Viele Juden fühlten sich dazu aufgerufen, an verschiedenen Fronten mitzukämpfen, unter schrecklichen Bedingungen: Sie waren dem Tod durch Kälte oder Hitze ausgeliefert, sie wateten durch Schlamm oder ertranken beinahe, sie wurden durch Dschungel gejagt, schleppten sich durch Wüsten oder klammerten sich um des lieben Lebens willen an durchlöcherte Aluminiumhüllen Tausende von Metern über der Erde. Die Folgejahre verbrachten sie damit, das wieder aufzubauen, was innerhalb weniger Stunden zerstört worden war – das, was sich wieder aufbauen ließ zumindest: die Brücken und Stadtzentren. Die Beziehungen und die zerstörten Biografien ließen sich nicht retten. Den meisten gelang es, neu anzufangen, wieder zu heiraten und neue Familien zu gründen, neue Freunde zu finden, Geschäfte aufzubauen, ihre Ausbildung zu beginnen oder zu beenden, neue Sprachen zu lernen, anständige Bürger zu werden. Die Hälfte meiner Gemeinde hat es geschafft. Deshalb braucht mir niemand mit einem gewalttätigen Vater oder einer geschiedenen Mutter als Entschuldigung für Versäumnisse zu kommen, so schlimm das auch sein mag ... Es gibt eine Wahl, sagt das Judentum, und Gefängnisse sind für Menschen, die die falsche Wahl getroffen haben und erwischt wurden. Und jene von uns, die nicht – oder noch nicht – erwischt wurden, sollten das zumindest anerkennen. Natürlich fühle ich mit den Typen, die fünf Jahre oder länger eingesperrt werden. Natürlich habe ich Mitleid mit denen, die andere Gefangene fürchten – aber ich fühle noch mehr mit jenen, die zu dem stehen, was sie getan haben, die es nicht leugnen und sich nicht hinter dem verstecken, was sie für meine Schwäche halten (schließlich bin ich ein Mann Gottes und deshalb per definitionem naiv, leichtgläubig).

Diesmal war es jedoch anders. Das war der zweite Schock. Der erste war zu sehen, wie hochsicher so ein Hochsicherheitsgefängnis tatsächlich war. Der Mann war in einem Block innerhalb eines Blocks untergebracht. Man kam nur über einen separaten Korridor mit einem separaten Eingang zu ihm. Die Zelle lag hinter dickem Glas. Ich musste durch ein quäkendes Mikrofon sprechen und meine Papiere durch einen Schlitz schieben. Und das, obwohl die Wachmänner den Kaplan, der mich begleitete und eigene Schlüssel zu der Zelle hatte, offensichtlich kannten.

Der Kaplan erzählte mir das wenige, was er wusste. Michael hatte »lebenslänglich«. Und keine Aussicht auf Strafminderung oder auf eine Wiederaufnahme des Verfahrens. Er hatte einige Jungen missbraucht und anschließend erdrosselt. Vier Morde konnten ihm nachgewiesen werden, wahrscheinlich waren es aber mehr. Damit hatte Michael seinen Ruf weg – einem Sexualverbrecher geht es im Gefängnis immer schlecht, und einem, der etwas mit Kindern angestellt hat, erst recht. Michael war also gleich mit einem doppelten Makel behaftet. Das ist eine seltsame Form der »Ganovenehre«, aber sie ist existent und dokumentiert. Das Innenministerium hat diesbezüglich bestimmte Vorschriften, und viele Gefangene sind nur deshalb in Einzelhaft, damit sie vor ihren Mitgefangenen sicher sind. Das heißt aber noch lange nicht, dass es den anderen Häftlingen nicht doch ab und an gelingt, ihm eine Rasierklinge ins Essen zu schmuggeln oder ihm eine Todesdrohung zukommen zu lassen.

Michael war ruhig. Ohne innere Kämpfe. Er las viel – der Kaplan brachte ihm einmal in der Woche Bücher, die er spontan ausgewählt hatte, sodass die Chance, dass jemand eine Botschaft hineinschmuggelte, gering war. Diese Lektion habe er erst lernen müssen, erzählte der Kaplan. Einmal habe er aus Versehen ein paar philosophische Bücher für Michael liegen lassen, während er noch etwas erledigen musste. Die Häftlinge, die in der Bibliothek arbeiteten, mussten gewusst haben, wohin er als Nächstes gehen würde ... Als er zurückkam, roch er, dass etwas faul war. Er klappte die Bücher auf, fand Exkremente zwischen den Blättern, gekritzelte Drohungen, dass sie ihn kastrieren würden und Schlimmeres. Natürlich wollte keiner der Bibliothekare etwas gesehen haben. Der Kaplan hatte sich beim Gefängnisdirektor beschwert und gefordert, dass diese Leute aus der Bibliothek entfernt würden. Der Direktor hatte das jedoch abgelehnt. Er hatte gesagt, dass die Situation nur noch weiter eskalieren würde, falls er eingriffe. Seither ging der Kaplan direkt in die Bibliothek, nahm ein paar Bücher von da und von dort, Romane, Geschichtsbücher – irgendetwas – und weigerte sich, sie eintragen zu lassen.

Das alles erfuhr ich von ihm, während wir zusammen durch den äußeren Hof gingen und neun- oder zehnmal anhalten mussten, um Gittertüren öffnen und schließen zu lassen. Und dann, im absoluten Hochsicherheitstrakt, stellte mich der Kaplan dem Wachmann in seinem kleinen Kontrollraum vor und ging wieder. Ich würde mit Michael allein sein. Wir hatten nicht mehr als eine halbe Stunde.

Oder auch nicht. Der Wachmann, ein großer Kerl mit einem roten Bart, kam aus seinem Kabuff, führte mich an einer Reihe von Türen vorbei und öffnete rasselnd die vorletzte.

Michael saß zusammengekauert auf dem Bett, groß, dünn, dunkelhaarig, mit tief liegenden Augen und dünnen Lippen.

»Ich bleibe hier, Pater«, sagte der Wachmann, »und die Tür bleibt offen. Vorschrift.«

Ich war nicht etwa ärgerlich, dass eine private Unterhaltung gestört oder ein Beratungsgespräch abgehört wurde. Im Gegenteil, ich war erleichtert.

Und der zweite Schock – ich sagte es bereits – war, dass Michael sofort zugab, was er getan hatte. In knappen Worten. Er stand vom Bett auf, schüttelte mir die Hand, deutete auf den Stuhl am Tisch, setzte sich wieder hin, und sagte: »Ich bin froh, dass Sie gekommen sind, ich bin schon lange hier und werde wohl auch noch lange hier sein. Wegen dem, was ich getan habe. Mord.«

Dieses freimütige Geständnis gab den Rahmen für die

Diskussion vor. Ich räusperte mich also und sagte: »Ja, das habe ich gehört. Aber warum wollten Sie mich sehen? Und nebenbei, waren Sie Mitglied einer jüdischen Gemeinde? Gibt es einen anderen Rabbi, den ich kontaktieren könnte?« Normalerweise ist das eine gute Methode, um herauszufinden, ob das Gegenüber wirklich Jude ist: Ich frage, ob der andere vielleicht den Namen seines Rabbiners nennen könnte oder den Ort, wo er Bar-Mizwa geworden ist. Damit verraten sich Betrüger leicht. Und manche, die eine Heimatgemeinde haben – vielleicht eine, wo sie verschwiegen haben, wo sie sind und was sie getan haben – fühlen sich plötzlich wieder zugehörig zu ihren Gemeindemitgliedern und geben mir eine Nachricht zum Weiterleiten mit.

»Nun, ich bin nicht richtig jüdisch«, antwortete er. »Mein Großvater war Jude, aber ich habe ihn kaum gekannt. Deshalb habe ich nach einem Rabbi gefragt. Sehen Sie, ich habe einige Fragen, und der Pater hier kann mir nicht helfen. Es geht nämlich um die Kabbala.«

Oh nein. Innerlich rollte ich die Augen. Nicht schon wieder, Keine Kabbala. Jeder Hinz und Kunz, jeder billige Gauner der es mit der mystischen Masche versucht, jeder Fälscher und Betrüger mit einem Hut und einem Bart, jedes zweitrangige Sternchen – alle scheinen sie zu denken, dass die Kabbala eine Antwort auf ihre Probleme bereithält. Und alle glauben sie, dass ich alles darüber weiß. Aber das tue ich nicht, und ich interessiere mich auch nicht dafür. Der Talmud lehrt uns, dass sich keiner in die Mystik vertiefen soll, bevor er nicht vierzig ist und verheiratet und zwei Kinder hat – jeder sollte erst einmal fest auf der Erde stehen, bevor er seinen Kopf durch die Wolken wandern lässt. Der

Talmud warnt uns vor den Gefahren, die sogar weisen und erfahrenen Rabbinern begegnen können, wenn sie sich mit Mystik beschäftigen. Kabbala ist einfach nicht mein Bier. Außerdem habe ich genug andere Probleme, mit denen ich mich beschäftigen muss.

Aber dies war nicht der richtige Zeitpunkt für eine Predigt über die Gefahren der Mystik. Jedenfalls noch nicht. Alles hing davon ab, was genau Michael mich fragen wollte. Immerhin hatten wir bereits erfolgreich geklärt, dass er weder eine hebräische Bibel von mir wollte noch ein Gebetbuch, auch keine koschere Wurst oder dass ich seiner Frau eine Nachricht überbrachte. Solch ein Besuch würde das heute nicht werden. Deshalb bat ich ihn, mir mehr zu sagen.

Er gehe »auf Reisen«, sagte er. Es handelte sich dabei um kosmische oder astrale Projektionen. Er könne in seiner Einzelzelle sitzen und wegfliegen. Im Kopf. Nach draußen. Er könne in die Welt gehen, beobachten, was dort vorging, die Menschen sehen – auf der Straße, in Geschäften, in ihren Wohnungen.

Ich studierte sein Gesicht. Er schaute mich nicht direkt an, sondern blickte auf seine Knie, seine Hände, die Wand hinter mir. Michael schien zu glühen, als er beschrieb, wie er es anstellte. Wie er sich konzentrierte und flog. Dabei ließ er natürlich seinen Körper zurück und kehrte erst wieder, wenn er ihn brauchte. War er wahnsinnig? Nun, so sah es aus. Und doch war es eine seltsame, intensive Form des Wahnsinns. Streng, ohne Gebrabbel, ohne Wiederholungen.

Ich betrachtete seine Hände und stellte mir vor, wie sie die Jungen gepackt hatten. Ich betrachtete seine Knie und stellte mir vor, wie er kniete, als er diese Jungen vergewaltigte, schaute auf seine Arme, die sie gehalten hatten, während sie sich wehrten. Eine Hand lag auf ihrem Mund, die andere drückte zu. Michael hatte kräftige Hände. Seine Arme waren sehnig, aber muskulös unter dem dünnen Gefangenenhemd. Ich hörte zu und hörte zugleich nicht zu, meine Gedanken waren beinahe so flatterhaft, wie er sich auf seinen Ausflügen beschrieb. Mir war kalt.

Ich kam wieder zu mir, als er mir eine bestimmte Frage stellte. Verschiedene Fragen. Waren solche Seelenflüge in der Kabbala erwähnt? Gab es da etwas, was er wissen sollte, etwas, was er beachten müsse? Schließlich hatte er sich alles allein in der Zelle beigebracht. Und dann habe er gedacht, vielleicht gebe es ja ein Codewort oder etwas, was es ihm leichter machen würde? Oder einen Weg ins Paradies?

Ich suchte krampfhaft nach einer Antwort. Nein, von so etwas wusste ich nichts. Nein, ich war kein Fachmann für die Kabbala, und nein, wir Rabbiner lernten das nicht, wir trugen nicht den Schlüssel zum Paradies am Gürtel. Ich tat so etwas nicht. Man brauchte dafür Zeit und Übung.

Zeit, sagte Michael, sei nicht das Problem. Es war die Übung, die er verbessern wollte.

Ich konnte ihm nicht helfen und sagte das auch. Er müsse einfach so weitermachen, schlug ich vor in der Hoffnung, das höre sich nicht allzu dumm an. Das tat es offenbar nicht. Michael empfand meine Antwort jedenfalls nicht als Problem. Am Vorabend sei er zu einem Konzert geflogen, habe sich einen Platz ganz hinten gesucht und die Musik genossen. Ein Klavierkonzert von Mozart, eine Symphonie von Schumann. Heute, so glaubte er, habe er Lust, auf Kino.

Ich wünschte ihm einen angenehmen Abend.

Michael versicherte mir in ernstem Ton, er werde sich bemühen.

Ich entschuldigte mich, dass ich ihm nicht weiterhelfen konnte, und fragte mich im selben Moment verwundert, warum ich mich eigentlich entschuldigte, wo er mich doch dazu gezwungen hatte, den langen Weg hierherzufahren, um mir diese bizarre Geschichte anzuhören.

Der Wärter klopfte an die Metalltür. Die halbe Stunde sei zu Ende, sagte er. Die Zeit war – nun ja – wie im Flug vergangen. Ich war erleichtert. »Ich muss jetzt gehen«, sagte ich, »tut mir leid.«

»Schon in Ordnung«, sagte Michael. »Ich probiere einfach so weiter. Machen Sie sich keine Sorgen, ich komme zurecht. Ich bin frei, verstehen Sie? Sogar hier bin ich frei.«

Und damit machte ich mich auf den Rückweg, ging den langen Weg durch die endlosen Tore und über die Höfe zum Haupthaus, durch endlose Türen, die geöffnet und geschlossen wurden, bekam meine Ausweispapiere und meine Sachen zurück und betrat endlich wieder die Außenwelt, wo es Luft gab, die nicht nach Desinfektionsmittel und kaltem Rauch und Schweiß roch.

Es war in vielerlei Hinsicht eine vergeudete Fahrt. Ein vergeudeter Tag. Das Benzin würde mir niemand erstatten. Bald war Pessach, und wir mussten noch viel vorbereiten. Pessach – unser Fest der Freiheit. Wir feiern die Befreiung aus den ägyptischen Gefängnissen. Und ich war da, noch immer ein Sklave meines Terminkalenders, meines Gewissens, meiner Pflichten, meines Arbeitgebers, meiner Hypothek. Aber Michael in seiner Zelle, er war eingesperrt in einer Kiste in einer Kiste in einer Kiste, wie das Allerheiligste im antiken Tempel – und doch war er frei. Frei zu fliegen, wohin er wollte. Frei zurückzukommen, wann er wollte. Frei, die Welt zu erforschen – zumindest *eine* Welt. Vielleicht meine Welt, vielleicht nur seine eigene.

An Pessach danken wir Gott dafür, dass er uns aus dem ägyptischen Gefängnis befreit hat. Hier, in Peckthorpe, hatte Michael es geschafft, sich selbst zu befreien. Frei zu werden. Die Fesseln abzuwerfen. Und bei unserem Abschied, als die Metalltür zwischen uns geschlossen wurde, hatte er gesagt: »Danke, dass Sie gekommen sind, Rabbi. Vielleicht werde ich Sie ja mal besuchen.«

Der Bar Mizwa-Junge

Der alte Mr Piotrwicz war sozusagen ein Fremder in der Gemeinde. Er war schon seit vielen Jahren Mitglied, war es schon lange vor meiner Zeit gewesen, aber er war einer von den Leuten, die nur ein Name auf der Mitgliederliste sind. Solche gibt es viele bei uns, wie in den meisten Gemeinden. Das sind besonders Leute, die außerhalb der Stadt wohnen. Eines schönen Tages richtete meine Sekretärin mir jedoch aus, dass er sich über einen Besuch freuen würde. Das nahm ich als Anlass, zu ihm zu fahren – gute zwanzig Meilen entfernt, in den Hügeln.

Es war eine hübsche Fahrt, obwohl das Ziel ein hässliches, heruntergekommenes Dorf war, das man einst um ein Kohlebergwerk herum erbaut hatte. »Der alte Mr Piotrwicz« (seltsam, so wurde er sogar bei Gemeindeversammlungen genannt) erwartete mich mit Tee und Keksen, die er auf einem alten Porzellanservice reichte. Er war weißhaarig und hinkte.

»Ich bin der Rabbi«, sagte ich zur Begrüßung. »Wir kennen uns noch nicht.«

»Ja, das stimmt – ich komme nicht zur *schul*«, sagte er. »Aber ich habe eine Frage an Sie.«

»Schießen Sie los.«

»Nun, ich habe nie Bar Mizwa gefeiert«, sagte er. » Irgendwo habe ich aber gehört, dass man sie auch später machen kann, wenn man will. Stimmt das?«

»Ja, natürlich«, sagte ich, plötzlich begeistert. »Ich meine, streng genommen waren Sie ganz automatisch ein Bar Mizwa, als Sie in dem entsprechenden Alter waren – ganz egal, ob sie den Aufruf zur Tora feierlich begangen haben oder nicht. Das können Sie jedoch zu jedem beliebigen Zeitpunkt nachholen.«

»Es freut mich, das zu hören«, sagte er. »Ich glaube, das möchte ich machen.«

»Nun, dann müssen wir einen guten Zeitpunkt und eine passende Bibelstelle finden. Ich kann gerne die Segenssprüche mit ihnen durchgehen.«

»Das ist nicht nötig«, sagte Mr Piotrwicz. »Ich habe sie alle gelernt, ich weiß, was ich wann sagen muss.«

Ich drückte mein höfliches Erstaunen aus. Schließlich hatte ich ihn noch nie in den Gottesdiensten gesehen.

»Es ist so«, sagte er und lehnte sich in einem schäbigen Sessel zurück. »Ich bin schon sehr lange hier. Ich bin 1946 nach England gekommen und habe mich hier niedergelassen, ich habe im Bergwerk gearbeitet, bis es geschlossen wurde – Sie haben ja gesehen, dass meine Beine nicht in Ordnung sind, das war ein Grubenunglück. Und als dann das gesamte Bergwerk geschlossen wurde, sah ich keinen

Grund umzuziehen. Ich habe ja keine Familie, weder hier noch sonst irgendwo. Da kann ich genauso gut bleiben, wo ich bin, habe ich mir überlegt. Ich bin der Gemeinde vor vielen Jahren beigetreten, wissen Sie, und das Seltsame ist, dass ich mich nicht erinnern kann, warum. Aber den Gemeindebrief, den ich bekomme, lese ich immer, von vorne bis hinten. Jetzt, schätze ich, ist es an der Zeit, etwas zu tun, das schon eine ganze Weile wartet.«

»Nun, wenn ich irgendwie helfen kann ...«, bot ich an, aber er brachte mich mit einer Handbewegung zum Schweigen.

»Da gibt es nicht viel, wobei Sie helfen können, schätze ich, aber vielen Dank für das Angebot. Vielleicht sollte ich Ihnen aber ein bisschen mehr erzählen. Sonst können Sie mich nicht verstehen. Ich wünsche mir nichts mehr als die Bar Mizwa. Ich bin übrigens kein großer Gläubiger und hatte in den letzten Jahren keine besondere Sehnsucht nach Religion. Aber ich war nicht immer so. Und nun, da ich irgendwie zu meinen Wurzeln zurückkehre, da ich mich bereitmache heimzugehen, wenn Sie so wollen, gibt es etwas, das mich sehr bedrückt. Und das will ich erledigen. Ich habe noch nie darüber gesprochen. Zu keinem Menschen. Aber jetzt – jetzt ist die Zeit gekommen.

Seit wer weiß wie vielen Jahren habe ich immer ein *jorzajt*-Gebet gesprochen. Immer. Hier, ganz alleine. Ich zünde eine Kerze an. Ich mache das immer am *schabbes sochor.* Das war der Tag, an dem mein *schtetl* zerstört wurde. Damals, daheim. Deshalb brauchte ich auch das Gemeindeblatt, um zu wissen, auf welches Datum der *schabbes sochor* in jedem Jahr fiel.«

Es war eine seltsame Vorstellung, dass dieser verlorene polnische Jude in einem Bergarbeiterdorf in Yorkshire eine Kerze für sein verlorenes *schtetl* anzündete.

»Das war der Tag, an dem die Deutschen kamen. Es war am Morgen. Wir waren alle in der Synagoge – wir hatten gerade das Morgengebet begonnen, als wir die Panzer kommen hörten. Mein Vater flüsterte mir zu, dass ich zur Tür gehen und nach Hause laufen solle. Ich fragte ihn, warum. Er sagte, dass er so ein Gefühl hätte, ein schlimmes Gefühl, und dass ich jetzt gehen müsse. Ich ging durch eine Seitentür hinaus zum Abtritt im Hof. Auf der Straße standen schon die Lastwagen und Soldaten. Ich konnte ihre Helme sehen, die über die alte Backsteinmauer ragten. Es war ein schöner Frühlingstag, kurz vor Purim. Wir waren zwar vorgewarnt, dass die Deutschen kommen würden, aber trotzdem überraschte es uns alle, als sie dann einmarschierten.«

Er machte eine Pause und starrte in seine Tasse. Rührte langsam darin herum. Gegen den Uhrzeigersinn. Seltsam, welche Details man sich merkt.

»Dann gab es einen Schlag, und das Hoftor und ein Teil der Mauer waren eingeschlagen. Soldaten drängten herein. Sie schauten nicht in den Abtritt oder in den kleinen Schuppen, sondern liefen um das Hauptgebäude herum und kreisten es ein. Wir hatten eine *schul* aus Holz, wissen Sie. Eine sehr hübsche. Sie knarrte im Wind, und es gab auch eine Menge undichter Stellen, aber es war ein hübsches Gebäude, in dem es immer nach Harz und Kerzen roch. Ich kann es jetzt noch riechen ...

Dann kamen ein paar andere, Offiziere. Ich erinnere mich noch an ihre glänzenden Stiefel, die auf das Pflaster knallten. Ich verkroch mich unter dem Dach des Abtritts und schaute durch einen Spalt in den Dachziegeln hinaus.«

Wieder eine Pause. Er rührte weiter, starrte in die Ferne.

»Dann zündeten sie das Gebäude an. Einfach so. Mit allen Menschen darin. Sie blockierten die Türen und gossen Benzin aus ihren rechteckigen Kanistern aus. Auf der anderen Seite, wo ich nicht hinschauen konnte, musste dann jemand ein Streichholz angezündet haben, und wusch!, stand die ganze *schul* in Flammen. Innerhalb von Sekunden. Und alle waren sie drinnen: Mein Vater. Meine Mutter. Mein älterer Bruder. Meine beiden Schwestern. Meine beiden Onkel und Tanten. Meine Großmutter. Der Rabbiner. Der Kantor. Meine Freunde vom *cheder.* Alle waren dort. Außer mir. Und sie waren meinetwegen dort.«

»Ihretwegen?«, fragte ich. Mein Mund war trocken vor Aufregung.

»Meinetwegen. Sehen Sie, das hätte meine Bar Mizwa sein sollen. Damals an jenem *schabbes.* Ich war vorbereitet. Ich hatte mit dem Rabbi gelernt. Alles, was ich zur Tora-Vorlesung wissen musste, alle Segenssprüche. Ich hatte einen neuen *tallis.* Meine Mutter hatte ein paar Kuchen gebacken. Ich hatte einen neuen Anzug an und neue Schuhe. Und plötzlich – und plötzlich – na ja, das. Ich kauerte unter dem Dach, ich hörte die Schreie, das zerbrechende Holz, die Flammen, die Schreie ... Ich habe irgendwo gehört, dass die Märtyrer immer Hymnen singen. *Ani ma'amin.* Oder das *Sch'ma Israel.* Rabbi, so war es nicht. Sie haben einfach nur geschrien. Ich versuchte, mir die Ohren zuzuhalten. Ich glaube, dass sich wenige der Menschen an ihren Stimmen erkennen konnte. Überall war

Rauch und der Gestank von brennendem Papier, von brennendem Holz, von brennender Kleidung, von brennendem Fleisch. Ich weiß nicht, wie lange es gedauert hat, ich hatte die Augen geschlossen, ich würgte, ich versuchte, mich still zu halten, mich ruhig zu halten. Es war Instinkt, nur Instinkt. Vielleicht verlor ich sogar das Bewusstsein. Wer weiß? Aber plötzlich war es dunkel. Abend. *Mozej schabbes*. Da war noch immer der Geruch nach Asche, aber alles war ruhig. Ich kletterte hinunter, trat hinaus und rannte davon. Ich schaute nicht hin zur *schul*. Die Deutschen hatten fast das ganze *schtetl* verbrannt. Aber aus irgendeinem Grund waren die Hütten neben der *schul* verschont geblieben, genauso wie das Bauernhaus am Dorfrand und ein paar andere Steinhäuser, alles Übrige war verkohlt und zerstört. Das meiste war jedoch einfach weg. Die Tiere auch. Alles war still, tödlich still.

Ich suchte erst Schutz in einer Ecke, und dann ging ich weg. Ich lief einfach los. Den Rest erzähle ich Ihnen nicht. Nicht jetzt zumindest. Aber ich fand den Weg in den Wald, wo ich ein paar Partisanen traf – ich hatte Glück, denn manche brachten Juden um. Ich war dreizehn, ich war gesund, ich konnte ein bisschen auf mich selbst aufpassen. Und dann, 1946, schloss ich mich einer Gruppe an, die nach England ging. Um dort zu arbeiten. Warum nicht?, dachte ich. Ich hatte nichts mehr zu suchen in meiner alten Heimat.

In den Duschräumen der Arbeiter kann man natürlich nicht verstecken, dass man beschnitten ist. Aber niemand sagte etwas deswegen. Ich arbeitete all die Jahre, ich machte eben weiter. Ich habe Gott nie angeschrien, ich habe mich nie bei ihm beklagt. Ich habe ihn nur ignoriert.

Wie ich alles ignoriert habe. Die Religion, diesen Teil von mir habe ich einfach weggeschlossen. Aber jetzt ...«

Mein Tee war kalt. Die Kekse blieben unberührt.

»Aber jetzt?«, fragte ich, um die Stille zu füllen.

»Jetzt möchte ich meine Bar Mizwa machen. Ordentlich. Ich habe das nie nachgeholt, aber jetzt ist es Zeit dafür. Deshalb habe ich in der *schul* angerufen, Rabbi. Können Sie mir eine Bar Mizwa organisieren?«

Ich zog meinen Kalender heraus.

»Am *schabbes socher«,* sagte er. Er hatte natürlich die aschkenasische polnische Aussprache. Ich war beeindruckt, dass er sich überhaupt an so vieles erinnerte.

Ich blätterte die Seiten durch. Es waren noch sechs Wochen bis zum Schabbat Sochor, und das Wochenende war frei – keine andere Bar Mizwa, kein Aufruf zur Tora. »Kein Problem«, sagte ich. »Das passt wunderbar.«

Mr Piotrwicz lehnte sich zurück und atmete tief. Jetzt konnte ich erkennen, was für eine Strapaze es für ihn gewesen sein musste, diese schreckliche Geschichte zu erzählen.

»Gut, gehen wir's an«, sagte er. »Es ist schon eine Weile her, dass ich mit dem Rabbiner gelernt habe, aber es ist noch alles da. Was brauchen Sie sonst noch von mir?«

»Für den Anfang Ihren hebräischen Namen.« Ich holte meinen Kugelschreiber heraus und markierte das Datum.

»Mendel ben Josef Lejb«, sagte er. »Ich habe allerdings keinen *tallis* mehr.«

»Kein Problem, wir haben welche in Reserve. Wie werden Sie zur *schul* kommen?«

»Das werde ich schon schaffen. Ich werde pünktlich sein. Und was den Kiddusch betrifft – könnte die *schul* einen Imbiss für die Gemeinde vorbereiten? Ich werde ihn natürlich bezahlen. Ich habe ein paar Ersparnisse, und schließlich bin ich derjenige, der einlädt.«

»Wunderbar«, sagte ich.

Dann wurde der alte Mann plötzlich kurz angebunden und sachlich. »Sie fangen um halb elf an, nicht wahr? Nun, ich werde rechtzeitig da sein. Am *schabbes sochor.* Und ich habe noch eine Bitte. Ich will ein paar Leute einladen. Könnten Sie die ersten beiden Reihen freihalten? Und einen Tisch beim Kiddusch.«

»Kein Problem«, sagte ich und notierte alles.

»Und sagen Sie bitte niemandem, was ich Ihnen erzählt habe. Am besten sagen Sie einfach gar nichts, in Ordnung?«

»In Ordnung«, versprach ich.

Als ich wieder in der *schul* war, musste ich nur ein paar Anrufe tätigen, mehr nicht. Der alte Mr Piotrwicz wolle als Bar Mizwa aufgerufen werden, endlich, ließ ich verlauten er habe das als Kind verpasst. Der Krieg, Sie wissen schon. Das reichte. Es gab genügend Mitglieder mit verborgenen Geschichten und verlorener Kindheit.

Die Wochen gingen vorbei. Dann kam der große Tag. Ein Teil von mir glaubte nicht, dass er tatsächlich kommen würde. Andererseits hatte ich ihn aber am Mittwochabend noch angerufen, und er hatte mir versichert zu kommen, er fühle sich wohl, hatte er gesagt, und er freue sich. Die Gemeinde hatte daraufhin einen Standardkiddusch mit etwas mehr Kuchen zusammengestellt, da zusätzliche Gäste erwartet wurden. Wir waren also vorbereitet.

Mr Piotrwicz kam tatsächlich. Als ich an diesem Morgen das Auto geparkt hatte, stand er bereits an der Tür. In einem grauen Anzug, einem leichten Mantel, auf einen Stock gestützt. Er schüttelte mir die Hand mit einer – wie ich fand – erstaunlichen Festigkeit.

»Ich bin bereit«, sagte er.

Ich entgegnete, dass meiner Erfahrung nach nicht viele Bar Mizwas so selbstsicher seien.

Er schaute mir in die Augen und lächelte. »Nehmen Sie es nicht persönlich, aber ich habe mich damals mit unserem Rabbiner vorbereitet«, sagte er.

Es war voll, wie üblich an den Samstagen, aber ich schaute mich vergeblich nach speziellen Gästen um. Der Schammes hatte in den ersten beiden Reihen Schilder mit der Aufschrift »reserviert« verteilt, aber sie blieben leer. Ich hatte nicht daran gedacht, Mr Piotrwicz zu fragen, wen er genau einladen wolle, ich hatte angenommen, es handle sich um Leute aus seinem Dorf. Aber das machte nichts, der alte Mr Piotrwicz schien sich wohlzufühlen, er hatte schon am Gang in der ersten Reihe Platz genommen. Er saß steif und aufrecht, einen Siddur in der Hand, einen unserer Reserve-Gebetsmäntel über den Schultern, auf dem Kopf eine geborgte Kippa aus dem Korb.

Ich war *on schpilkes,* auf Nadeln, wie meine Mutter es immer nannte: angespannt. Der Gottesdienst ging weiter. Wir holten die beiden Rollen heraus, gingen herum, Mr Baker fungierte als Schammes, alles war wie immer. Ich las die Sidra, wir riefen auf – ich erinnere mich nicht mehr genau, es war alles ein wenig durcheinander –, und dann kam die zweite Rolle. Ich hatte sie am Tag zuvor auf das Fünfte Buch

Mose, Kapitel 25 gestellt, das ist der spezielle Abschnitt, der am Schabbat vor Purim gelesen wird.

Und dann rief ich aus: »Ja'amod ha-Bar Mizwa Mendel ben Josef Lejb! Möge sich der Bar Mizwa jetzt erheben und zur Tora kommen!« Unter den Gottesdienstbesuchern, die regelmäßig kamen, entstand eine gewisse Aufregung. Der alte Mr Piotrwicz erhob sich, auf seinen Stock gestützt, schien sich zu dem leeren Sitz neben sich zu beugen und stieg langsam die drei Stufen der Bima hinauf. Er stand neben mir, stark, entschlossen – tief versunken in diesen Augenblick. Er berührte die Rolle mit seinem Tallit, küsste ihn, sprach die Brachot mit seinem starken polnischen Akzent, dann beugte er sich vor, nahm die Jad, mit der ich auf die richtige Textstelle deutete, aus meiner Hand und begann laut und klar zu lesen: »S'chor es-oscher assa lecho Ommojlek ...*« Es war nur ein kurzer Abschnitt, drei Verse, aber sie enthalten den Auftrag, dass wir uns erinnern sollen, was uns unsere Feinde in der Vergangenheit angetan haben, und dass wir es nie vergessen dürfen. Es sind drei kraftvolle Verse; deshalb lesen wir sie vor dem großen Purimfest, der Erinnerung an eine Zeit, als wir – wenigstens damals – triumphierten.

Mr Piotrwicz war zum Ende gekommen. Er küsste die Rolle, schloss die Augen und murmelte den letzten Segen. Dann richtete er sich an die erste leere Reihe. »Gut, Papa, gut, Mama? Seid ihr stolz auf mich?«, sagte er. Und dann drehte er sich nach rechts, weg von mir. »Sehen Sie, Rabbi,

* »Gedenke, was dir die Amalekiter taten (auf dem Weg, da ihr aus Ägypten zoget ...)«, 5. Buch Mose, 25, 17.

ich habe es nicht vergessen.« Und er beugte den Kopf, als wolle er einen Segen empfangen. Ich stand da wie festgenagelt. Ich hatte vorgehabt, ein *»Mi scheberach«* zu sagen, einen Segen, dann den Bar Mizwa-Segen, aber Mr Piotrwicz ging einfach die Bima hinunter, mit seinem Stock, und setzte sich auf seinen Platz. Unter seine Leute.

Ich beendete den Gottesdienst, erinnere mich aber nicht mehr, wie. Ich las die Haftara, sprach die Segen, leitete die Prozession, schloss die Lade, sang das Alejnu, kündete die Purimgottesdienste an, erledigte alles wie mit dem Autopilot. Der alte Bar Mizwa erhob sich wie die anderen für das Kaddisch. Er sagte einige Male sehr laut »omejn«.

Beim Kiddusch pries ich den alten Mr Piotrwicz – ich verwendete seinen hebräischen Namen – dafür, dass er vor den Augen der Gemeinde Bar Mizwa geworden war. Er strahlte, wollte aber nichts sagen. Doch als ich mit den Segenssprüchen zu Ende war, nahm er seinen mit Kuchen beladenen Teller und setzte sich an den reservierten Tisch. Und keiner, keiner ging hin und störte ihn. Wir drängten uns alle um das Büfett. Wir unterhielten uns ein bisschen, machten höflich Konversation.

Als der Schammes begann, die Tassen zusammenzustellen, und sich die Stimmung änderte, ging ich hinüber, um ihm noch einmal *masel tow* zu sagen, und fragte ihn, wie er heimkommen würde. »Kein Problem, Rabbi, ich habe mir für ein Uhr ein Taxi bestellt«, sagte er. »Ich komme schon nach Hause.« Es war fünf vor eins, ich ging zur Tür, und tatsächlich wartete draußen ein Wagen. Mr Piotrwicz nahm seine Sachen, den Stock und den Mantel, schüttelte mir die Hand, bedankte sich für einen großartigen Tag und ging hinaus.

Zwei Tage später kam der Anruf. Am Montag. Der alte Mr Piotrwicz war gestorben. Nein, er war heimgegangen.

Und ich musste denken: Zumindest weiß ich jetzt seinen hebräischen Namen.

II
Sterben

Caprice

Es war offensichtlich ein schlechter Tag. Ich kam gerade vom Friedhof – die alte Mrs Ginsberg war beerdigt worden –, da fand ich eine Notiz meiner Sekretärin mit der dringenden Bitte um Rückruf. Sie weiß, dass ich normalerweise gern eine Stunde für mich habe, um mich von einer Beerdigung zu erholen, deshalb war mir sofort klar, dass es sich um etwas Dringendes handeln musste. So war es auch. Im St.-Elizabeth-Hospital liege auf der Kinderstation ein Junge im Koma, mit Meningitis. Der neunjährige Benjamin, erfuhr ich. Ich kannte den Jungen kaum, er war nicht mehr als ein Name aus dem Register der Religionsschule. Ich konnte kein Gesicht mit dem Namen verbinden, auch nicht die Gesichter der Eltern. Und doch saß ich fünf Minuten später, nachdem ich mir wenigstens den Schlamm von den Schuhen gewischt hatte, im Auto, auf dem Weg zum Krankenhaus. Parken ist dort immer schwierig, obwohl ich theoretisch den Angestelltenparkplatz benutzen könnte.

Doch schließlich fand ich den Weg zur Station 28 im Hillside-Block. Dort war ich noch nie gewesen. Wie auf allen Kinderstationen auf der ganzen Welt haben die Angestellten dort etwas ganz Besonderes an sich – vor allem die Oberschwestern, die schon alles gesehen haben. Die Nummer 28 war die Intensivstation des Kinderkrankenhauses. Ich drückte auf die Klingel, reichte der Krankenschwester, die mir öffnete, meine Visitenkarte und durfte eintreten.

Der kleine Benjamin lag in einem der Räume zur Intensivbehandlung. Unter der Maske und mit den vielen Schläuchen und den piependen Maschinen war er nicht zu erkennen. Ich habe solche Szenen schon viele Male gesehen und frage mich immer, wie es wohl sein würde, so dazuliegen und von einem strengen Computer am Leben erhalten zu werden. Normalerweise besuche ich natürlich Herzpatienten – solche, die lange genug gelebt haben, um ins Krankenhaus zu kommen – üblicherweise ins Herzzentrum im Killinghall Hospital (ein Name, der in das ganze todernste Geschäft wenigstens einen Funken ironischen Humors einbringt). Die Patienten auf der Intensivstation sind normalerweise nicht in der Lage, auch nur zu erkennen, dass ich da bin – obwohl man das ja genau nie weiß. Es ist viel wichtiger für die Familie zu wissen, dass »der Rabbi da gewesen ist«. Deshalb hinterlasse ich auch immer meine Karte beim Personal.

Eine Frau saß an Benjamins Bett und hielt seine Hand, die über den Rand hing. Als ich eintrat, schaute sie auf und lächelte mir entgegen. »Ich bin der Rabbi«, sagte ich. »Man hat mich gerade informiert.«

»Ich weiß«, sagte sie. »Ich habe darum gebeten, dass in

der Synagoge angerufen wird. Danke, dass Sie so schnell gekommen sind.«

»Wie geht es ihm?«, fragte ich. »Wie lange liegt er schon so?«

»Er bekam gestern Abend Fieber und hatte Kopfschmerzen. Aber heute Morgen wollte er schon wieder zur Schule gehen, der brave Junge, und niemand hätte gedacht, dass es so ernst sei. Dort ist er dann zusammengebrochen. Sein Vater müsste bald hier sein – er ist nach Manchester gefahren zu einem Termin, aber die Schule hat ihn schon über seine Firma erreicht. Der arme Mann, es wird ihm schrecklich gehen.«

Im Laufe der Jahre lernt man, aus dem, was Menschen sagen, Hinweise herauszulesen. »*Sein* Vater« – nicht »*mein* Mann«. »*Der* arme Mann« – nicht »*mein* armer Mann«. Ganz offensichtlich war hier etwas seltsam – ich versuchte verzweifelt, mich zu erinnern, ob ich etwas über diese Familie wusste, aber mir fiel nichts Relevantes ein. Man kann nicht alle Gemeindemitglieder kennen, es dauert Jahre, bis man alle wichtigen Details weiß – wer wen geheiratet hat, welche Kinder adoptiert wurden und Ähnliches.

»Können wir ein Gebet sprechen, Rabbi?«, fragte sie.

Ich hatte einen Siddur in meiner Handtasche, manchmal lese ich etwas, manchmal nicht, ich dränge es niemals auf, ich weiß, wie ungläubig viele meiner Leute sind, ich möchte nicht einer der Typen sein, die darauf bestehen, zwanzig Psalmen als eine Art Medizin zu lesen – aber es ist immer nützlich, einen Siddur dabeizuhaben. Ich nahm ihn also heraus – bei dem Gebet für die Kranken steckte bereits ein Lesezeichen. Ich schlug die Seite auf, zog mir einen Stuhl neben sie, und gemeinsam lasen wir das Gebet laut vor. Sie dankte mir, dann saßen wir schweigend zwei, vielleicht drei Minuten beisammen. Ich wusste, dass ich fragen musste, aber ich wusste auch, dass dies weder der rechte Zeitpunkt noch der rechte Ort war, um zu erfahren, ob sie geschieden waren und das ganze Wann und Wie und Warum. Aber wenn man lange genug wartet, werden die Informationen oft freiwillig gegeben. Als junger Rabbi war ich manchmal ins Fettnäpfchen getappt, bevor ich lernte zu warten. Wir saßen da und betrachteten den Jungen, der leise in seine Maske atmete. Grüne Zickzacklinien liefen über Monitore. Zwei Plastikflaschen hingen an einem Ständer – eine war eine Salz- und Zuckerlösung, die zweite, mit einem raffinierteren Etikett, führte in seinen anderen Arm.

Schließlich fragte ich ruhig, die Worte sorgfältig wählend: »Sein Vater ist also unterwegs von Manchester hierher?«

»Das ist richtig. Ich hoffe, er fährt vorsichtig. Doch darum wird sich jemand anders kümmern müssen. Der arme Mann wird völlig aufgelöst sein. Es ist erst zwei Jahre her, dass seine Frau gestorben ist. Jetzt hat er nur noch Ben.«

Natürlich! Ich hätte mich selbst treten können. Krebs. Eine schreckliche Geschichte. Es war sehr schnell gegangen. Bei der Beerdigung waren viele Leute gewesen. Ich erinnerte mich wieder an einen großen Mann mit dunklem Haar und faltigem Gesicht. An ein Kind, einen kleinen Sohn. Der Name der Mutter? Sandra? Sandy? Cindy? Cynthia? So etwas Ähnliches. Es ist schrecklich, aber man beerdigt so viele, dass man sie bald wieder vergisst. Mein mentales

Karteikartensystem ratterte los und suchte nach weiteren Informationen.

»Und Sie ... darf ich fragen ... sind Sie Bens Tante?«

In diesem Moment streckte eine Schwester den Kopf herein. »Mr Shapiro ist hier«, sagte sie, und ich drehte mich um und stand auf, um mich vorzustellen.

Hinter mir hörte ich eine Stimme etwas sagen, was ich erst registrierte, als ich die Hand des Mannes geschüttelt hatte und mich umwandte – zu dem leeren Stuhl.

Was hatte ich gehört? Was hatte ich gehört? Was hatte ich gehört?

»Du lieber Himmel, nein. Ich bin sein Schutzengel.«

In Rauch aufgehen

»Warum können nur jüdische Nasen noch immer den Rauch riechen, Rabbi?«

Eine solche Frage hatte ich nicht erwartet. Mr Rosenblum war alt und krank, und ich war zu einem Höflichkeitsbesuch gekommen, ohne eine wirkliche Vorstellung davon zu haben, was mich erwarten würde. Damit hatte ich jedoch nicht gerechnet.

»Was meinen Sie?«, fragte ich zögernd.

»Nun ja, es gibt so viele Leute, die wohl vergessen haben, was passiert ist. Die Schornsteine. Die Krematorien. Die Asche. Aber ich kann das nicht, Rabbi.«

Eine kurze Stille hilft manchmal, sich zu überlegen, was als Nächstes kommen wird. Ich ließ die Stille dichter werden.

»Wenn ich gehe, Rabbi – unterbrechen Sie mich nicht, Sie wissen so gut wie ich, dass wir alle gehen müssen, und ich nehme an, dass ich vor Ihnen gehe –, dann möchte ich verbrannt werden. Werden Sie mir helfen, Rabbi?«

»Helfen? Was meinen Sie?«

»Nun, Rabbi Goldman, das war mein Rabbi, als ich mich der *schul* anschloss – sagte, er würde sich darum kümmern. Aber dann ist er weggegangen. Dann kam Rabbi Boruch und dann Rabbi Wilensky, und beide sagten, sie würden es nicht machen. Das hat mir Sorgen bereitet. Und jetzt sind Sie da. Vielleicht bleibe ich nicht mehr lange hier …«

Ich hustete, aber er sprach weiter. »Unterbrechen Sie mich nicht, Rabbi, ich bin jetzt ein alter Mann, und ich sage, was ich denke. Die Sache ist die: Wenn ich gehe, möchte ich verbrannt werden. Helfen Sie mir? Ich meine, werden Sie den Gottesdienst leiten?«

Ich entspannte mich ein wenig. »Ja«, antwortete ich. »Ich leite Gottesdienste bei Verbrennungen. Ich habe das schon ein paarmal gemacht. Allerdings vor allem bei Nichtmitgliedern. Aber das sollte kein Problem sein.«

»Gut.« Mr Rosenblums Stimme war rau, er hustete Schleim, aber er hatte eine kleine Plastiktasse und eine Papierserviette in der Hand und wischte sich das Kinn ab. »Ich bin erleichtert, das zu hören, Rabbi. Ich weiß, manche Leute sind dagegen, aber ich möchte es so. Mir ist es wichtig.«

Wir saßen in der Empfangshalle des jüdischen Altersheims. Ehrlich gesagt, ist die Empfangshalle eines solchen Orts nicht gerade geeignet, um sich bequem zu räkeln – eher für steifes Anlehnen oder starres Beobachten oder unelegantes Schnarchen …

Viele Juden haben einen Horror vor dem Verbrennen. Es gibt die traditionelle Vorstellung, dass eine Person, deren toter Körper nicht vollständig ist, nie die Chance hat, aufzuerstehen, wenn der Messias endlich kommt. Es muss zumindest noch ein ganz bestimmtes Stückchen Knochen geben, das Steißbein unten an der Wirbelsäule, sodass Gott – der ja eigentlich Schöpfer aller Dinge aus dem Nichts ist – die Möglichkeit hat, diejenige Person neu zu erschaffen, die man einst war. Wie so viele theologische Ideen hört sich das ein wenig seltsam an, bizarr und unmöglich wird es aber erst, wenn man sich ein paar kritische Gedanken dazu macht oder versucht, es mit zwei oder drei anderen Ideen in ein System zu bringen. Juden waren immer schlecht in systematischer Theologie. Wir – das heißt, unsere Gelehrten – haben es immer vorgezogen, uns zu sagen, was wir *tun* sollen, nicht, was wir *glauben* sollen. Deshalb jedenfalls möchten Menschen nicht in Asche verwandelt werden, sie möchten ein schönes Grab und einen Stein aus Granit oder Marmor, der davon zeugt, dass es sie gegeben hat.

Und dennoch sagt uns der gesunde Menschenverstand, diese seltenste Art von Verstand, dass der Körper im Lauf der Zeit verschwindet und sich zurückverwandelt zu Staub, aus dem wir, wie die Bibel sagt, gemacht wurden. Wo liegt also das Problem, wenn man diesen Prozess etwas beschleunigt? Besonders in einer Zeit, in der die Erde überfüllt ist und Beerdigungen viel Geld kosten, halten viele Leute es für egoistisch, ein Stückchen Erde für die Ewigkeit zu beanspruchen. Sogar die Stadtverwaltung, die Gräber nach zwanzig Jahren wieder auflösen lässt, scheint anzunehmen, dass das reiche. Es sei denn, die Familie ist bereit, für weitere zwanzig Jahre zu bezahlen.

»Mr Rosenblum«, begann ich zögernd. »Wie gesagt, ich kann die Zeremonie bei einer Verbrennung leiten. Wenn alles gesagt und getan ist, ist es nicht viel anders als bei einer

Beerdigung. Aber – was soll Ihrem Wunsch nach mit der Asche geschehen? Wo soll sie begraben werden?«

»Das ist der Punkt«, sagte er und sah mich scharf an. »Aber ich glaube, ich muss es Ihnen erst einmal erklären. Damit es keine Missverständnisse gibt.«

Ich stellte mich auf eine lange Rede ein, deshalb machte ich es mir in dem, was in einem solchen Heim als Lehnstuhl bezeichnet wird, so bequem wie möglich.

»Es ist so, Rabbi«, begann er. »Ich bin 1946 in dieses Land gekommen. Damals war ich jung, zumindest jung an Jahren. In anderer Hinsicht war ich jedoch schon ein alter Mann. Ich hatte bereits viel gesehen. Viel zu viel. Und eine von den Sachen, die ich gesehen hatte, während ich als Sklave arbeitete, war der Schornstein. Genau genommen waren es zwei Schornsteine. Ein kleiner und ein größerer.

Und durch einen dieser Schornsteine gingen mein Vater und meine Mutter und meine beiden Schwestern Katja und Anja und meine Tante Gittel und mein Onkel Itzik und meine beiden jungen Cousins und mein Großvater. Ich weiß nicht genau wann, aber ich nehme an, es muss kurz nach unserer Ankunft gewesen sein. Ich brauchte eine Weile, um mich zu orientieren, um herauszufinden, was all die Zeichen bedeuteten und wozu die Gebäude da waren. Die Leute sagten es einem manchmal, aber sie benutzten Scherznamen.

Damals entschied ich – es war eine seltsame Entscheidung, Rabbi, ich habe mich in den vergangenen Jahren oft selbst darüber gewundert, aber es war eine echte Entscheidung, ein echtes Gefühl, etwas, das sich in mir öffnete und stark und klar wurde –, ich entschied, dass ich, wenn dies der Weg zum Himmel war, in den klaren, blauen Winterhimmel, dass ich dies ebenfalls wollte. Ich wollte nicht zu Erde oder Schlamm werden, nicht zu einem Haufen Knochen in einem Massengrab. Ich wollte ebenfalls verbrannt werden. Befreit werden von meinem Körper. Nichts zurücklassen. Die Welt mit all ihrem Elend, ihrem Hunger und ihren Qualen verlassen, Teil der Wolken werden. Verstehen Sie?«

Ich nickte. Traditionelles Judentum hat sich immer mit der Begründung gegen eine Verbrennung ausgesprochen, dass ja die Toten auferstehen, wenn der Messias kommt, und das würde schwer werden, wenn ihre Körper nicht zumindest skelettmäßig intakt wären – aber das ist jetzt, nach allem, was geschehen ist, ein ziemlich schwaches Argument. Dennoch leiten einige meiner Kollegen, vor allem die orthodoxen, keine Verbrennungszeremonie, sie finden das geschmacklos.

Ich murmelte etwas in dieser Richtung, und Mr Rosenblum nickte. »Ich weiß. Rabbi Wilensky hat mir einmal erklärt, warum er es nicht tun würde. Das ist jetzt schon eine Weile her, aber ich erinnere mich, dass ich mit ihm darüber gestritten habe. Christlichen Kindern erzählt man etwas von einer Art Großpapa, der jedes Jahr durch den Schornstein kommt und Geschenke bringt. Jüdischen Kindern erzählt man von einem Großpapa, der durch den Schornstein ging und nichts zurückließ.«

Eine zweite Runde

Der Schmerz war gekommen, als er ihn am wenigsten erwartete. Er kam plötzlich und lähmend, drückte wie ein schwerer Balken auf seinen Körper, verdoppelte sein Gewicht und fühlte sich an wie ein Krampf, wie ein plötzliches Bremsen, fast so, als wäre man gegen eine Mauer gefahren. Plötzlich konnte er sich nicht mehr vorwärtsbewegen; was eine flüssige Bewegung werden sollte, erstarrte in quälender Lähmung. In seinen Ohren klopfte es, aber er konnte die Menschen um sich herum hören, ihre Stimmen, ihre Sorgen. Seine Augen waren fest geschlossen, doch er konnte noch immer sehen: Das Zimmer war hell, draußen vor dem Fenster standen Bäume, und allmählich (wie lange das genau dauerte, konnte er hinterher nicht mehr sagen) veränderte sich das Bild, bis er auch sich selbst sah, mitten im Raum. Da merkte er, dass der Schmerz weggefallen war, er spürte nur noch den Widerhall des Schmerzes, nur noch ein Echo dessen, was jener

Er dort mitten im Raum fühlte: einen leichten Anflug von Unbehagen, das der andere offensichtlich verspürte, wie er so halb auf dem Sofa, halb auf dem Boden lag, die Arme um die Brust geschlagen. Die Menschen – seine Frau und sein Freund – liefen herum, einer war am Telefon, einer weinte, aber irgendwie war jetzt alles verschwommen und lautlos, und er konnte keine Worte mehr verstehen. Er spürte nur noch ein wachsendes Gefühl der Entfernung, als würde die Lautstärke heruntergedreht, als würde das Bild weggezoomt, es war wie einschlafen, wie in ein warmes Bad sinken. Gedanken kamen und gingen – Gott sei Dank war seine Versicherung bezahlt, warum fühlte er sich so ruhig, was geschah, was würde als Nächstes geschehen, war es noch wichtig? Und dann ...

Und dann war da ein plötzlicher Schlag, ihn durchzuckte ein Schock, ein erneuter Schmerz, und als er sich konzentrierte, konnte er Gesichter über sich sehen, die auf ihn herunterschauten. Jemand stieß ihn, schlug ihn, und dann waren da zwei Männer in roten Jacken, und einer von ihnen hielt ein paar Kabel mit Elektroden, die einen Schock durch seinen Körper jagten, und dann atmete er wieder; Atemzüge, tiefe Atemzüge. Plötzlich wurde der Fokus klarer, während die Ränder irgendwie verschwommen blieben, und zwei Gefühle erfüllten ihn: zum einen Erleichterung und zum zweiten Bedauern, ein vages, aber tiefes Bedauern. Er war irgendwohin gegangen, er hatte etwas vorgehabt, und jetzt war es verschwunden wie ein angenehmer Traum. Nur das Gefühl war zurückgeblieben, dass er inzwischen eigentlich woanders sein sollte, eben noch war alles so warm gewesen, so ... nein, nein, es war verschwunden, er war hier, das war Elizabeth mit ihrem blassen Gesicht, und das war Arnold, und diese beiden Männer mussten Sanitäter sein, überlegte er. Sie waren fremd, aber kräftig, professionell, mit koordinierten Bewegungen. Er konnte einfach daliegen und alles mit Interesse beobachten, ihre Kompetenz bewundern. Es war wie damals, als er nach einer Nasenoperation aus der Narkose erwachte. Die Krankenschwestern waren umhergegangen, alles war so ordentlich gewesen. Keine Hetze, keine Panik, keine Kraftvergeudung. Das hatte er damals bewundert.

Der Traum war verschwunden. Er war wieder in der Realität. Oder in *dieser* Realität. Ein bisschen Schmerz war geblieben, tief zu atmen tat ein wenig weh. Er wollte seine Lungen füllen – die Luft fühlte sich frisch an, roch süß. Und jetzt fühlte er sich wie ein Kind in einer Tragetasche, das hochgehoben und zu einem Auto getragen wird, halb wach, halb schlafend, hilflos, aber voller Vertrauen. Und dabei schläft es ein …

Es dauerte eine Weile, bis ich seine Geschichte zu Ende gehört hatte. Steve machte viele Pausen, starrte die Wand an, die Blumenvase auf dem Tisch am Fußende seines Bettes, aber er sprach deutlich, er wollte es erzählen. Also saß ich da und hörte zu. Details kamen in der falschen Reihenfolge heraus, und dann sagte er: »Nein, das war später«, und wiederholte alles in der richtigen Reihenfolge. Es lag ihm auf der Seele, und er wollte es herausbringen. Er wollte, dass ich es wusste. Er wollte meine Reaktion, meinen Rat. Aber was sollte ich ihm nur sagen?

»Sehen Sie, Rabbi, das bringe ich nicht zusammen. Die ganze letzte Nacht habe ich wachgelegen und darüber nachgedacht. Ich bin wirklich froh, dass ich hier bin. Ich bin froh, dass ich lebe. Elizabeth war gestern hier, und sie wird bald wiederkommen. Die Kinder sind in der Schule, und ihre Großmutter wird sie später abholen. Ich glaube, sie dürfen mich heute Nachmittag besuchen, und ich freue mich ehrlich darauf. Aber warum habe ich trotzdem dieses Gefühl des Bedauerns? Es ist, als hätte ich eine Party verpasst.«

Dieser Mann ist, was mein Freund, der Vikar, einen Lazarus nennen würde, einer, der von den Toten auferstanden ist oder zumindest an der Schwelle des Todes umgekehrt ist. Einer der Glücklichen, wie wir immer sagen. Und er war glücklich. Arnold hatte die Ruhe bewahrt und einen Krankenwagen gerufen. Der war auch innerhalb von Minuten da – was nicht immer garantiert ist, wenn man in einem umgebauten Bauernhaus außerhalb der Stadt wohnt –, und nun lag er gut versorgt und bewacht in einem Krankenhaus, das zu den besseren zählte. Wir unterhielten uns dort einige Male, auch bei ihm zu Hause – das ziemlich weit außerhalb und hübsch gelegen ist, mit Bäumen und einem Fluss. Er »hatte es geschafft«, er hatte den Traum verwirklicht, außerhalb der Stadt zu leben und ein schönes Steinhaus mit einer Doppelgarage zu besitzen, ohne Nachbarn. Er hatte schwer gearbeitet, hatte Geld aufgenommen, hatte alle Hindernisse bewältigt, die zu bewältigen waren, ein Geschäft aufgebaut und genug verdient, um sich aus der Masse herauszuheben. Doch was nützt das, wenn man zu den fundamentalen Fragen kommt? Elizabeth war nett – ich hatte ihren Übertritt arrangiert –, aber nicht gerade eine Intellektuelle. Die beiden kleinen Mädchen würden Ponys bekommen, wenn sie älter wären – schon jetzt waren ihre Zimmer voller kleiner Plastikpferde. Die Autos der Familie waren neu und schnell und wurden gebraucht, um jeden irgendwo hinzubringen, denn ohne Autos wäre man von der Außenwelt abgeschnitten, absolut gestrandet an diesem wunderbaren Ort. Zumindest jetzt würde man es sein! Ich nehme an, dass die Leute, die zuerst hier gebaut hatten, die hier gelebt und gearbeitet hatten und vor dem Morgengrauen aufgestanden waren, um ihre verirrten Schafe zu suchen, über diejenigen lachen würden, die jetzt in diesem renovierten Haus wohnten, in diesem Haus mit den falschen georgischen Fenstern (doppelt verglast), mit der asphaltierten Auffahrt und den weißen Laternenpfählen, die so aussehen sollten, als stammten sie aus einem anderen Jahrhundert und seien einst für Gas bestimmt gewesen.

Beinahe hätte er das alles hinter sich gelassen. Und obwohl er zurückgekommen und fest entschlossen war, es zu genießen, war da immer noch das kleine nagende Gefühl, dass es nur das Zweitbeste war, dass ihm etwas anderes fehlte. Wir sprachen eine Weile über Nahtoderfahrungen – ich war dem Tod, Gott sei Dank, nie nahe, aber ich habe genug Artikel über Menschen gelesen, die behaupten, sich selbst auf dem Operationstisch gesehen, eine Loslösung von ihrem Körper erlebt zu haben, durch einen Tunnel auf ein Licht zugegangen zu sein, ein warmes, leuchtendes, freundliches Licht.

Nein, sagte Steve, kein Tunnel, kein Licht – aber sich selbst und andere beobachten, ja, so sei es gewesen. Dann hob er die Augen, schwieg eine Minute oder zwei, und ich wartete, bis er mich anblickte und sagte, nein, es tue ihm leid, er könne sich nicht erinnern, er wisse nur, dass da etwas gewesen sei. Er könne keine Worte finden, aber da sei etwas gewesen ... Und dann beruhigte ich ihn, zeigte ihm, dass ich sein Erlebnis ernst nahm, ernster als Elizabeth, die noch immer geschockt und ablehnend war und sich Vorwürfe machte, weil sie kurz vor der Dinnerparty mit ihm gestritten hatte. Er sei dankbar, dass ich ihn nicht auslache, sagte er. »Warum sollte ich lachen?«, fragte ich. »Wir sprechen doch viel von einem Leben nach dem Tod, warum sollte es mich also überraschen?«

Als es Steve besser ging, wollte er aufstehen und ein paar Gebete beim Schabbatgottesdienst sprechen. Ich hielt das für eine gute Idee. Der *Schehechejanu*-Segen dankt Gott dafür, dass wir noch leben. Das *Gomel* wird gesagt, wenn jemand von einer gefährlichen Reise zurückkommt oder von einer gefährlichen Krankheit geheilt wurde – für Steve galt beides, denn seine Krankheit hatte ihn ein Stück weit auf die gefährlichste Reise von allen geschickt. Und er sprach auch den Abschnitt in der Amida, der betont, dass Gott der Eine ist, der die Toten wieder lebendig macht ...

Die *schul* war voller Freunde und Kollegen, die extra gekommen waren, um zu bezeugen, dass dieser Mann auf der Bima stand und – zwar langsam, aber ohne besondere Hilfe meinerseits – die Worte auf Hebräisch las, Worte, die seine Dankbarkeit gegenüber dem Schöpfer ausdrückten, seine Dankbarkeit für diesen zweiten Anfang. Es ist nicht nur der Körper, der Regeneration und Rehabilitation und Übungen braucht – der Seele tut es ebenfalls gut. Die Gesundung ist mehr als nur eine neue Diät und viel frische Luft, obwohl das natürlich nicht schadet.

Aber man kann ein Leben nicht mit Salat und fettarmer Margarine retten. »Ich lebe eine zweite Runde«, sagte er öfter zu mir – es wurde zu seinem Lieblingsausspruch –, und in dieser Zeit zählte jede Minute, war jeder Tag kostbar. Er verkaufte sein Geschäft, und da er so war, wie er war, bekam er einen guten Preis, das sagten wenigstens Leute, die etwas davon verstanden. Die Versicherung bezahlte aufgrund der Tatsache, dass er nicht mehr so viel arbeiten konnte wie früher. Er wurde zu einem regelmäßigen Besucher der Synagoge – etwas, das ihm, wie er vergnügt zugab, früher nicht so wichtig gewesen war. Er hatte Zeit, die Mädchen zum Ballettunterricht und zur Sonntagsschule zu fahren – sie wurden nun ebenfalls reguläre Mitglieder.

Und dann, es war vielleicht acht, neun Monate später – kam der zweite Herzanfall. Die Ärzte hatten gesagt, es könnte sein, dass er komme oder auch nicht, niemand könne die Verantwortung übernehmen oder eine Prognose stellen. Das Gewebe sei beschädigt, man müsse vorsichtig sein, und ... es passierte tatsächlich. Diesmal war er allein, als es passierte. Jedenfalls kam Elizabeth vom Supermarkt zurück und stellte fest, dass niemand ihr aufmachte, und da lag er. Es war zu spät. Ich wurde später am Tag angerufen, nachdem das Krankenhaus die endgültige Diagnose gestellt hatte, und machte mich an den Papierkram, der heutzutage erledigt werden muss.

Ich fuhr zum Krankenhaus. Er war noch immer auf einer Trage in der Notaufnahme. Unter einem Laken. Er sah – nun ja – sehr ruhig aus. Sein Gesicht war wächsern, das Blut hatte begonnen, der Schwerkraft zu gehorchen, nicht der Kraft der versagenden Pumpe, und floss nach unten. In seinem Gesicht spiegelte sich weder Schmerz noch Angst. Was immer geschehen war, war entweder sehr schnell geschehen, oder er hatte ihm ruhig entgegengeblickt.

Um Elizabeth machte ich mir vergleichsweise wenig Sorgen. Hört sich das gefühllos an? Ja, natürlich. Aber sie war jung – erst Mitte dreißig – und besaß nun außer zwei kleinen Töchtern ein umgebautes Landhaus mit doppelt verglasten georgischen Fenstern. Außerdem war da noch die Versicherung. Für sie würde es, da war ich sicher, irgendwie gut ausgehen. Für Steves Mutter empfand ich tieferes Mitleid. Ich glaube nicht, dass sie und Elizabeth jemals wirklich gut miteinander ausgekommen sind. Ich vermute, dass Elizabeth vor ungefähr acht Jahren auf ihren Druck hin konvertierte. Die beiden waren nur durch den Verlust verbunden und durch die Mädchen. Erst jetzt erfuhr ich, dass auch Steves Vater an einem Herzinfarkt gestorben war, dem »Witwenmacher«, als Steve noch ein Junge gewesen war. Vielleicht hatte ihn gerade das angetrieben, erfolgreich zu sein, viel Geld zu verdienen, etwas zu ersetzen, was er in seinem Leben vermisste. Vielleicht wollte er sich sein eigener Vater sein.

Es war eine große Beerdigung. Steve war ziemlich beliebt gewesen.

»Eine zweite Runde«, sagte ich. »Dies ist das zweite Mal, dass Steve gestorben ist. Beim ersten Mal ist er zum Leben hier, auf der Erde, erwacht, aber diesmal ...« Ich ließ eine Stille folgen. »Diesmal war er bereit«, sagte ich. »Es gab hier Dinge und Menschen, die er nicht verlassen wollte, Dinge und Menschen, von denen er wusste, dass er sie vermissen würde und sie ihn. Wie wir es alle tun, hier, heute. Aber – bei der zweiten Runde – das war seine Formulierung, wie wir alle wissen – war er bereit für das, was kommen würde.«

Und so ging er. Diesmal endgültig. Wo das auch ist, wir werden alle dort hingehen, früher oder später.

In Unschuld wiegen

Wie beerdigt man einen Sumo-Ringer? Gibt es spezielle Beerdigungsunternehmen, die besondere Geräte haben, mit denen man einen solchen Koloss heben, waschen, einsargen und mit einem Mindestmaß an Würde unter die Erde bringen kann? Und wenn er verbrannt werden möchte, gibt es für solche Fälle extra große Krematorien? Ich nehme an, es muss irgendwo Firmen geben, die in der Lage sind, solche Situationen zu handhaben. Schließlich müssen auch Nutztiere gelegentlich entsorgt werden und in Zeiten infektiöser Erkrankungen auch verbrannt.

Naheliegenderweise gibt es eine Menge Dinge, um die man sich einfach keine Gedanken macht – bis es notwendig wird. In unserem Fall ergab sich die Notwendigkeit, weil die alte Mrs Sonderhaus starb. In voller Größe und vor allem: Breite.

Ich hatte die alte Mrs Sonderhaus nur einmal getroffen, aber jedem, der sie gesehen hatte, blieb sie unvergesslich.

Zu dem Zeitpunkt, als ich sie traf, hatte die Ärmste schon bald zehn Jahre in ihrem Bett verbracht. Sie war unter anderem durch das Gesetz der Schwerkraft daran gefesselt. Mrs Sonderhaus, um es in einem Wort zu sagen, war dick. Nein, dieser Ausdruck ist nicht korrekt. Sie war riesig, sie war enorm, sie war unglaublich umfangreich. Sie war nicht wie ein Berg geformt, sondern wie eine ganze Bergkette. Irgendwann in ihrem Leben muss Florrie Sonderhaus vermutlich kleiner gewesen sein und in den Uterus ihrer Mutter gepasst haben. Auch wenn sie bestimmt ein *großes Baby* gewesen war, musste sie einmal ein Baby gewesen sein. Damals.

Und ich nehme weiter an, dass Florrie in früheren Zeiten gut gebaut gewesen sein musste, zumindest wird sie eine gewisse sexuelle Attraktivität besessen haben. Schließlich hatte Lawrence Sonderhaus sie geheiratet und irgendwie zwei Kinder mit ihr gezeugt – der Sohn war im Krieg gefallen, die Tochter lebte in Amerika. Lawrence war bereits vor einigen Jahren gestorben, lange vor meiner Zeit in der Gemeinde. Florrie lebte auf Bylen Hall, einem dieser kleineren Landhäuser am Ende einer Auffahrt, die von einer Seitenstraße abgeht, und umgeben von einer ruhigen Parklandschaft, in einem Haus, das aus finanziellen Gründen in ein Heim verwandelt worden war, das aber wenig Heimeliges an sich hatte. Seit über zehn Jahren hatte das Heimpersonal Florrie versorgt. Diese Aufgabe war bestimmt keine leichte gewesen, denn Florrie hatte sich einfach ausgedehnt und jeden verfügbaren Raum ausgefüllt. Ich weiß nicht, welche medizinischen oder physischen Gesetze die Ursache für ihre Dickleibigkeit waren, ob es an einer hormonellen

Störung lag oder an genetischen Faktoren, an Wassersucht oder Fettansammlungen, und ich bin sicher, dass ihre Diät in diesem Haus streng bewacht und sorgfältig eingehalten wurde. Tatsache ist aber, dass ich, als sie krank wurde und man mich telefonisch bat, sie zu besuchen, bestürzt war von dem, was ich sah. Sie hatte ein süßes Gesicht und eine überraschend leise Stimme – nicht schwach, nur weich –, und sie war ein Berg unter einer Bettdecke, so enorm, dass ich anfangs gar nicht realisierte, dass das alles sie war. Ich dachte, da wäre noch ein Gestell unter der Decke. Über dem Bett in ihrem Zimmer, das sich im Erdgeschoss befand, war eine Art Kran-Konstruktion mit großen Lederbändern aufgebaut, und ich erfuhr, dass diese Konstruktion notwendig war, um Florrie zu baden oder auch nur umzudrehen. Sie musste hochgehoben werden wie ein Container, den man von einem Lastwagen in einen Eisenbahnwaggon lädt; dann wurde eine Badewanne auf Rädern vor ihr Bett gefahren und Florrie hineingehoben. Das Bett selbst war gründlich verstärkt worden.

Unter diesen Umständen fanden Badeaktionen nicht allzu häufig statt, und ich schätze, dass sogar eine Waschung im Bett zwei Schwestern mehrere Stunden lang beschäftigte. Es roch eindeutig streng in ihrem Zimmer, und ich hatte den Eindruck, dass das Fenster, das auf die Parklandschaft hinausging, nicht besonders oft geöffnet wurde – ein Jammer unter diesen Umständen! Die frische Luft draußen war eine Vergeudung, während sie hier drinnen eindeutig nötig gewesen wäre.

Die arme Florrie hatte, aus welchen Gründen auch immer, die letzten Jahre sehr einsam zugebracht. Sie konnte ihr Zimmer nicht verlassen, um in der Halle zu sitzen, und ein Spaziergang kam überhaupt nicht infrage. Das medizinische Personal und die Pflegeschwestern kamen zu ihr, wenn es nötig war, ansonsten musste sie einfach daliegen wie – um das alte Klischee zu bemühen – ein gestrandeter Wal. Ich nehme an, dass sie speziell angefertigte zeltartige Nachthemden trug. Sie wäre ein Albtraum für jedes noch so gut sortierte Übergrößengeschäft gewesen. Undenkbar, dass es Schuhe in ihrer Größe gab. Sogar Geschäfte für Dickleibige müssen irgendwo an ihre Obergrenze stoßen.

Bei meinem Besuch damals unterhielten wir uns eine Weile. Florrie erzählte einiges aus ihrem Leben, dann ging ich, und ich erinnere mich, dass ich dabei dachte: Mein Gott, was machen wir nur, wenn sie stirbt? Die Schwierigkeiten beim Baden und ähnlichen Verrichtungen standen mir lebhaft vor Augen.

Nun, Florries Stunde schlug früher, als viele es erwartet hatten, denn obwohl man sie nicht mehr jung nennen konnte, war die Chance, dass Florrie durch Überanstrengung auf dem Sportplatz sterben oder von einem Lastwagen überfahren würde, äußerst gering. Auch die Gefahr, dass sie sich im Bus an Grippeviren ansteckte, bestand nicht. Irgendwann muss ihr Herz beschlossen haben, dass es Zeit war, aufzugeben. Und Gott sei Dank hatten sie in Bylen Hall schon Notfallpläne gemacht, denn als wir den Anruf bekamen und ich die Beerdigung für Donnerstag plante, war sie schon aufgebahrt. Es stellte sich heraus, dass es tatsächlich Spezialisten auf diesem ziemlich geheimnisvollen Gebiet gab.

Glücklicherweise dachte ich daran, im Büro des Friedhofs anzurufen, denn man hatte irgendwie versäumt, dort Bescheid zu sagen. Und als wir am Donnerstag dort ankamen, hatte ein kleiner Bagger die Grube schon erweitert. Eine Grube, die nun nicht mehr rechteckig war, sondern eher quadratisch. Zum Glück regnete es nicht, der Boden war trocken und die Wege nicht matschig, denn es musste tatsächlich ein kleiner Kran herbeigefahren und in Position gebracht werden, während ich am Eingang auf den Leichenzug wartete. Es wäre sinnlos gewesen, den Sarg erst zur Synagoge zu bringen. Hier gab es Rollen und Lastwagen und Hebeschlingen und Abstützungen auf Planken und ein Team aus doppelt so vielen Totengräbern wie üblich. Schließlich wurden die sterblichen Überreste von Florrie Sonderhaus in die Luft gewuchtet und sanft, man kann sogar sagen ehrfürchtig, in die Erde versenkt. Ich hoffe, die Totengräber haben einen Bonus bekommen – sie hatten sich ihn verdient.

Aber wenn der Messias kommt und wir alle auferstehen – wer wird dann dafür sorgen, dass Florrie Sonderhaus auch wieder aus ihrem Grab herauskommt?

Ein anständiger Mann

Man trifft nicht viele anständige Menschen. Ich meine, wirklich anständige. Es gibt viele, die sich anständig genug benehmen, damit sie nicht erwischt werden. Viele, die annehmen, dass ein bisschen Vom-Weg-Abkommen hier und da akzeptabel ist, und die sich sogar aufrichtig entrüsten, wenn jemand anderer Meinung ist. Aber ein wirklich anständiger Mann? Ich kann mich nur an einen gut erinnern.

Es war an einem Dienstag im Frühling. Er kam ohne Anmeldung. Ich saß gerade über ein paar Briefen, die jedoch warten konnten. Er bat um ein Gespräch. Gut. Er war ein Gemeindemitglied – aber ich werde seinen Namen nicht verraten. Nennen wir ihn Mike. Die anderen Namen werde ich auch ändern. Ob es dazu dient, die Unschuldigen oder die Schuldigen zu schützen, entscheidet sich später. Er war keiner, mit dem ich vorher wirklich Umgang gehabt hatte. Nur ein Name auf der Mitgliederliste.

Er fing unumwunden an zu sprechen: »Rabbi, ich brauche Ihren Rat. Ich möchte meine Versicherung nicht betrügen.«

Ich saß da und fragte mich verwundert: Was ist los? Will er mich auf den Arm nehmen? Deshalb lächelte ich und sagte: »Sprechen Sie.«

»Es ist so, Rabbi. Ich bin am Ende. Wirklich am Ende. Wenn ich Ihnen alles erzählen sollte, wüsste ich nicht, wo ich anfangen sollte, also lassen Sie mich damit beginnen: Ich sterbe. Ich weiß es. Der Arzt hat es mir heute Morgen mitgeteilt. Sagen Sie nichts – ich bin noch nicht fertig. Ich habe gerade erst angefangen.

Mein Leben lang habe ich schwer gearbeitet. Ich musste viele Rückschläge einstecken – solche, wie man sie in jedem Geschäft erlebt, natürlich, aber einige waren schlimmer als andere. Ob nun das Lagerhaus abbrannte oder einer unserer Hauptkunden Bankrott machte und mich auf dem Trockenen sitzen ließ, ich habe alles schon einmal erlebt – und die ganze Zeit gewusst, dass es sich lohnt, wenn es nur meiner Frau und meinen Kindern gut geht. Für sie habe ich gearbeitet. Ich habe sie geliebt, sie waren der Sinn meines Lebens. Und jetzt ...«

Es entstand eine lange Pause, aber ich sah keinen Grund, ihn zu unterbrechen. Ich hatte Zeit. Vielleicht mehr als Mike.

»Und dann ist alles auseinandergebrochen«, fuhr er fort. »Vor ungefähr einem Jahr fing es an. Ich fand heraus, dass Caroline eine Affäre hat. Mit meinem Geschäftspartner. So ein blödes Klischee, Rabbi, aber es stimmt. Ich kam früh von einer Messe in Mailand zurück und – na ja, es war mehr als peinlich. Viel, viel schlimmer. Sie lebt jetzt die Hälfte der Zeit bei ihm.

Und dann wurde Abigail zur Punkerin. Zu einer richtigen. Sie ist weggegangen, hat ihr Zuhause verlassen – ich nehme an, unsere Auseinandersetzungen haben ihr diese Entscheidung leichtgemacht –, und jetzt lebt sie irgendwo in Cardiff, glaube ich, aber wir wissen nicht genau, wo. Wir haben seit über zwei Monaten nichts von ihr gehört. Sie hatte einen Freund – oder mehrere. Ich habe versucht, vernünftig mit ihr zu reden, aber sie hat mich einfach angespuckt – hören Sie, Rabbi, sie hat mich angespuckt! – und ist weggelaufen, und als ich am nächsten Tag nach Hause kam, war sie verschwunden. Sie hat eine Nachricht hinterlassen, und das war's. Ich meine, sie ist erwachsen, sie hat ihr eigenes Bankkonto, ihre eigene Bahnkarte – aber sie war mein kleines Mädchen, Rabbi, sie war meine Kleine. Für sie habe ich mich krumm gearbeitet, und von jedem verdammten Flughafen habe ich ihr Puppen mitgebracht.

Matthew – das war der nächste Schlag. Er war auch seit längerem komisch gewesen, aber ich habe es dem Stress zugeschrieben. In den letzten Monaten war es bei uns nicht besonders lustig gewesen. Vor drei Wochen hatten wir dann aber die Polizei im Haus. Er scheint mit Drogen gehandelt zu haben. Vor allem mit Tabletten. In der Schule. Er ist erst fünfzehn, deshalb ist noch nicht entschieden, wie man ihn bestrafen wird. Aber die Schule hat ihn natürlich rausgeschmissen. Jetzt sitzt er fast den ganzen Tag zu Hause herum. In seinen Zimmer. Will nicht sprechen. Ich habe nicht mehr die Kraft zu schreien.«

Mike schaute zu Boden, faltete die Hände. Das war ganz

schön viel, was er da auf mich ablud. Darauf war ich psychisch nicht vorbereitet. »Und Sie?«, fragte ich.

»Und ich? Hach.« Es war eher ein Schnauben als ein Lachen. »Ich habe Schmerzen, ganz tief drin in meinem Innern, Rabbi. Schon seit einiger Zeit. Ich habe es immer auf den Stress geschoben. Ich meine, ich habe sogar darüber nachgedacht, auszuziehen, in ein Hotel oder so. Ich wäre nicht überrascht gewesen, wenn ich einen Herzanfall bekommen hätte, bei all dem, was ich durchmachen musste.«

»Das kann ich verstehen.«

»Das Leben hat es echt auf mich abgesehen. Es verpasst mir einen Tritt in den Arsch nach dem anderen. Das meine ich wörtlich, Rabbi, ehrlich. In den Arsch. Ich habe Darmkrebs. Die Schmerzen waren furchtbar, aber ich dachte, es wäre der Magen, ein Geschwür oder so etwas, und dann entdeckte ich eines Tages ein bisschen Blut. Ich habe gleich den Arzt angerufen und für heute einen Termin gemacht und ... na ja, er hat gestochen und gewühlt und einen Abstrich genommen. Das Ergebnis der Biopsie kommt nächsten Montag, hat er gesagt. Als ich ihn nach der Wahrheit fragte, kam mir sein Gesichtsausdruck seltsam vor und – er schätzt, dass es stimmt und dass es ernst ist und dass es vermutlich weit fortgeschritten ist.«

Wieder entstand eine Pause.

»Ich bin daraufhin in ein Café gegangen, habe einen Tee getrunken und nachgedacht. Und dann bin ich hierhergekommen, Rabbi, genau so war es. Wenn es wirklich Krebs ist und er mir das am Montag mitteilt, werde ich mich umbringen. Erschrecken Sie bitte nicht – ich hatte einen Cousin, der an Darmkrebs litt, ich habe gesehen, was die Krankheit mit ihm gemacht hat, und das will ich auf keinen Fall erleben. Genau genommen hätte mir das eine Lehre sein müssen, dass ich mich früher hätte untersuchen lassen sollen. Aber das ist Schnee von gestern. Meine Geschäfte laufen ganz gut. Sie könnten besser gehen, aber auch schlechter, irgendwann in den letzten drei Stunden habe ich das Interesse daran verloren. Und dann habe ich gedacht, dass alles, was ich habe, meine Versicherung ist. Meine Lebensversicherung, Rabbi. Wenn ich sterbe, ist die Familie versorgt. Dafür habe ich gearbeitet, dafür habe ich bezahlt. Wenn ich mich umbringe, bezahlt die Versicherung allerdings nichts. So ist die Bestimmung.«

»Ja, ich glaube, eine solche Klausel ist üblich«, sagte ich. »Also gibt es einen guten Grund, es nicht zu tun.«

»Nein, Rabbi, Sie verstehen nicht – es ist der *beste* Grund, es doch zu tun«, sagte Mike und beugte sich vor. »Wenn ich Selbstmord begehe, wird meine Familie nichts bekommen. Weder mein betrügerisches Miststück von Ehefrau noch meine streunende Katze von Tochter noch mein fauler Gauner von Sohn. Warum sollten sie jetzt von meiner Versicherung profitieren? Sehen Sie es nicht ein, Rabbi, dass dies die beste Methode ist, ein bisschen Gerechtigkeit zu bekommen?«

»Gerechtigkeit?«, fragte ich. »Das klingt eher nach Rache.«

»Rache, Gerechtigkeit? Wo ist der Unterschied? Sie verdienen es nicht, auch nur einen Penny zu bekommen, und es gibt keine Möglichkeit, das Testament zu ändern – wir haben ein gemeinsames Testament, ein gemeinsames Konto, eine gemeinsame Police, alles, Rabbi. Ich habe diese Frau geliebt und ihr vertraut – das Haus, alles, was wir haben, ist unser gemeinsamer Besitz. Aber wir sprechen nicht mehr miteinander. Wir leben kaum noch zusammen. Alles, wofür ich gearbeitet habe, bricht um mich herum zusammen. Es ist nichts mehr wert. Nichts. Es ist Dreck. Sinnlos. Wertlos.«

Was sollte ich sagen? Nach allem, was er mir gerade erzählt hatte, hatte er recht. Aber ich konnte ihm doch nicht zustimmen, oder? »Ach, kommen Sie«, sagte ich deshalb, »es kann unmöglich alles so schlimm sein. Nach dieser Mitteilung stehen Sie jetzt unter Schock. Alle Kinder machen seltsame Phasen durch. Und in vielen Ehen gibt es Durststrecken. Bestimmt wollen Sie nicht, dass es noch schlimmer wird, wenn Sie erst ...« Oh, verdammt, ich hätte diesen Satz nicht anfangen sollen, aber jetzt war es zu spät.

»Rabbi, es tut mir leid, aber Sie scheinen es nicht zu verstehen. Ich bin ein Jahr lang durch die Hölle gegangen. Und jetzt bin ich endgültig auf dem Weg zur Hölle. Warum sollten *die Meinen* nicht auch einen kleinen Vorgeschmack der Hölle hier auf Erden bekommen?«

»Warum erzählen Sie mir das alles?«, wollte ich wissen.

»Weil ich es jemandem erzählen muss, und ich kann es keinem anderen sagen – weder dem Arzt noch meiner Familie, niemandem, der es verraten könnte. Ich gehe davon aus, dass Sie ein Geheimnis bewahren können. Ich muss ehrlich sein. Zu mir und zu Ihnen. Wenn es sein muss, bringe ich mich um. Auf diese Weise wird meine Familie nicht im Luxus leben, wenn ich nicht mehr bin. Das ist alles. Ich bitte Sie nicht um Ihre Meinung, nicht um Ihren Rat und noch nicht mal um Ihre Erlaubnis. Wenn es mich wirklich erwischt hat, dann mache ich Schluss. Ganz schnell, und wenn meine Familie dann leidet, ist mir das egal, denn ich habe auch viel gelitten. Und ich will nicht, dass die Versicherungsgesellschaft das Geld an Menschen ausbezahlt, die es nicht verdienen. Das will ich wirklich nicht. Es ist vielleicht das Letzte, was ich in diesem Leben entscheiden kann, und ich werde es entscheiden. Von mir aus kann die Versicherung das Geld behalten!«

Wir setzten die Unterhaltung noch eine Weile fort, aber wir wiederholten uns eigentlich nur noch. Irgendwann stand er auf, ich schüttelte ihm die Hand und wünschte ihm alles Gute, egal, wie er sich entscheiden würde. Und dabei blieb es.

Ein paar Wochen später bekam ich einen Anruf vom Büro. Es war ein Unfall passiert. Michael war tot in seinem Auto gefunden worden. Er war gegen einen Baum gerast und wohl sofort tot. Die Straße war trocken, die Polizei nahm an, dass er einen kleinen Schwächeanfall gehabt hatte. Es gab keine weiteren Beteiligten.

Ich fuhr zu Caroline. Sie war entweder tief getroffen oder eine sehr gute Schauspielerin. Dann musste ich noch einige Besuche machen, um alles zu regeln. Innerhalb von zwei Tagen war Abigail gefunden und kam mit dem Zug aus Cardiff. Matthew verließ sein Zimmer mit roten Augen. Schließlich war er noch ein Kind, das eben ein bisschen aus der Bahn geraten war. An der Beerdigung nahmen zahlreiche Trauergäste teil. Mikes Partner war da – er stellte sich mir vor –, aber er stand weit entfernt von Caroline, fiel mir auf, und außer einer öffentlichen und förmlichen Umarmung war alles ganz koscher. Ja, es war ein schrecklicher Unfall, sagte ich wieder und wieder, und so unerwartet, er hatte so viel, wofür es sich gelohnt hätte zu leben.

Niemand erwähnte den Krebs. Ich nehme an, dass Caroline noch nicht einmal etwas davon wusste. Und ich hielt ebenfalls den Mund.

Die Versicherungsgesellschaft bezahlte. Und nach Begleichung der Hypothek und der Beerdigungskosten blieb noch ein hübsches Sümmchen übrig.

Mike war ein anständiger Mann. Aber wir anderen – nein, wir können nicht alle nach seinem Maßstab leben.

III
Glauben

Exorzismusübungen

Sie war noch nicht einmal Jüdin. Das war der amüsante Aspekt der Sache, wenigstens am Anfang. Sie war nur eine ältere Dame. Ich hatte sie gelegentlich an der *schul* vorbeigehen sehen. Irgendetwas hatte ihr einen gehörigen Schrecken eingejagt, und sie war von der Straße hereingekommen, um mit dem Rabbi zu sprechen. Geraldine hatte nachgeschaut, ob ich da war, und sie dann zu mir geschickt.

Einmal mehr hörte ich eine vollkommen bizarre Geschichte, aber ich hatte längst aufgegeben, etwas anderes zu erwarten. Niemand außer einem anderen Rabbi würde auch nur die Hälfte dessen glauben, womit ich konfrontiert wurde. Jeder andere würde mich für einen Übertreiber, für einen Lügner oder einen Verrückten halten. Oder für alles zusammen. Nun, die Dame war also aufgeregt und doch zurückhaltend. Sie fürchtete wohl auch, nicht ernst genommen zu werden. Deshalb setzte ich ein ernsthaftes Gesicht auf und beugte mich über den Tisch.

In ihrem Badezimmer spukte es, stellte sich nach längerem heraus. Sie hörte Stimmen, und Dinge bewegten sich. Sie war überzeugt, von jemandem beobachtet zu werden, und sie hatte große Angst, das Badezimmer zu betreten, die Toilette zu benutzen oder zu baden. Der Gedanke, jemand – oder etwas – könne sie in unbekleidetem Zustand sehen, brachte sie ganz durcheinander.

»Was sagen denn die Stimmen?«, fragte ich.

»Oh, es ist nur die eine Stimme. Aber sie ist sehr leise, ich kann keine Wörter verstehen. Das macht es noch schlimmer.«

»Und hat sich irgendetwas bewegt?«

»Ja, ja, immer wieder. Ich hänge Handtücher an den Halter, und sie fallen auf den Boden. Meine Haarbürsten bewegen sich und fallen von der Ablage über dem Becken in die Badewanne.«

»Haben Sie gesehen, wie es passiert ist?«

»Nein, aber manchmal höre ich das Klappern, wenn etwas herunterfällt.«

»Sind Sie ... in irgendeiner Weise ... verletzt worden?«

»Nein, ich bin nicht getroffen worden. Nein.«

Ich nahm mir Zeit zum Nachdenken. War sie hysterisch? Sie war kein Teenager mehr. Um die siebzig. Eine leise Stimme, sagte sie, kaum wahrzunehmen? Das konnte genauso gut das Radio von nebenan sein oder der Fernseher der Nachbarn. Dinge, die sich bewegen? Womöglich hatte sie einfach vergessen, dass sie selbst etwas woanders hingelegt hatte, oder die Wohnung bewegte sich ein wenig. Wir alle kennen die Erschütterungen, wenn schwere Lastwagen vorbeifahren. Aber sie sei verzweifelt, hatte sie gesagt, und sie sei zu mir gekommen, weil der Vikar ihr nicht helfen konnte. Mir schien das eine jener Situationen zu sein, in denen man jemanden nur aus dem Büro hinauskomplimentiert bekommt, indem man ihm seinen Willen tut und hofft, dass ihn das nicht dazu ermutigt, wiederzukommen. Sie lebte nur fünf Häuser weiter, und ich hatte für die nächste Stunde keinen anderen Termin. Also, was soll's?, sagte ich mir und seufzte.

Ich erklärte ihr, dass wir im Judentum keinen Exorzismus kennen, aber dass ich sie nach Hause begleiten würde, wenn ihr das helfe, und dass ich mich einmal bei ihr umschauen würde.

Oh ja, das würde helfen. Und immer wieder betonte sie, wie dankbar sie war.

Ich sagte Geraldine im Büro Bescheid und begleitete Mrs Sanderson zu ihrem Haus. Es war eine Doppelhaushälfte aus der Vorkriegszeit, wie die meisten Häuser hier in der Gegend. Ziemlich stabil, überlegte ich. Außerdem fuhren auf dieser Straße eigentlich keine schweren Lastwagen. Im Haus roch es ein bisschen modrig, aber ich sagte nichts. Das ist oft so in den Wohnungen älterer Leute, die Fenster und Türen selten aufmachen – schließlich rät ihnen die Polizei ja immer, es nicht zu tun. Wegen der kleinen Gauner, die sich hereinschleichen und ihnen ihre Pension oder ihre Notgroschen stehlen könnten oder noch Schlimmeres. Manchmal möchte man sich schon fragen: In was für einer Welt leben wir eigentlich?

Sie war nervös, deshalb bat ich sie, mir eine Tasse Tee zu kochen. Damit war sie mir auch aus dem Weg. Dann ging ich die Treppe hinauf ins Badezimmer, was leicht zu finden war, und schloss die Tür hinter mir. Ich setzte mich auf den Badewannenrand und sagte ruhig – keine Ahnung, warum: »Ist da jemand?«

Natürlich kam keine Antwort. Wieso auch? Aber um des lieben Friedens willen sprach ich weiter. »Also, nur für den Fall, dass jemand zuhört, möchte ich dich darum bitten, Mrs Sanderson in Ruhe zu lassen. Sie hat dir nichts getan, also tu du bitte auch nichts, was sie ängstigt.« Warum hatte ich »bitte« gesagt? Ich weiß es nicht, es war nur so ein Gefühl, dass ein bisschen Höflichkeit nie schadet.

Es kam keine Antwort. Natürlich. Deshalb wartete ich eine Weile, nur um Mrs Sanderson unten zu zeigen, dass ich mir Zeit nahm und mir Mühe gab, dann stand ich auf, um hinunterzugehen.

Als ich die Tür hinter mir zuzog, blitzte etwas im Spiegel auf. Es war nur ein Aufblitzen, nichts Klares. Und eine Stimme. Eine leise Stimme. Aber eine Stimme. »In Ordnung, Rabbi«, sagte die Stimme. Ich machte die Tür schnell wieder auf, aber da war nichts zu sehen, nichts zu hören.

Ich ging hinunter. Auf einmal kam mir eine Tasse Tee sehr verlockend vor. »Es wird ab jetzt wieder alles in Ordnung sein, Mrs Sanderson«, sagte ich.

Das würde es doch auch, oder etwa nicht?

Der stille Maggid

Eines Tages kam ein Prophet in unsere Stadt. Ich nehme an, dass er ein Prophet war – er sah ganz normal aus, und ich war noch jung, aber ich habe nie vergessen, was er tat, und für mich war und bleibt er ein Prophet.

Er kam an einem Montag, nahm ein Zimmer in einem kleinen Hotel am Marktplatz und verkündete, dass er vorhabe, am kommenden Schabbat in unserer Synagoge zu predigen. Was für eine Aufregung er verursachte! Wir hatten keinen Rabbi, und wir bekamen auch nicht viele Besucher, deshalb war uns dieser Gastprediger alles andere als unwillkommen.

Aber die Dinge blieben nicht so einfach. Am folgenden Tag kam eine Abordnung des Synagogenrats zu diesem Wanderprediger, diesem Maggid, zu meinem Propheten. Sie begrüßten ihn und hießen ihn willkommen. Dann fragten sie ihn, über welches Thema er predigen würde. Das wollte er ihnen jedoch nicht sagen.

»Das kann ich nicht«, sagte er, »meine Worte müssen allein von Gott kommen.«

Die Männer steckten die Köpfe zusammen (ich erfuhr es später von Chajmi Schumacher, dem Synagogendiener), und dann trafen sie eine Entscheidung. Der Gemeindevorsteher, Reb Levi, der Kürschner, teilte sie ihm mit: »In diesem Fall fürchten wir, dass wir Ihnen nicht erlauben können, in unserer Synagoge zu predigen. Wir wollen niemanden aufregen, vor allem nicht die Gojim.«

»Ich werde aber predigen«, sagte der Maggid.

Die Nachricht von diesem Gespräch verbreitete sich in Windeseile, und am nächsten Tag erschien eine Abordnung der örtlichen Händler im kleinen Hotelzimmer des Maggid. »Wir möchten nicht, dass unsere Geschäfte durch irgendetwas beeinträchtigt werden, was Sie sagen könnten«, erklärten sie. »Können Sie uns versichern, dass nichts, was Sie sagen, unsere harmonische Beziehung zu der restlichen Stadtbevölkerung und mit unseren christlichen Lieferanten und Kunden stört?«

»So etwas kann ich nicht tun«, sagte der Maggid. »Ich muss das predigen, was ich muss.«

Am nächsten Tag suchte ihn der Schullehrer auf. »Ich habe versucht, den Kindern, die meiner Obhut anvertraut sind, beizubringen, so gut wie möglich durch das Leben zu kommen«, sagte er. »Kann ich sicher sein, dass Sie nichts tun, das meinem Unterricht widerspricht oder meine Autorität untergräbt?«

»Das können Sie natürlich nicht«, sagte der Maggid. »Meine Predigt kommt aus meinem Herzen, von Gott. Was habe ich mit Ihrem Schulsystem und Ihren Kompromissen mit der Wahrheit zu tun?«

Am Donnerstag kam der Polizeichef. »Mir ist zu Ohren gekommen«, sagte er (ihm kam immer alles zu Ohren, früher oder später, weil er ein ganzes Netzwerks von Spionen in der Stadt hatte), »mir ist zu Ohren gekommen, dass Sie Verrat und Volksverhetzung und Gewalt in unserer jüdischen Synagoge predigen wollen. Ist dem so? Wenn ja, muss ich Ihnen verbieten, überhaupt zu predigen, sonst werden Sie aus der Stadt gewiesen oder ins Gefängnis geworfen.«

»Ich werde keinen Verrat predigen«, sagte der Maggid, »aber ich werde sagen, was ich zu sagen habe, ohne Rücksicht auf die Konsequenzen. Die würde ich übrigens auch klaglos ertragen.«

Am nächsten Tag war Freitag, und alle waren mit den Vorbereitungen zum Schabbat zu beschäftigt, um mit dem heiligen Besucher zu diskutieren. Am Samstag war unsere kleine Synagoge jedoch zum Bersten voll. Ganz vorn, neben den Parnassim, saß der Polizeichef. Zwei andere Polizisten standen an der Tür. Die wichtigsten Kaufleute der Stadt, die sonst am Schabbat selten Zeit fanden, am Gottesdienst teilzunehmen, waren ebenfalls anwesend. Und der Lehrer und der Doktor und viele andere, die sonst keineswegs zu den regelmäßigen Gottesdienstbesuchern gehörten. Als der Moment gekommen war, stand der Maggid auf, um zu sprechen. Die Erregung, die Spannung, wuchs ins Ungeheure. Man hätte die Luft förmlich schneiden können ...

Und was sagte er?

Nichts.

Genauso war es.

Nichts.

Er stand am Pult und packte es mit beiden Händen. Von Zeit zu Zeit löste er sie auch wieder, um sie zur Unterstreichung seiner Worte durch die Luft zu bewegen. Er öffnete den Mund und sprach lange. Doch er gab keinen Ton von sich. Nicht einmal ein Flüstern! Vielleicht hätten wir verstehen können, was er meinte, wenn wir ihm von den Lippen hätten lesen können. Aber sein Mienenspiel wechselte, er gestikulierte, er trat auf der kleinen Bima vor und wich wieder zurück, er erhob zweimal die geballten Hände, er schlug mit ihnen in die Luft. Es war, als wären wir alle taub.

Erst fingen einige an zu kichern, vielleicht aus Überraschung oder wegen des seltsamen Bilds von einem Mann, der lautlos sprach. Dann wurden einige unruhig und zappelig, doch je länger er sprach, umso ruhiger saßen alle da. Sie waren wie festgenagelt, jeder fühlte sich gezwungen, sitzen zu bleiben und zuzuhören, was der Maggid sagte – oder vielmehr nicht sagte ...

Bis er den Bann brach. Es muss mindestens zwanzig oder dreißig Minuten gedauert haben, in denen er sich ständig bewegte, doch dann sprach er endlich laut. Er griff wieder nach dem Pult, schaute den Polizeichef an, die Parnassim, die Kaufleute, den Lehrer, und sagte Folgendes: »So habe ich also die Wünsche beider Seiten erfüllt, eure und meine. Ich habe gesagt, was ich sagen musste, weil ich wusste, dass ich es sagen muss. Und ihr habt gehört, was ihr hören wolltet, weil es nichts anderes gab, was ihr überhaupt hören würdet. Und so sind wir also alle zufrieden. Schalom.«

Mit diesen Worten kehrte er zu seinem Platz zurück, griff nach seinem Gebetbuch und las weiter. Sein Auftritt war beendet. Und er sagte kein weiteres Wort außer *»Schabbat Schalom«* am Ende des Gottesdienstes. Er verbeugte sich, aber er akzeptierte keine Wohltat, keine Einladung zum Schabbatmahl; stattdessen ging er zurück zum Hotel, und als der Schabbat zu Ende war, verließ er die Stadt. Ich spielte draußen, ich war einer der wenigen, die ihn sahen, als er wegging.

Aber am nächsten Tag, in der nächsten Woche, entstand allerlei Durcheinander. Jeder wollte wissen, was der Maggid wirklich gesagt hatte. Jeder hatte eine andere Theorie, eine andere Meinung dazu.

Ein paar jüngere Männer meinten: »Er hat gesagt, wir sollen uns von der Unterdrückung befreien, damit wir endlich frei sprechen können.«

Andere sagten: »Er hat gesagt, wir sollen ins Heilige Land gehen, denn dort könnten wir frei sprechen.«

Einige sagten: »Er hat uns gelehrt, wie wichtig Bescheidenheit, Diskretion und Umsicht sind, besonders wenn die Polizei in der Nähe ist.«

Andere sagten: »Er hat den Reichen geraten, großzügig mit ihrem Reichtum zu sein, sonst würden sie alles verlieren.«

Und manche sagten: »Er hat die Armen davor gewarnt, neidisch zu sein; stattdessen sollen sie ihr Geschick demütig annehmen und still sein.«

Und wieder andere sagten: »Er hat uns ermahnt, von unserem Gott und unseren heiligen Lehren nicht abzulassen.«

Und manche sagten: »Er hat uns aufgefordert, unsere teuflischen Wege zu verlassen und unseren Frauen und Männern treu zu sein.« (Diese Worte wurden von einem Nicken in bestimmte Richtungen begleitet.)

Und ein ganzes Jahr lang, so schien es, ging kein Schabbat vorbei, ohne dass jemand diese bemerkenswerte Predigt erwähnte, diese Predigt, die keine Predigt war, diese Predigt, die jeden einzelnen Menschen mit seiner eigenen Stimme angesprochen hatte; das eigene Gewissen, die eigene Schwäche, die eigenen Träume, die eigenen Ängste ...

Der Maggid kam niemals wieder in unsere Stadt, aber er hatte ein Zeichen gesetzt. Und nur ich weiß, was er wirklich gesagt hatte. Denn als er an jenem Samstagabend die Stadt verließ, winkte er mir zu und sagte ...

Aber nein, das darf ich nicht erzählen. Darauf soll jeder selbst kommen ...

Das verlorene Kind

Ich weiß, es ist eine Binsenweisheit, dass in jedem von uns ein Kind steckt. Aber was bedeutet das eigentlich? Wer ist dieses Kind? Und welche Beziehung hat es zu uns, den Erwachsenen?

Es begann wie eines der ganz gewöhnlichen Gespräche. Die Leute kommen ja mit ihren Fragen oder ihren Problemen ständig zu mir – das ist mein Alltag, und ich empfinde jede Frage und jedes Problem als Herausforderung. Diejenigen, die mit Antworten kommen oder glauben, die Wahrheit schon zu kennen, die einzige Wahrheit, diejenigen also, die kommen, um mir zu sagen, was ich zu tun und zu glauben hätte – die sind der sprichwörtliche Dorn im Auge, nicht nur für Rabbiner. Aber die anderen, die mit Fragen kommen ... Nun, sogar wenn es sich oft um ähnliche Fragen handelt, ist doch jeder Fall anders, und man lernt, die Fragen hinter den Fragen zu entdecken und sogar die Fragen, die sich auch dahinter noch verbergen und – und man weiß nie auf Anhieb, welche Antwort man geben kann. Sogar nach so vielen Jahren.

Das macht die Arbeit mit Menschen ja auch so interessant. Manchmal frage ich mich, ob Gott das wohl auch so empfindet.

Wir sitzen also hier und kommen gleich zum Punkt. Diese Dame hat ein tiefes, brennendes Interesse daran, jüdisch zu werden. Was bedeutet das für sie? Ist es so, wie man Vegetarier wird oder wie man sich eine andere Staatsangehörigkeit zulegt? Heißt »jüdisch werden« so etwas wie Mutter werden? Was soll ich tun – einen Schlüssel herausholen und eine Tür aufschließen? Ihr ein Rezept für ein Fläschchen Pillen verschreiben, die sie jüdisch machen? Manche Leute scheinen wirklich zu glauben, dass man das so bewerkstelligen kann. »Geben Sie mir eine Dosis Judentum, bitte – eine Serie von Spritzen.« – »Könnte ich bitte ein Päckchen Judentum kaufen?« – »Könnte ich eine Fachzeitschrift abonnieren, die mich, wenn ich sie sorgfältig lese, dazu befähigt, ein guter Jude zu werden, genauso wie ich – mit anderen Magazinen – stricken oder ein Handwerk oder Bildhauerei lernen kann?«

Hört sich das zynisch an? Wenn es so ist, dann liegt es nur daran, dass ich in all den Jahren so viele naive Auffassungen darüber gehört habe, was es bedeutet, eine Religion anzunehmen, die Religion zu ändern, eine Religion zu erwerben oder sogar eine Religion zu kaufen ... Schließlich bin ich auch nur ein Mensch, nur ein einfacher Angestellter im Büro der Universalen Macht. Ich bin nicht Gott, ich bin kein Prophet und kein Professor, ich arbeite für eine Gemeinde und versuche herauszufinden, warum sich so viele Mitglieder nicht für ihre Religion interessieren – warum aber so viele Nichtmitglieder das tun. Es ist eine kühne Überlegung: Wäre die Gemeinde womöglich besser, wenn wir die Hälfte der Mitglieder, die nie kommen, hinauswerfen und nur solche als Mitglieder akzeptieren, die sich auch beteiligen? Man müsste es einmal ausprobieren ... Jedenfalls teile ich mit vielen meiner Kollegen den Traum, dass wir eines Tages weniger Zeit mit Verwaltung verbringen müssen und dafür mehr predigen und lehren können. Stattdessen beschäftigen wir uns mit der Lösung interner Konflikte, hören höflich zu, mit einem festgefrorenen Lächeln im Gesicht, während Menschen, die nicht wissen, was sie sagen, mit uns sprechen, als wüssten wir nicht, was sie meinen, oder – was noch schlimmer ist – als täten wir es.

Also zurück zu dieser Dame. Sie ist zehn Jahre nach dem Ende des Holocaust geboren, aber noch immer von ihm geprägt. Geboren wurde sie hier, in Deutschland. Bedeutet das, sie ist getrieben von einer Mischung aus Schuldgefühlen und Wut und Distanzierung von der elterlichen oder nationalen Vergangenheit? Bedeutet das, sie hat internen Streit mit dieser oder jener Kirche? Wo endet die Vergangenheit, und wo beginnt die Gegenwart?

Doch während ich zuhöre, verschwinden einige der Zweifel und werden durch neue ersetzt. Diese Dame ist nicht labil – oberflächlich gesehen wenigstens nicht. Ich entdecke keine Anzeichen von Schizophrenie oder anderen Krankheiten, an die man denken könnte. Oh nein! Ihr Blick hat nichts Wahnsinniges, sie lächelt nicht irre, zuckt nicht, zappelt nicht herum. Sie ist auch nicht in sich zusammengesunken wie eine schwer Depressive, die nur ich, der Rabbi, mit meiner geheimnisvollen jüdischen Magie retten kann.

Wir können relativ schnell abklären, was sie *nicht* antreibt. Sie hat keinen jüdischen Freund. Auch keinen jüdischen Ehemann oder Liebhaber – weder männlich noch weiblich. Sie hat nicht vor, nach Israel auszuwandern. Sie ist nicht schwanger von irgendeinem israelischen Taxifahrer. Sie ist auch keine pietistische Protestantin, die den kleinen Jungen aus Nazaret am Kreuz angemessen verehren möchte. Sie war verheiratet, jetzt ist sie geschieden. Hat eine Tochter, die noch zur Schule geht.

Sie erzählt mir auch nicht, ihr Vater sei Jude gewesen oder der Vater ihrer Mutter oder der Nachbar ihres Cousins. Tatsächlich hatte sie bislang, wenigstens oberflächlich betrachtet, keinerlei Kontakt mit Juden oder dem Judentum gehabt. Doch das ist nur die Oberfläche.

Unter der Oberfläche ist alles komplizierter. Sie wuchs in einem kleinen Dorf auf, wo natürlich keine Juden mehr leben, aber sie hat immer gefühlt, dass sie nicht dazugehört. Dieses Gefühl kenne ich auch. Wer sonst würde Rabbiner werden? Spürt, dass sie irgendwo anders hingehört, dass sie Erinnerungen trägt, die nicht ihre eigenen sind. Sind diese Erinnerungen wirklich nicht ihre eigenen, oder doch?, fragt sie mich. Wer ist sie? Und wer bin ich, ihr das zu sagen?

Eines Tages, mit acht, sagte sie zu ihrer Mutter: »Mami, ich bin jüdisch.«

Die Mutter ließ den Teller fallen, den sie in der Hand hielt, und schrie sie an: »Sag so etwas nie wieder!«

Über dreißig Jahre später ist die Erinnerung an diesen Vorfall noch immer in ihr Gedächtnis eingebrannt. Warum hatte sie das gesagt? Sie weiß es nicht. Aber sie ist sich immer sicher gewesen, dass es stimmt. Und wohin hat das geführt? Nirgendwohin. Offenbar nirgendwohin. Aber tief in ihrem Inneren regen sich andere Erinnerungen. Sie summte eine Melodie. Eine Melodie, die sie kannte. Die sie aber noch nie gehört hatte. Eine Melodie, die niemand im Dorf je gehört hatte, eine Melodie, die nicht zu den Liedern auf dem Spielplatz passte. Erst Jahre später, viele Jahre, nachdem sie die Universität beendet hatte, hörte sie diese Melodie im Radio. Es war ein Lied. Ein jüdisches liturgisches Lied.

Ich beuge mich vor. Das hier läuft in eine ungewöhnliche Richtung. Glaube ich, was sie sagt? Das muss ich jedes Mal neu und individuell entscheiden. Üblicherweise gibt es keine Beweise für das, was mir jemand erzählt – und üblicherweise gibt es keine Beweise für das, was ich selbst erzähle. Nicht jeder läuft mit einem Aktenordner voller Beweise herum, wo seine Urgroßmutter begraben liegt. Nicht jeder kann ein Video aus seiner Kindheit vorzeigen. Alles ist eine Sache des Glaubens, des Vertrauens, des Akzeptierens – oder auch nicht. Wie kann ich ein Déjà-vu erklären? Wer kann eine plötzliche Eingebung erklären? Wer kann Träume und Albträume erklären?

Ich bin eine moderne Person. Ich arbeite in einer alten Tradition. Ständig im Konflikt zwischen beidem: zwischen den Bedürfnissen einer modernen Gesellschaft und den Forderungen einer alten; zwischen uralten Texten, die von

Sklaven und Opferungen sprechen, und modernen Zeiten, in denen – nun ja, Selbstversklavung und Selbstaufgabe üblich sind. Wo gibt es Verbindungen, und wo gibt es keine? Wie kann man Vergangenheit und Gegenwart versöhnen?

Moderne Menschen haben gelernt, dass Träume die Verarbeitung unserer individuellen Vergangenheit sind. Es spielt keine Rolle, ob man Freud gelesen hat oder nicht, es spielt keine Rolle, ob man mit ihm übereinstimmt oder nicht. Es ist etwas, was wir gelernt haben, was wir verinnerlicht haben. Im Schlaf träumen wir, und im Traum verarbeiten wir, was wir erlebt haben. Andererseits müssen wir uns jedoch eingestehen, dass sich nicht alles wissenschaftlich erklären lässt. Es lässt sich nicht erklären, dass wir im Traum Orte besuchen, an denen wir nie zuvor gewesen sind, dass wir Menschen von früher treffen, die wir nie getroffen haben. Die Menschen verstanden Träume ganz anders – sie bezogen sie nicht auf die Vergangenheit, sondern auf die Zukunft. Träume kamen nicht von innen, sondern von außen. Aber – von welchem Außen? Und zu welchem Zweck? Anders gefragt: Hat der Traum etwas mit der nahen oder der fernen Zukunft zu tun? Oder gar mit der Gegenwart? Wie oft habe ich verzweifelt nach einem Gleichnis gesucht und aus tiefstem Herzen trauernden Hinterbliebenen erklärt, dass Totsein wie Schlafen ist? Dann wäre umgekehrt Schlafen wie Totsein. Damit wäre belegt, dass wir zu Dimensionen Zugang haben, die sich von unserem Alltag unterscheiden.

Wer träumt hier also? Was passiert im Kopf dieser Dame? Was gab ihr den Impuls, die Telefonnummer der Synagoge herauszusuchen, was gab ihr den Mut, mich anzurufen – einen vollkommen fremden Menschen –, um mir von ihrer Kindheit zu erzählen, von ihren Ängsten, ihren Träumen und Albträumen? Warum vertraut sie mir das alles an? Und – vertraue ich ihr?

Langsam gehen wir weiter, sehr langsam. Ich gestatte ihr lange Pausen. Ich brauche die Zeit für mich selbst, um zu verdauen, was noch kommen wird. Sie habe sich immer »jüdisch gefühlt«, könne diese Gefühle aber nicht beschreiben. Nun gut, das kann keiner. Es ist ein Gefühl, eine Wahrnehmung, es ist etwas tief drinnen, aber wenn ich anstelle dieser Dame wäre und mit einem Rabbi spräche, wie würde ich es dann beschreiben?

Die ganzen Jahre. Die erwachenden Erinnerungen. Aber in verschiedenen Altersstufen. Das Bewusstsein, dass es da noch jemand anderen gibt. Jemanden, sagt sie, der jemand anders ist als der unsichtbare Freund, den sich Kinder immer so gerne vorstellen. Jemanden, mit dem sie einen immer wiederkehrender Albtraum verbindet: Sie ist ein Kind in einem Zug, in einem dunklen, kalten Zug. Sie ist ein kleines Kind, allein und verängstigt. In ihren Armen liegt ein anderes Kind – kein Bruder, keine Schwester, einfach ein anderes Kind –, ebenfalls allein und verängstigt. Wo ihre Familien sind? Wer weiß das schon. Ihre Familien sind nicht da. Ihre Familien sind weg. Und sie und dieses andere Kind fahren auf etwas zu, das sie nicht kennen, aber sie wissen, dass es etwas Schlimmes ist. Sie *fühlen*, dass es etwas Schlimmes ist. Sie haben Angst zu sterben. Sie haben große Angst. Panik. Sie weinen miteinander. Sie weinen ...

Und dann wacht sie auf. Jedes Mal. Weinend. Da sind

Tränen, ein nasses Kissen. Schrecken. Das tiefe Gefühl eines Verlusts, eines großen Kummers. Ein Gefühl von Alleinsein. die Gewissheit, jüdisch zu sein.

Ich antworte nicht. Ich kann nicht antworten. Ich treibe am Rand meiner eigenen Rationalität. Ich frage mich, ob das Telefon auf meinem Tisch wohl gleich läutet. Ich hoffe, dass es läutet. Ich hoffe, es wird nicht läuten. Und ich frage mich, ob ich ihr ein Taschentuch anbieten soll. Ich frage mich, ob ich ihr meines geben soll.

Es kostet mich einige Mühe, das normale Procedere fortzusetzen. Draußen scheint die Sonne. Auf meinem Tisch sind Papiere gestapelt. Zeit – gegenwärtige Zeit – wird noch immer von der Uhr an der Wand angezeigt. Wenigstens bewegt sich der Sekundenzeiger. Besprechen wir also die Gegenwart. Füllen wir ein Formular aus. Besprechen wir, welche Bücher zu lesen sind, welche Gottesdienste zu besuchen. Schauen wir, was sich aus dem Leben dieser Frau machen lässt, hier und jetzt. Schauen wir, ob jüdisch zu sein wirklich das ist, was sie will, schauen wir, ob die Gemeinde sie akzeptieren kann. Es beginnt also eine Probezeit. Für alle. Sie versteht. Sie nimmt die Papiere. Sie bedankt sich bei mir. Sie erhebt sich. Sie geht.

Ich habe nicht gelacht. Ich habe sie nicht hinausgeworfen. Ich habe sie ernst genommen. Warum?

Sie ist wohl schon seit einer guten Stunde gegangen, als mir klar wird, dass seit geschlagenen zehn Minuten, wenn nicht länger, eine Frage an mir nagt. Eine dumme Frage, die weder sie noch ich und wahrscheinlich nie jemand beantworten kann. Aber die Frage brennt weiter.

Wo ist jenes andere Kind? Wo ist es jetzt?

Besessen

Der Dibbuk war. Oder vielmehr: Er ist. Sie haben richtig gelesen. Man mag es nicht glauben, aber es ist so. Der Dibbuk war und ist gleichzeitig. Wo? Das ist schwer zu sagen. Hier? Dort? Irgendwo? Wer kann, wer wagt es überhaupt, das sagen?

Ich kann nicht beschreiben, was ich sah, deswegen mache ich es nicht. Ich will nicht das Spiel spielen, das Schriftsteller so gerne spielen, um zu zeigen, wie klug sie sind. Ich quäle sie nicht mit Beschreibungen, Metaphern und Gleichnissen, um zu berichten, wie der Dibbuk ausgesehen hat, wie groß er war oder welche Farbe er hatte; wie er sprach oder wie seine Stimme klang. Nichts dergleichen hat Gültigkeit. Nicht in den anderen Dimensionen. Der Dibbuk war. Er hat existiert. Er war einfach da. Wo immer ich war, war er auch – irgendwie. Ich fühlte ihn mehr, als dass ich ihn sah; ich spürte ihn mehr, als dass ich ihn hörte. Er war. Ohne Adjektive. Einfach als Substantiv. Ohne Artikel oder Geschlecht.

Wir sprachen miteinander – wenn man das so sagen kann. Wir kommunizierten. Tauschten Ideen und Meinungen aus.

Ich sprach als Erster. Warum bist du hier?, fragte ich. Weil ich bin, antwortete er. – Ich benutze keine Anführungszeichen, denn wir sprachen, ohne zu sprechen. So, wie man es tun *muss*, mit einem Dibbuk.

Weil ich bin? Das ist keine Antwort.

Eine andere Antwort wirst du nicht bekommen.

Ich verlange mehr.

Du darfst nichts von mir verlangen, du bist auch gar nicht in der Position, etwas von mir zu verlangen.

Ich verlange es in Marks Namen. Du hast ihn besetzt. Er möchte aber nicht besessen sein. Er hat mich gebeten, ihm zu helfen.

Ich weiß.

Also, warum hast du von ihm Besitz ergriffen? Warum bist du in ihn gefahren? Was willst du?

Es gab eine Pause. Wie lange, wer kann das sagen? Für Dibbuks ist die Zeit anders. Sie haben alle Zeit der Welt. Dieser Welt, der vergangenen Welt und der kommenden Welt. Alle Zeit. Aber es war eine Pause, die endete.

Er rief mich, sagte der Dibbuk. Er rief mich, und ich kam. Warum sollte ich jetzt gehen?

Er wollte dich nicht rufen, sagte ich. Es war ein Versehen. Er war jung. Jung und dumm. Und jetzt ist er älter und möchte, dass du ihn verlässt.

Jetzt ist er alt und dumm. Warum glaubt er, dass es etwas nützen würde, dich um Hilfe zu bitten?

Weil ich sein Rabbi bin. Er hat mir seine Geschichte erzählt. Von der Party. Von den Drogen und der Séance, von den Karten, von dem Spiel, von der ganzen Spinnerei. Aber damals war er jung. Er wusste nicht, was passieren würde. Oder wie lange es dauern würde.

Das stimmt. Ich erinnere mich genau. Ich erinnere mich an alles. Ich erinnere mich sogar an das Mädchen, das ihm gegenübersaß und das er unbedingt beeindrucken wollte. Er wollte mich missbrauchen. Er wollte ihr zeigen, wie mächtig er war, wie mutig. Wie dumm er war. Wie bereit er doch war, mit etwas zu spielen, das er nicht verstand. Er wollte zwischen ihren Beine liegen. Ich war nur das Werkzeug dazu. Aber jetzt ist er *mein* Werkzeug, und *ich* mache mit ihm, was ich will. Das Mädchen war auch dumm. Aber *er* hat mich gerufen.

Jetzt bittet er dich, ihn zu verlassen.

Er *bittet* mich? Er sollte mich *anflehen*!

Würde das helfen?

Vielleicht.

Wie sollte er dich anflehen? Ich könnte ihn beraten.

Er hat mir seine Seele gegeben. Er könnte darum flehen, dass ich sie ihm zurückgebe.

Nein, er hat dir seine Seele nicht gegeben. Du hast sie dir einfach genommen.

Er hat mich eingelassen.

Aber das war nicht seine Absicht.

Seine Absicht war, in das Mädchen zu kommen. Aber stattdessen kam ich in ihn.

Und jetzt fordere ich dich auf, ihn wieder zu verlassen.

Was kannst du dagegen tun, dass ich bleibe?

Ich bin ein Rabbi. Kein Magier. Ich bin hier, um mit dir zu

sprechen. Nicht um dich zu zwingen. Ich werde nicht versuchen, die Kabbala anzuwenden. Ich bin gegen Beschwörungen und Kerzen. Ich benutze auch keinen Weihrauch und keine Zaubersprüche. Ich interessiere mich nicht für Hokuspokus. Ich bitte dich – um Marks willen. Bitte gib ihn frei. Er möchte sein Leben in Frieden leben.

Sein Leben *leben* oder sein Leben *verlassen*? Das ließe sich auch einrichten.

Nein, ich bitte dich. Er ist noch jung. Er hat Familie.

Du bist nicht so dumm wie die meisten. Sie glauben, sie könnten mich mit ein bisschen Aramäisch vertreiben, das sie übrigens noch nicht einmal ordentlich aussprechen können, geschweige denn verstehen.

Danke für das Kompliment. Bist du bereit, ihn zu verlassen?

Ich bin bereit zu verhandeln.

Was willst du?

Was kannst du denn anbieten?

Ich möchte, dass du meinen Schützling verlässt. Wenn er seinen Frieden findet, kannst *du* ihn vielleicht auch finden. Das ist das Einzige, was ich anzubieten habe.

Was du anbietest, ist eine *chuzpe*.

Vielleicht. Was erwartest du sonst?

Von einem Rabbi? Nichts anderes. Aber ich respektiere dich dafür.

Danke. Und was ist mit Mark?

Mark? Mark langweilt mich. Mark ist oberflächlich. Mark hat Angst vor allem, wovor er sich niemals zu fürchten bräuchte. Und da wo es angebracht wäre, Angst zu haben, da hat er keine.

Viele von uns sind so. Wir sind Menschen. Das ist unsere Schwäche und zugleich unsere Stärke.

Was meinst du mit Stärke?

Schau, wenn ich tatsächlich Angst vor dem hätte, vor dem ich mich fürchten sollte, dann würde ich bestimmt nicht mit dir sprechen.

Du hast mich herausgefordert.

Ich habe dich nicht herausgefordert. Ich habe dich gerufen, und du bist gekommen. Das war *dein* Wille, nicht meiner.

Gut, ich bin also gekommen. Und was kannst du mir jetzt anbieten?

Ich biete dir Frieden zwischen uns an, wenn du Frieden schließen willst.

Warum sollte ich?

Du brauchst Mark nicht. Aber er braucht sich selbst.

Sich selbst? Weiß er denn überhaupt, wer er ist?

Nein, das kann er nicht. Du hast ihn ja besetzt.

Ich bin ein Dibbuk.

Ich weiß. Ich weiß.

Ich gehe, wann *ich* will.

Ich weiß. Ich weiß.

Ich gehe, wenn *ich* es beschließe.

Ich weiß. Ich respektiere das.

Du verstehst gar nichts.

Der Dibbuk war ... gewesen. Der Dibbuk ist ... aber nicht hier. Der Dibbuk ist nicht mehr zu spüren. Kein Abschied. Kein Weggehen. Nichts dergleichen.

»Wach auf, Mark. Du kannst jetzt aufwachen. Es fängt jetzt vieles ganz neu an.«

Mosche Rabbenu

Alle Rabbiner müssen sich gelegentlich dem Urteil eines Komitees aussetzen. Dann etwa, wenn das Rabbinat einer gründlichen Prüfung unterzogen wird. Durchgeführt wird diese Prüfung von einem Komitee oder einem Gemeinderat, der sich aus willkürlich zusammengewürfelten Abgeordneten zusammensetzt, deren einziger Anspruch auf Autorität darin besteht, alle anderen Mitbewerber um diesen Posten überlebt zu haben. Die Opfer von Piraten mussten früher über die Planken gehen; Rabbiner aber müssen vor der Kommission bestehen – was viel, viel schlimmer ist: Die Haie im Ozean zeichnen sich nämlich durch barmherzige Schnelligkeit und tröstliche Effizienz aus, ganz anders als ihre Brüder im Vorstand der Kultusgemeinden. Seltsamerweise dürfen Rabbiner ihre Gemeinden nicht kritisieren, die Gemeinden jedoch dürfen umgekehrt ihre Rabbiner immer kritisieren.

Es war nach einer dieser spannungsgeladenen Auseinandersetzungen, dass Rabbi Mordechai Galgenbaum, bekannt als »Motti, der Masochist«, eine denkwürdige Predigt hielt. Es war gegen Ende des jüdischen Jahres, und es wurde der Abschnitt aus der Heiligen Tora gelesen, der von Moses' Leid handelte, als sein Ende nahte. Nachdem die Heilige Tora in den Heiligen Schrein zurückgebracht worden war, stieg Rabbi Mordechai Galgenbaum in der kleinen Synagoge in Unprynwnzbl die drei Stufen zu der schmalen Holzkanzel hinauf, von wo aus er seit zwei Jahren predigte, und fragte seine Gemeinde: »Warum wird Mosche Rabbenu ›Mosche Rabbenu‹ genannt?«

Das war nicht die Art Frage, die man erwartet hatte, und die kleine Gemeinde rutschte unruhig auf den Sitzen herum. Ausnahmslos alle – auch die beiden, die vom Vorstand bezahlt wurden, damit sie auf den Stühlen der Vorstandsmitglieder saßen, damit diese wiederum am heiligen Schabbat ihren Geschäften nachgehen konnten. Rabbi Mordechai lehnte diesen Brauch ab, konnte ihn jedoch nicht verhindern, da ein Brauch immer ernster genommen wird als der Rabbi.

»Lasst mich anders fragen«, fuhr der weise Rabbi fort. »Warum bezeichnet ihn die Heilige Tora nicht als Mosche *ha-Chacham,* Mosche, den weisen Mann? Oder als Mosche, unseren König, oder Mosche, unseren Prinzen, oder Mosche, unseren Richter, oder als Mosche, unseren Held, oder Mosche, den Zaddik, unseren Gerechten? Warum wird die Bezeichnung ›Rabbenu‹, also ›unser Rabbi‹, für diesen Mann benutzt, der ein treuer Diener seines Herren war und der Gott von Angesicht gesehen hat, wie die Tora sagt?«

Den Gesichtern der treuen (und der für ihre Treue bezahlten) Gemeindemitglieder war schmerzhaft deutlich anzusehen, dass sie keine Ahnung hatten. Deshalb fuhr er fort: »Mosche ist der Prototyp des Rabbiners. Und warum? Betrachtet es einmal so: Er diente dem Volk Israel vierzig Jahre lang in der Wüste. Das Volk aber war undankbar. Es beklagte sich ständig über ihn und versuchte, gegen ihn zu rebellieren und seine Autorität zu untergraben. Sie gehorchten ihm fast nie, ohne vorher mit ihm zu streiten. Als er ihnen kurz den Rücken kehrte, nahmen sie an, er sei tot und begannen, falsche Götter anzubeten. Von seinem Arbeitgeber bekam Mosche nichts als widersprüchliche Befehle und Ärger. Irgendwann in dieser Zeit zerbrach auch seine Ehe, weil er seine Frau Zippora nach der Begegnung mit Jethro nicht mehr wiedersah, und er erwähnte seine Söhne Gerschom und Elieser nie mehr. Mosche vererbte seine Autorität nicht an sie, im Gegensatz zu Aaron, dem Priester, dem es zumindest gelang, seine Autorität auf seine beiden überlebenden Söhne zu übertragen. Mosche erntete übermäßige Kritik für einen kleinen Fehler, den er am Felsen beging. Am Ende seiner Karriere bekam er keine Pension, sondern ging fort, um allein in der Wüste zu sterben. Das Volk trauerte und jammerte dreißig Tage, dann vergaß es ihn und das meiste von dem, was Mosche versucht hatte, ihnen beizubringen. Das einzige Buch, das er schrieb, wurde erst nach seinem Tod veröffentlicht, und er erhielt nie auch nur einen Schekel Honorar dafür. Aus diesen Gründen wird Mosche ›Mosche Rabbenu‹ genannt, denn er ist wahrlich seit jeher der Prototyp für alle, die versucht haben, das jüdische Volk zu leiten und ihm zu dienen.«

Es war eine kurze Predigt, aber sie hatte es in sich. Rabbi

Mordechai verbrachte daraufhin die nächsten beiden Jahre damit, nach einer neuen Arbeitsstelle zu suchen, bevor er schließlich zum Katholizismus übertrat, sich im Kloster St. Stanislaw niederließ und antisemitische Traktate schrieb. Die Kultusgemeinde von Unprynwnzbl wiederum benötigte drei weitere Jahre, um einen Kantor zu finden, der, weil er Analphabet war, nicht die Zeitungsberichte über den Skandal mit Rabbi Mordechai hatte lesen können und vermutlich keinerlei Probleme als Intellektueller verursachen würde. Und so wurden alle auf ihre Weise glücklich.

IV
Lieben

Lutz

Der kleine Lutz war ein einfacher Mann und nicht besonders helle. Er trödelte in der Nachbarschaft herum, lächelte jeden freundlich an und sprach wenig. Er war ein regelmäßiger Gottesdienstbesucher, weil seine winzige Frau ihn immer mitnahm. Eva sang im Chor, seit Jahrzehnten, und niemand brachte es übers Herz, ihr zu sagen, dass sie nicht mehr singen könne und dass ihre zittrige Stimme dem Glanz und der Ehre der Liturgie wenig nütze. Aber das war egal. Eva war seit Jahrzehnten, also schon lange vor meiner Zeit, eine feste Institution im Chor. Und sie brachte Lutz mit, der immer ganz allein in der vorletzten Reihe saß und vor sich hinlächelte. Er hatte nie ein Buch vor sich, und er beteiligte sich nie, er saß nur da oder stand, wenn alle standen – und lächelte. Er war kaum größer als einen Meter vierzig und Eva sogar noch ein wenig kleiner. Die beiden waren ein seltsames, aber wunderbares Paar: Eva hörte nie auf zu sprechen oder zu singen – und er schwieg und lächelte.

Früher war Lutz Bäcker gewesen. Aber das war in einer anderen Welt gewesen. Damals hatten sie in einer kleinen Stadt in Norddeutschland gewohnt. An einem Frühlingstag – die alte Geschichte – wurden all ihre Freunde und Nachbarn gezwungen, zusammen mit ihnen zum Bahnhof zu ziehen, ihr Gepäck in den Gepäckwagen zu laden und dann in die Waggons zu steigen. Die Koffer hatten sie vorher genau etikettieren müssen. Bevor der Zug losfuhr, war der Gepäckwagen am Zugende in aller Stille abgekoppelt worden. Die Bewohner der Stadt teilten sich das Eigentum ihrer früheren Nachbarn guten Gewissens. Denn die Vertriebenen würden kein Gepäck mehr brauchen. Deshalb wurde auch alles, was sie in ihren Geschäften und Häusern und Wohnungen und Schuppen und Garagen zurückgelassen hatten, verteilt; wenigstens unter denen, die es verstanden, sich Vorteile zu verschaffen. Die Stadt fühlte sich besser, ein Fluch war von ihr genommen worden, sie war endlich nicht mehr von Fremden infiziert, und nur wenige Leute würden sich dereinst die Mühe machen, die Ereignisse dieses Tages mit denen in Verbindung zu bringen, die nur wenige Jahre später stattfanden: Das gesamte Stadtzentrum – der Bahnhof, die Rangiergleise voller Personen- und Gepäckwagen, die Geschäfte, Häuser, Wohnungen und Schutzkeller, die Schuppen und Garagen – wurde in Staub und Asche und verschlungene Metallteile verwandelt.

Lutz und Eva wussten zum damaligen Zeitpunkt natürlich nichts von alldem, aber Eva erzählte mir eines Tages, wie sie vor einigen Jahren in ihre frühere Heimatstadt eingeladen worden waren, von jenen Menschen, die möglicherweise doch eine Art Beziehung zwischen den beiden Ereignissen hergestellt hatten und die Dinge geraderücken wollten. Deshalb luden sie die früheren Mitbewohner in ein modernes Hotel ein (das jetzt da stand, wo früher der »Deutsche Hof« gewesen war), und zu einem Treffen mit dem jungen Bürgermeister (im neuen Rathaus) und baten sie zu einem Gespräch mit Schulkindern, von denen jedes zweite keinen deutschen Hintergrund hatte, sondern aus der Türkei oder aus dem Balkan stammte. Aber jedermann fühlte sich besser dank dieser Einladung, und die Lokalzeitung druckte Fotos ab. Natürlich erkannten die verwirrten Gäste so gut wie nichts in ihrer früheren Heimatstadt wieder. Das große gewölbte Stahldach des Bahnhofs war durch eine Nachkriegsbetonkonstruktion ersetzt worden, die Straßenbahnen waren verschwunden, die Straßen sahen nicht mehr aus, wie sie einmal ausgesehen hatten, und das ganze Stadtzentrum war jetzt Fußgängerzone und betoniert.

Lutz und Eva hatten, jeder für sich, in getrennten Lagern um ihr Leben gekämpft, und es war eines der seltenen Wunder, dass beide auf ihre Weise überlebten und sich danach wiederfanden. Von da an war Eva die Starke, und Lutz arbeitete nie wieder. Er saß da und lächelte und sagte nur selten ein Wort. Eva fuhr ihn herum und kümmerte sich um ihn und versorgte ihn. Irgendwie schienen sie ein glückliches Paar zu sein.

Eines Tages geschah dann, was viele von uns gefürchtet hatten. Die kurzsichtige Eva, die kaum über das Steuer hinausschauen konnte, fuhr ihren kleinen Morris gegen einen Baum. Es war ein Mittwochnachmittag. Ich erfuhr von Freunden und Mitgliedern der Frauenvereinigung, dass sie mittwochs immer im Restaurant gegessen hatte, allein oder mit Freunden, eine riesige Mahlzeit mit Fleisch. Steak, Huhn, alles Mögliche. Zu Hause waren sie Vegetarier, und das Mittwochsmahl war Evas Festschmaus. Lutz blieb immer zu Hause. So erfuhr ich die Neuigkeit auch von Edna, der Chorleiterin. Lutz sei Vegetarier geworden, erzählte sie mir, nachdem er einmal gesehen hatte, dass seine Mitgefangenen eine Leiche aßen. Eva unterstützte ihn zu Hause, hielt sich aber schadlos, indem sie einmal in der Woche anderswo Fleisch aß. Er wusste es, aber es war ihm egal. Solange es nur bei ihnen zu Hause kein Blut und kein totes Tier gab. Offenbar war er diesbezüglich sehr, sehr streng und lächelte ausnahmsweise nicht dazu.

Nun war Eva gegangen. Wir taten für Lutz alles, was wir konnten, ein paar gute Nachbarn und natürlich der jüdische Sozialdienst, aber – was würde aus ihm werden?

Ich machte mir Sorgen und ging eines Tages, etwa anderthalb Monate nach dem Unfall und der Beerdigung, bei ihm vorbei. Sie besaßen einen kleinen Bungalow in den Fallowgates, dem jüdischen Viertel der Stadt, und Lutz hatte beschlossen, dort zu bleiben. Warum auch nicht? Er konnte herumlaufen, er war nicht behindert. Man hatte einen Plan aufgestellt, nach dem die Gemeindemitglieder ihn abwechselnd zum Gottesdienst bringen würden. Aber wie das mit solchen Plänen ist, dauerte es nicht lange, und jemand vergaß Lutz oder konnte nicht oder was auch immer. So kam Lutz auf meine Liste der »dringenden« Besuche, ich fuhr zu ihm und klingelte.

Lutz kam schnell zur Tür. Er schien irgendwie aufrechter zu sein, als ich ihn in Erinnerung hatte. Nicht wirklich größer, aber jedenfalls nicht so klein, wie er früher gewirkt hatte. »Oh, kommen Sie herein!«, sagte er. Vier Wörter hintereinander. Das mag vielleicht nicht viel erscheinen, aber ich hatte von diesem Mann jahrelang nichts anderes gehört als »Guten Morgen« oder »Danke«. Doch nun wirkte er anders, ganz anders. Kraftvoller.

Er führte mich in das kleine Wohnzimmer. Auf dem Tisch lagen ein paar Briefmarken, so als würden sie gerade sortiert – ich hatte nicht gewusst, dass Lutz ein Philatelist war. »Kann ich Ihnen einen Tee anbieten, Rabbi? Ein Stück Kuchen?«

»Ja, gerne«, antwortete ich. Das hatte ich nicht erwartet. Ich hatte mir Lutz in eine Ecke gekauert vorgestellt, vielleicht noch im Bett, zumindest aber um elf Uhr vormittags noch im Schlafanzug. Ich schaute mich um, während er in der kleinen Küche hantierte. Alles sah ordentlich aus.

Er brachte eine Tasse und eine Kanne herein sowie einen Teller mit ein paar Stücken Obstkuchen. »Selbst gebacken, Rabbi«, sagte er. »Ich hoffe, er schmeckt Ihnen.«

»Sie haben ihn selbst gebacken? Wunderbar. Klappt das eigentlich mit dem Essen auf Rädern?«

»Oh, ich habe es gleich nach der ersten Woche abbestellt«, sagte Lutz. »Es schmeckt mir nicht, wissen Sie. Die haben dort keine Ahnung von der vegetarischen Küche. Außerdem backe ich gern. Ich war mal Bäcker, wissen Sie. Ich habe sogar eine Lehre gemacht.«

Ich war ziemlich sprachlos. Das war nicht die Art Konversation, die ich mir vorgestellt hatte. Deshalb nahm ich einen Schluck Tee und einen Bissen Kuchen, um eine Pause entstehen zu lassen. Der Kuchen war wirklich köstlich. Ich sagte ihm das auch. Ein Kompliment ist immer eine gute Eröffnung für ein persönliches Gespräch.

Er wurde rot. »Das freut mich. Ich bin ein bisschen außer Übung, und natürlich sind die Maßeinheiten hier auch ganz anders.«

Ich lehnte mich im Sessel zurück. »Erzählen Sie mir doch, wie Sie zurechtkommen?«

»Nun ja, Rabbi, ich muss mich immer noch daran gewöhnen, dass Eva nicht mehr da ist. Aber es ist nicht das erste Mal, dass wir mit einer Veränderung zurechtkommen müssen. Und jetzt, wo sie ihren Frieden hat, kann ich einige Dinge tun, von denen sie nicht gewollt hätte, dass ich sie tue. Zum Beispiel backen. Wissen Sie, die Dinge kommen zurück. Nicht nur die schlechten Dinge – natürlich erinnert man sich öfter an sie, wenn man älter wird –, sondern auch die guten.«

»Eva wollte nicht, dass Sie backen?«

Er machte eine Pause. »Sie müssen das verstehen, Rabbi. Eva ist sehr tief verletzt worden. Im Krieg. Im Lager. Selbst ich habe lange gebraucht, bis ich begriff, wie tief. Wir waren alle verletzt, und das heißt, dass man seinen eigenen Schmerz stärker wahrnimmt als den von anderen. Und nach allem, was geschehen war, musste Eva ihre Kraft erst wiederfinden. Ihre eigene Kraft. Und alles, was dazugehörte.«

Ich rührte langsam in meinem Tee. Manche Leute rauchen eine Pfeife, nicht weil sie gerne rauchen, sondern weil das Herumhantieren mit einem Tabaksbeutel und Streichhölzern ihnen die Möglichkeit gibt, zwei, drei Minuten lang nachzudenken, ohne dass die Gesprächspause unbehaglich wäre. Ich rauche nicht, also musste ich in meinem Tee rühren. Es hatte die gleiche Wirkung: Ich sah beschäftigt aus und saß nicht dumm herum. »Und dann ... was geschah dann?«, fragte ich. »Eva hat mir nämlich nicht viel von sich erzählt.«

»Das hat sie nie getan, nein, nie. Ich glaube, sie hat es keiner Menschenseele erzählt. Noch nicht einmal Edna und den anderen aus ihrer Gruppe. Sie hat es mir auch nicht erzählt, bis wir nach England kamen, bis wir in Dover das Schiff verließen. Da brach sie zusammen, und ich musste sie in ein Café bringen. Wir haben den Zug verpasst, aber das war egal, wir hatten in jenen Jahren so vieles verpasst und so vieles verloren – was bedeuteten da schon ein Zug und ein Koffer? Wir hatten sowieso nicht mehr viel.«

Ich rührte weiter. Es gab keinen Grund dafür, die Tasse war fast leer, aber ich musste meine Hände beschäftigen.

»Sehen Sie, Rabbi, Eva war sehr klein. Genau wie ich. Und das war gut so. Als ich sie zum ersten Mal traf, war sie jung und sehr schön. Sie hatte dunkle, lockige Haare und warme, rote Wangen. Sie sah aus wie eine große Puppe.«

Wieder machte er eine Pause. Sein Blick war in die Ferne gerichtet, nicht auf irgendeinen Punkt im Raum. Ich saß ganz still.

»Das hat ihr auch das Leben gerettet. Einer der SS-Männer hat sich in sie verliebt. Sie war eine erwachsene Frau, sah aber immer noch aus wie ein kleines Mädchen. Er muss das ... erregend gefunden haben. Er wollte Eva für sich allein. Deshalb holte er sie von den anderen Arbeiterinnen in der Torpedofabrik weg und nahm sie zu sich. Dann schwängerte er sie. Sie glaubte, sie würde mit dem nächsten Transport weggeschickt. Aber nein, er hielt sie weiter versteckt und beschützte sie. Aber als das Baby geboren wurde – es war ein Mädchen, sagte sie –, brachte er es um. Und dann machte er es wieder: Er brachte das nächste Baby auch um. Einen Jungen.

Und als der Krieg vorbei war und das Rote Kreuz Eva in einem Lager für Displaced Persons fand und mich später in einem anderen, brauchte sie unbedingt ein Baby, um das sie sich kümmern konnte. Unbedingt. Aber sie wollte nicht mehr schwanger werden. Nie mehr. Ich war einverstanden damit. Ich wollte auch keine Kinder. Nach allem, was ich gesehen hatte, wollte ich kein Kind in diese Welt setzen. Ich wollte mein Leben leben, und damit basta, Schluss, aus. Und so wurde ich – wie soll ich es erklären? – wurde ich ihr Baby. Eva brauchte mich, nicht als Ehemann, sondern als Kind. Und ich liebte sie noch immer. Sie war noch immer meine Eva, trotz allem. Deshalb wurde ich ihr Kind. Sie kochte für mich, sie umsorgte mich, sie fuhr mich herum. Mir war es egal. Ich war froh über das bisschen Frieden, das ich gefunden hatte. Ich wollte keinen Führerschein machen. Nicht mit meinen Händen. Wir zogen Ende 1953 hierher, in diesen Bungalow. Aber ich konnte nicht mehr arbeiten, wissen Sie. Nach all den Schlägen, die ich bekommen hatte, konnte ich mich nicht mehr richtig konzentrieren, meine Hände fangen manchmal immer noch an zu zittern – das ist nicht gut fürs Arbeiten. Besonders meine linke Hand – sehen Sie, Rabbi, wie schlecht die Knochen zusammengewachsen sind? Da haben sie mir draufgetreten. Und es tut immer ein bisschen weh. Aber ich konnte im Haus und im Garten arbeiten, weil ich mich hinsetzen konnte, wann immer ich wollte. Und wir bekamen eine Rente, weil ich in so einem schlechten Zustand war. Eva hat eine Weile in einem Laden gearbeitet, aber dann hat sie aufgehört und ist zu Hause geblieben. Sie hatte ja ihre eigene Rente. Die reichte fürs Auto.«

Von alldem hatte ich nie etwas gehört. Ich brauchte eine Weile, um es zu verdauen. »Also – also sind Sie einfach die meiste Zeit hier in diesem Haus geblieben?«

»Ja, Rabbi. Ich habe viel Radio gehört und später viel ferngesehen. Mein Englisch ist gut, nicht wahr? Und wir hatten unsere Freunde. Viele von ihnen ruhen mittlerweile in Frieden. Und im Sommer fuhren wir für eine Woche nach St. Anne's. Wir fuhren nur einmal, ein einziges Mal, nach Deutschland, wissen Sie. Aber ansonsten – wer möchte schon irgendwohin fahren? Wo ist es besser als da, wo man ohnehin immer ist? Wir hatten keine Verwandten mehr, die wir besuchen konnten, beide nicht. Ich war vor meiner Befreiung in Thüringen und sie in Bayern, und das hieß, dass keiner von uns jemals wieder Berge oder Wälder sehen oder mit einem Zug fahren wollte. Mittwochs ging sie immer aus, um ihre Freundinnen zu treffen, und dann kochte ich für mich allein – sie brauchte eine Pause, und natürlich war ich absolut in der Lage, für uns beide zu sorgen, wenn sie krank war, aber nur, wenn es wirklich nötig war. Ich muss ja ein bisschen vorsichtig sein mit heißen Sachen, wegen meiner Hände. Aber wir kamen zurecht.«

»Und wie ist es jetzt?«

»Rabbi, Sie müssen mich verstehen. Ich habe Eva geliebt. Ich habe sie von ganzem Herzen geliebt. Aber nun hat sie ihren Frieden, und ich auch. Sie hat mich gebraucht, und ich habe sie gebraucht. Aber ich war nicht nur ihr Ehemann, ich war vor allem ihr Sohn. Und jetzt fühle ich mich nicht wie ein Witwer, sondern wie ein Junggeselle. Ein Junggeselle! Ich! Ich bin dreiundsiebzig! Machen Sie sich keine Sorgen, Rabbi – nicht *diese* Art Junggeselle. Aber jetzt habe ich eine eigene Wohnung, jetzt kann ich kochen, wenn ich Lust dazu habe, ich kann sogar einen Kuchen backen. Abends kann ich lange fernsehen. Die Nachbarn sind nett. Edna ist nett. Sie nimmt mich jeden Montag mit zum Einkaufen.«

»Oh, gut. Ich hatte mir schon Sorgen gemacht, dass Sie ganz allein wären. Ich habe Sie auch nicht mehr in der Synagoge gesehen.«

»Rabbi, nehmen Sie es nicht persönlich. Aber ich glaube nicht, dass Sie mich noch oft beim Gottesdienst sehen werden. Gott und ich haben einander nicht viel zu sagen, und ich glaube, ich bin zu alt, um meine Ansichten zu ändern.«

»Aber Sie sind doch regelmäßig gekommen«, sagte ich.

»Nein, Rabbi, Sie verstehen das nicht. Tut mir leid. Ich bin nicht gekommen, ich bin mitgenommen worden. Eva wollte mich nicht allein lassen. Sie sagte, es würde mir guttun. Leute zu sehen, sie singen zu hören. Was hätte ich sonst tun sollen? Natürlich ließ ich mich mitnehmen. Es war gut so. Aber jetzt muss ich nicht mehr in den Gottesdienst gehen. Machen Sie sich keine Sorgen, Rabbi, es geht mir gut.«

Und das stimmte. Das war deutlich zu merken. Es ging ihm gut da, wo er war. Er war bei sich und konnte nun sein, wie er war, und es gab weder Schuld noch Trauer, nur eine tiefe Ergebenheit, die ich, ehrlich gesagt, ergreifend und schrecklich zugleich fand. Jemand hat mal zu mir gesagt, wir Juden brauchen keine Hölle – wir haben ja schon diese Welt. Und wir brauchen auch keinen Himmel, wir haben ja schon diese Welt. Lutz war zufrieden. Er hatte beides gesehen.

Ich erkundigte mich nach seiner Briefmarkensammlung – er hatte nur englische Marken, wie er sagte, seine zitternde Hand war das größte Problem, wenn er versuchte, sie zu ordnen. Er konnte einen Spaten halten und arbeitete gerne im Garten, aber ein Nachbar musste für ihn das Gras mähen und die kleine Hecke im Vorgarten schneiden. Er las nicht viel. Aber er hatte das Fernsehen. Und es schien ihm wirklich gut zu gehen.

Ich aß mein drittes Stück Kuchen. Dann sagte ich, ich müsse jetzt gehen, ich hätte noch einen anderen Besuch zu machen. Und ich ging. Aber ich hatte viel gelernt. Nicht nur über die Vergangenheit, die schreckliche Vergangenheit, die so viele nette ältere Leute hier in ihren kleinen Bungalows in den Vorstädten quält. Ich hatte auch gelernt, nicht alles zu glauben, was man hört, und noch nicht mal das, was man sieht. Das war eine wichtige Lektion. Lutz würde älter werden, er würde schwächer werden, er würde Hilfe brauchen. Das war klar. Aber so weit war es noch nicht. Er war eben erst erwachsen geworden. Und ich hatte wieder einmal die Erfahrung gemacht, dass Menschen manchmal auf den seltsamsten Wegen das Beste aus ihrem Leben machen, trotz allem ...

Rothaarig

Es ist eine erwiesene Tatsache, dass nur zwei Prozent der Weltbevölkerung rote Haare haben. Die Wissenschaft sagt, das liege an einer Genmutation des Chromosoms 16, wobei es nicht so sehr das Melanin sei, das die Farbe der Haare und die Empfindlichkeit der Haut beeinflusse, sondern das Phäomelanin. Ziemlich viele Juden aus Osteuropa haben rote Haare – wie viele genau, weiß ich nicht, auf jeden Fall ist das Gen aber deutlich erkennbar.

Darüber dachte ich erstmals verstärkt nach, als ich mich in der Religionsschule meiner neuen Gemeinde umschaute. Unter den Kindern der Gemeinde, den Sechs- bis Dreizehnjährigen, gab es besonders viele Rothaarige. Das Spektrum reichte von hellem Braun bis Orange. Je heller die Haare, umso blasser die Haut – Rothaarige reagieren oft sehr viel sensibler auf Sonnenstrahlen. Und auch sensibler auf andere Dinge. Oder war ich es, der zu sensibel reagierte? Ich war neu hier – in der Gemeinde und auch in diesem Teil des Landes – und musste viel lernen: den lokalen Dialekt, die örtlichen Traditionen. Mein Vorgänger, Rabbi Silberstein, war beim Gottesdienst gestorben, an einem Herzinfarkt, nachdem er dieser Gemeinde fast zweiundzwanzig Jahre lang gedient hatte. Er war keiner gewesen, der zu Rabbinatsversammlungen oder Konferenzen kam; kein Angehöriger der Rabbinerkonferenz hatte ihn wirklich gekannt – seltsam in einer relativ kleinen Gemeinschaft wie unserer –, aber er war, soweit man hörte, glücklich und erfolgreich bei seiner Arbeit gewesen. Er war einfach in seiner Gemeinde geblieben und hatte sich nicht an den politischen Spielen beteiligt, hatte nicht um einen Platz in der fragilen Hierarchie gekämpft. Und nun war mir, der ich noch relativ jung war und bereit, von meiner ersten kleinen Gemeinde in eine größere zu wechseln, dieser Posten angeboten worden, und ich hatte das Angebot angenommen.

Die Präsidentin hatte mich zum Tee eingeladen. Janet war eine gut gebaute Frau. »Drall« war das Wort, das mir dazu einfiel. Sogar im Stehen neigte ihr Oberkörper sich nach vorn. Früher hatte sie irgendetwas in der Werbung gemacht, jetzt führte sie einen kleinen Copyshop. Wir plauderten erst eine Weile höflich über meine neue Wohnung, über das Einrichten, den Namen eines guten Zahnarztes, den sie empfehlen könne (allerdings *kein* Mitglied der Gemeinde) und so weiter. Und dann erwähnte ich die Haare.

»Na ja, Rabbi, darüber gibt es die eine oder andere Geschichte. Wir haben Ihren Vorgänger geliebt. Durchaus auch ganz aktiv, wenn Sie verstehen, was ich meine.«

Ich verstand es nicht. War ich zu dumm? Drückte sie sich nicht klar aus?

Sie sah mein verdutztes Gesicht und seufzte. »Hören Sie, Rabbi, irgendjemand wird es Ihnen ohnehin erzählen, deshalb kann ich es auch gleich tun. Jim, Rabbi Silberstein, kam vor über zwanzig Jahren zu uns. Als junger Mann. Er war alleinstehend und gut aussehend. Man konnte sogar sagen: er war sehr maskulin. Und das, was man charismatisch nennen könnte. Die Leute mochten ihn. Strömten zu ihm. Ihm ist es zu verdanken, dass wir damals so wuchsen – die Gemeinde ist jetzt dreimal so groß wie bei seiner Ankunft. Aber ein Teil dieses Wachstums ist, wenn man einigen Leuten glaubt ...« Sie schwieg einen Moment, zögerte, wirkte erregt. Dann nahm sie sich zusammen. »Ein Teil dieses Wachstums könnte ihm zugeschrieben werden, ganz direkt. Wenn Sie verstehen, was ich meine.«

»Oh, er war sehr hilfsbereit, ja?« Ich versuchte, sie zu unterstützen.

»Nun, er half tatsächlich«, sagte Janet und senkte den Blick. »Ja, dafür war er bekannt. Und es ist so, dass es scheinbar niemanden gestört hat.«

»Hatte er Familie?«, fragte ich. Ich hatte keine Ahnung, ich wusste noch nicht mal, ob es in der Gemeinde eine Witwe gab, die ich aus Höflichkeit besuchen sollte, oder irgendwelche Kinder.

»Nein, nicht wirklich. Nicht offiziell jedenfalls. Er war nicht verheiratet.«

»Ach so.« Ich nahm an, mithilfe meiner weltlichen Weisheit verstanden zu haben, was sie meinte. Schließlich gibt es im Leben eines jeden Menschen Dinge, die privat bleiben sollten, auch wenn sie es selten tun. Ich war schon von einigen Damen der Gemeinde ausgehorcht worden, wo denn meine Freundin sei oder ob es gar schon eine Verlobte gebe? Es fiel mir immer schwer, die richtige Antwort zu finden, die einerseits nichts verriet, andererseits aber auch keinen Anlass zu lästigen, missverständlichen Gerüchten gab, wie zum Beispiel: »Er ist nicht der Typ zum Heiraten« (Zwinker, Zwinker).

Wir wurden durch die Ankunft eines gut aussehenden Teenagers unterbrochen. »Das ist Ollie«, sagte Janet. »Ollie, sag dem Rabbi guten Tag. Und zieh im Haus diese Fußballschuhe aus.«

»Hallo, Rabbi«, sagte Ollie pflichtbewusst, war aber offensichtlich nicht sonderlich interessiert an mir. Er klapperte ein wenig in der Küche herum; wir hörten, wie der Kühlschrank mehrere Male auf- und wieder zugemacht wurde, dann tappten Schritte im Flur und im Treppenhaus. Janet blieb ganz ruhig sitzen und sprach erst weiter, als oben eine Tür geschlossen worden war.

»Nein, Rabbi«, sagte sie. »Ich bin nicht sicher, ob Sie mich wirklich verstanden haben. Zum Teufel, ich kann es genauso gut auch deutlich sagen. Jim Silberstein war nicht nur ein guter Rabbiner, sondern auch ein wunderbarer Mann. Und wir liebten ihn alle. Sogar sehr.«

Dann ging ihr Telefon, und sie nahm das Gespräch an. Offenbar würde es länger dauern, denn sie bat den Anrufer, einen Moment zu warten, und verabschiedete mich eilig und entschuldigend mit Handbewegungen und Schulterzucken. Wir würden ein andermal weiterreden, versprach sie.

»Ja, natürlich«, sagte ich und nahm mir im Flur meinen Hut und den Mantel.

Dann sah ich auf dem kleinen Fensterbrett neben der Haustür ein Foto, das offenbar in der Synagoge aufgenommen worden war. Es zeigte einen großen Mann in einem dunklen Gewand und mit einer Kippa. Es war das Foto meines Vorgängers. Er hatte ein charmantes Lächeln, durchdringende Augen und flammend rote Haare. Genau wie Ollie, Janets Sohn, fuhr es mir durch den Kopf.

Was gibt's Neues, Pussycat?

Der Anruf kam spätabends, und vielleicht ist das auch der Grund dafür, dass ich so übereilt reagierte. Aber egal welche Ausrede ich habe – Tatsache ist, dass ich mich gründlich zum Narren gemacht habe. Und dass ich aus dieser Erfahrung etwas gelernt habe. Das ist das Beste, was man in solchen Fällen sagen kann.

Der Anrufer war Arnold Foxman – ich kannte den Namen und hatte sogar eine vage Vorstellung von seinem Gesicht, als ich seine Stimme hörte. Er war verzweifelt, man konnte es nicht anders sagen. »Rabbi, meine Jenny ist gestorben! Sie müssen etwas tun, bitte!«

Angespannt und fieberhaft nachdenkend griff ich nach dem Kugelschreiber und dem Block, die immer neben dem Telefon liegen. »Es tut mir leid, wirklich sehr leid«, sagte ich und fügte den traditionellen Spruch zur Heiligung Gottes hinzu: *»Baruch dajan ha-emet«*. Er bedeutet, dass man, was auch immer passiert, Gott als gerechten Richter akzeptiert, der weiß, was Er tut, und der seine Gründe dafür hat. »Kann ich Ihnen erst ein paar Fragen stellen?«, bat ich und versprach: »Dann komme ich vorbei.«

Er schluchzte, während ich mir seine Adresse aufschrieb. Es klang wirklich schrecklich. Jenny war erst dreizehn Jahre alt und an Krebs erkrankt gewesen – und ich hatte nichts davon gewusst! Wie konnte das nur passieren? Wie hatte es passieren können, dass mir keiner davon erzählt hatte? In Gedanken verfluchte ich Eddie, den ehrenamtlichen Sekretär, der immer behauptet, alles zu wissen, sein Wissen aber offenbar gern für sich behielt.

Zu Arnold Foxman sagte ich, ich würde in einer Stunde bei ihm sein. Dann rief ich »Hebblethwaites« an, das Bestattungsinstitut, das wir immer einschalten – sie haben einen Nachtdienst und wissen, dass es bei uns Juden üblich ist, einen Toten möglichst schnell zu beerdigen. Die Leute würden sogar mitten in der Nacht einen Leichenwagen und ein paar Männer schicken; schließlich haben wir einen Vertrag mit ihnen. Es war kein angenehmer Anruf, aber ich schätze, sie sind an so etwas gewöhnt. »Jenny Foxman, dreizehn Jahre alt. Krebspatientin. Wohnhaft in …«, und dann nannte ich die Adresse in der Bloomdale-Siedlung. Es war kein wohlhabender Stadtteil, alles andere sogar. Anschließend rief ich Amanda an, die Vorsitzende, und informierte sie – wie immer, wenn in der Gemeinde jemand stirbt. Sie setzt die Telefonkette in Gang. Dann war es Zeit, meine Schuhe und die Autoschlüssel zu suchen und zu kontrollieren, ob ich die richtigen Formulare, das Gebetbuch und eine *jorzajt*-Kerze in meiner Tasche hatte. Die Erfahrung hatte mich gelehrt, dass es gut war, immer einen kleinen Vorrat zu haben, es ist nämlich immer hilfreich, wenn man im Haus eines Verstorbenen eine Kerze anzündet und einige Gebete liest, bevor man wieder geht. Das macht einen geschäftsmäßigen Besuch zu einem tröstlichen, fürsorglichen. Dann fuhr ich in den Herbstnebel.

Als ich westwärts in die Ringstraße einbog, ließen mir meine Gedanken keine Ruhe. Wie konnte es sein, dass ein Kind der Gemeinde an Krebs erkrankt war und niemand es mir gesagt hatte? Ich kannte Arnolds Namen, aber ich hatte nicht in der Mitgliederliste nachgeschaut, wie seine Frau hieß. Gab es da noch andere Kinder? Vielleicht war seine Frau ja keine Jüdin, in diesem Fall wäre auch das Kind kein Mitglied und meine eilige Reaktion also ein Fehler. Dann wäre es zwar meine Aufgabe, den Vater zu trösten, nicht aber, das Kind zu beerdigen. Nun gut, wenigstens war ich unterwegs.

Ich fand das Haus ohne große Schwierigkeiten – diese Wohnsiedlung ist ein bisschen verwirrend, es gibt außer einer Bloomdale Avenue auch einen Bloomdale Drive, eine Bloomdale Street, eine Bloomdale Road, Bloomdale Crescent, Bloomdale Rise, Bloomdale Grove und sogar die Bloomdale Gardens – und klingelte. Ich hatte ein seltsames Gefühl in der Magengegend, wie immer bei solchen Gelegenheiten – du weißt, dass jemand eine schreckliche Tragödie erlebt hat und dass du im Grunde nichts tun kannst. Du bist nur gekommen, um demjenigen zu helfen, die Reste eines zerbrochenen Lebens zusammenzufegen. Und du tust das nur, weil es alles ist, was du tun kannst, und weil irgendjemand das schließlich übernehmen muss, und du hast dich dazu entschieden, weil du überzeugt bist, dass dies genau das ist, was du mit deinem eigenen Leben anfangen sollst. Anderen Menschen zu helfen, die Stücke ihres eigenen Lebens zusammenzuhalten ...

Arnold Foxman. Ich ging in Gedanken durch, was ich über ihn wusste, durchforstete meine mentale Datenbank aus Bildern und bruchstückhaften Eindrücken. Er hatte ergrauendes Haar, kahl werdende Schläfen und ein großes Kinn, erinnerte ich mich. Irgendwie stellte ich ihn mir in einer braunen Strickjacke vor. Und als er die Tür öffnete, sah ich, dass ich mit dieser Vorstellung richtig lag. Man sah ihm an, dass er geweint hatte. Er hielt ein kleines Bündel im Arm, eine dünne, hellblaue Decke, in die etwas eingewickelt war.

»Kommen Sie herein, Rabbi, kommen Sie herein. Danke, dass Sie mich besuchen. Ich war nicht sicher, ob ich Sie so spät am Abend stören durfte, aber ich musste einfach anrufen. Ich hoffe, es macht Ihnen nichts aus.«

»Du lieber Himmel, nein, natürlich nicht.« Ich trat in den Flur. Merkwürdig, es sah nicht so aus, als würde hier eine Familie wohnen. Es fühlte sich nach einem Einpersonenhaushalt an; ich spürte irgendwie ganz deutlich, dass Arnold allein lebte – zumindest allein, was andere Menschen betrifft. Ich nahm einen deutlichen Geruch nach Katzen wahr. Einen scharfen Geruch.

Arnold führte mich in ein Nebenzimmer und deutete auf ein ziemlich schäbiges Sofa. Der Boden war mit Papier und alten Zeitungen bedeckt, und neben dem Gasofen stand ein Korb. Sorgfältig, ja zart, legte er das Bündel auf einen Sessel und blieb stehen. Ich schaute zu ihm auf – es war ein Sofa, dessen Federn eher Nägel waren. Etwas lief hier falsch. Ganz und gar falsch. Und ich war außerstande, es zu benennen. Aber ich spürte, dass sich vor mir ein riesiger Abgrund öffnete. Und dass ich – buchstäblich – drauf und dran war, direkt hineinzulaufen. Hilfe! Was sollte ich nur sagen? Was sollte ich tun?

Es war Arnold, der den Bann brach, der das Eis brach, der die Stille brach. »Möchten Sie sie sehen?«, fragte er. Ich kämpfte gegen das Erschrecken, das in meiner Kehle aufstieg, nickte und sagte: »Ja, ich glaube, das wäre gut.«

Ich erhob mich, weil ich annahm, das arme tote Kind liege oben in einem der Schlafzimmer, doch Arnold sagte: »Nein, bleiben Sie sitzen, Rabbi, hier ...« Er hob das Bündel vom Sessel und legte es mir auf den Schoß.

Oh Gott! Es war leicht, federleicht. Ich schlug einen Zipfel auf, und da lag sie, mager, mit geschlossenen Augen – Jenny – seine Katze.

Jetzt kam es vor allem darauf an, nicht zu lachen. Nicht lachen!, befahl ich mir. Ja nicht lachen! Nicht über die Lächerlichkeit der Situation, nicht aus Erleichterung. Nicht lachen! Ernst bleiben! Beuge dich vor. Schaue sie eine Weile an und lege den Zipfel dann sorgfältig wieder über sie. Lehn dich zurück. Atme tief. Oh Gott! Was habe ich nur getan? Meine Gedanken überschlugen sich: Ich muss das Bestattungsinstitut anrufen, so schnell wie möglich. Ich muss Amanda anrufen und sie zurückpfeifen. Falscher Alarm. Keine Beerdigungsbrüderschaft, die zusammenzutrommeln ist. Aber das muss warten, bis ich mich schicklich verabschiedet habe und wieder bei meinem eigenen Telefon bin: den Apparat auf dem wackligen und zerkratzten Tisch hier im Flur darf ich nicht benutzen, da könnte er zuhören. Nein, die Anrufe müssen warten. Kümmern wir uns erst einmal um diese Sache hier. Arnold ist schließlich ein Mitglied der Gemeinde, und ich bin sein Rabbi. Er braucht jetzt Trost und Unterstützung. Lach bloß nicht! Auch kein Kichern, noch nicht mal Lächeln.

»Könnte ich eine Tasse Tee haben?«, bat ich Arnold deshalb. Tee ist eine gute Verzögerungstaktik.

»Natürlich, Rabbi, tut mir leid, dass ich so gedankenlos bin.« Er entschuldigte sich und ging geschäftig in die Küche am Ende des Flurs. Ich hörte das Klappern des Kessels und das Rauschen des Wassers. So hatte ich einen Moment Zeit, um mich umzuschauen und mich wieder zu fassen. Arnolds Haus war offensichtlich das Haus eines Alleinstehenden, eines Junggesellen, eines Witwers oder Geschiedenen, egal was. Es war auch offensichtlich, dass Jenny die ganze Familie dieses traurigen Mannes gewesen war, die einzige Kreatur, die mit ihm gelebt hatte, das einzige Wesen, das außer ihm selbst auf diesem Sessel oder auf diesem Sofa gelegen hatte. Jennys Anwesenheit hatte den Raum ausgefüllt, und zwar so sehr, dass ich mir sicher war, meinen Anzug morgen zur Reinigung bringen zu müssen. Aber bis der Tee kam, hatte ich wenigstens Zeit, mich zu berappeln und mir die richtigen Fragen zu überlegen. Als Arnold mit zwei Bechern starken Tees hereinkam und sie vorsichtig auf den Fußboden zwischen uns stellte, war ich bereit, das Gespräch in die richtige Richtung zu steuern. Und dann kam die ganze Geschichte heraus – in Bruchstücken, aber doch so, dass ich die Stücke ohne große Schwierigkeiten zusammenfügen konnte.

Es hatte tatsächlich einmal eine Mrs Foxman gegeben, Mary, aber sie war vor vielen Jahren weggegangen, um mit einem anderen Mann zu leben. Und seither hatte Arnold keiner Frau mehr vertraut. Stattdessen hatte es in seinem Leben immer wieder eine Katze gegeben.

Ich selbst bin ein Hundemensch. Ich kenne den Unterschied zwischen den Tieren und weiß, wie Menschen sich auf sie beziehen. Hunde sind abhängig, sie kommen zu dir und sagen: »Hilf mir, ich kann ohne dich nicht leben. Ich kann nicht hinaus, wenn du mir nicht die Tür aufmachst, ich kann nicht wieder hinein, wenn du mein Bellen überhörst. Ich brauche dich, damit du die Dose aufmachst und mir Futter gibst. Ich muss gekratzt werden, hinter dem Ohr, da, nein, da, spiel mit mir, kraul mich, lass mich auf deinem Bett liegen, wedel wedel, leck leck, schnüff schnüff, hüpf hüpf. Danke.« Egal, ob die Hunde groß oder klein sind, in dieser Hinsicht sind sie fast alle gleich. Sie waren früher Wölfe, sie sind in Rudeln herumgezogen, und sie brauchen immer noch einen Leitwolf, den Alphawolf, und das bist du. Diese Rolle ist wunderbar, besonders wenn du im normalen Leben eher ein Omega- als ein Alphatier bist.

Katzen sind anders. Sie tolerieren dich, wenn du Glück hast. Sie sind die Herren, und du bist ihr Diener. Sie tun dir einen Gefallen, wenn sie dich anschauen oder durch dich hindurch. Sie erweisen dir die Ehre, in deiner Wohnung zu essen. Sie erledigen ihre Geschäfte auf zierliche Art, wenn sie an einen bestimmten Platz gewöhnt sind, aber sie denken nicht im Traum daran, dich wissen zu lassen, dass sie ihre Harnblase und ihren Darm regelmäßig pflegen müssen, das wäre viel zu beschämend – oh nein, Katzen sind auf ihr

Aussehen fixiert. Sie verbringen ihre Zeit damit, sich zu reinigen und ihr Äußeres zu pflegen. Du hast nie das Gefühl, dass sie ein Innenleben haben. Nur Launen.

Wie gesagt, ziehe ich Hunde vor. Schon seit ich mich erinnern kann. Wir haben zu Hause immer einen Hund gehabt, als ich ein Kind war, und die Hunde haben zur Familie gehört. Katzen sind nur geachtete Gäste. Die noch nicht mal ihre Hilfe anbieten. Arnold hatte sich für Katzen entschieden – für eine Katze nach der anderen. Jenny, so stellte sich heraus, war seine vierte gewesen. Sie war dreizehn Jahre alt geworden, was gar nicht so schlecht ist für eine Katze. Besonders angesichts der verschiedenen Krankheiten, die sie in dieser Zeit durchstehen musste: Probleme mit den Nieren, Probleme mit der Leber, Probleme mit einer Hautgeschwulst. Jenny war immer auf liebevolle Pflege angewiesen gewesen, und irgendwie war sie wohl fähig gewesen, genug Liebe zurückzugeben, sodass Arnold weitergemacht hatte. Bis heute. Er hatte sogar seine Arbeit um sie herum organisiert. Er arbeitete in einem Büro in der Stadt, erfuhr ich, aber das war ihm offenbar nicht so wichtig wie seine Katze: Er kam noch nicht mal auf die Idee, mir zu sagen, in welcher Firma er arbeitete. Er schien einer jener Typen zu sein, die morgens auftauchen, ihren Mantel ausziehen, den ganzen Tag an ihrem Schreibtisch sitzen, den Mantel anziehen, um wieder nach Hause gehen und die noch nicht mal bemerken, welcher Name außen auf dem Gebäude steht. Er habe immer genug verdient, um zurechtzukommen, sagte er, und um den Tierarzt zu bezahlen. Und um für seine geliebte Jenny zu sorgen.

So hatte Jenny allmählich ihre neun Leben verbraucht;

sie hatte Arnold in dieser Zeit ein Vermögen an Tierarztrechnungen gekostet, hatte ihm aber etwas Wichtiges zurückgegeben: Sie war jemand gewesen, den er lieben und für den er sorgen konnte. Wir alle brauchen jemanden, und wenn wir so tief verletzt wurden wie er, suchen wir eine Alternative. Für Arnold war ihr Tod eine wirkliche Tragödie.

Aber für mich war das alles eine peinliche Situation. Nachdem ich ihm erklärt hatte, warum eine jüdische Bestattung nicht angemessen war, und ihm vorgeschlagen hatte, Jenny stattdessen in seinem Vorgarten zu begraben und ein paar Gebete zu sprechen, sagte ich, ich müsse jetzt gehen. Es war tatsächlich spät geworden. Beim Aufstehen schaffte ich es irgendwie, meinen Becher mit dem nicht angerührten und kalt gewordenen Tee umzukippen – die braune Flüssigkeit platschte über den dünnen Teppich und die Zeitungen. Ich entschuldigte mich. Gut, dass das hier keines der Häuser war, wo es eine Katastrophe ist, wenn Tee über einen Teppich gegossen wird. Es war kein dicker, weißer Teppich. (Wer träumt schon von weißen Teppichen? Aber ich habe welche gesehen in Wohnungen, wo man das Gefühl hat, man müsse auch seine Füße ausziehen, nicht nur Schuhe und Socken ...) Man könnte sagen, dieser Teppich hier hatte so viele Flecken und Löcher, dass es auf ein bisschen umgekippten Tee wirklich nicht ankam.

So. Die Ringstraße wieder zurück. Und sofort zum Telefon. Bei »Hebblethwaits« schaffte ich es gerade noch – sie hätten schon einen Sarg hinten in den Wagen geladen, sagte der Mann am anderen Ende der Leitung. Und dann rief ich Amanda an. Sie lachte, als ich ihr alles erzählte, besaß aber genug Anstand, sich dafür zu entschuldigen. Zum

Glück gelang es ihr auch, die fünf Leute zu erreichen, denen sie bereits Bescheid gesagt hatte, und so ließ sich die ganze Angelegenheit relativ schnell in Ordnung bringen.

Aber ich musste es noch eine ganze Weile ausbaden. Doris sagte »Miau«, wenn ich morgens das Büro betrat, und Amanda konnte sich zwei Tage später bei einer Verwaltungssitzung nicht verkneifen zu sagen: »Nicht so katzenschlau, bitte, lieber Rabbi.«

Der arme Arnold. Wäre er ein alter Ägypter, hätte er seine geliebte Jenny einbalsamieren lassen und sie für immer behalten können, und jeder hätte ihn verstanden. So aber war er nur eine jämmerliche Person, der man wieder einmal alles genommen hatte.

Der Schidduch

Monica war nett. Das sagte jeder. Das einzige Problem, das sie hatte, war, dass es so schrecklich viel Monica gab. Natürlich ist es politisch nicht korrekt, jemanden »fett« zu nennen, aber dieses Wort schoss einem unweigerlich durch den Kopf. Dieses und noch andere unangenehme Wörter wie »plump« und »hässlich«. Die Kinder hänselten Monica auch noch damit, dass sie stinke. Kinder sagen meist sehr genau, was ihnen missfällt, wenn auch manchmal auf sehr taktlose Art. Tatsache war jedenfalls, dass Monica, weil sie so viel Masse hatte, viel schwitzte, und weil sie viel schwitzte (und vielleicht auch Schwierigkeiten hatte, bestimmte Körperstellen zu erreichen), ließ ihre Hygiene einiges zu wünschen übrig.

Monica selbst wünschte sich, dass sie mit ihrem ganzen Gewicht geliebt würde – aber es fand sich niemand, der dazu bereit war. Wenn manche Menschen den Eindruck vermitteln, man könne sie nicht lieben, liegt es meist daran, dass es tatsächlich so ist. Vielleicht müssen wir wirklich erst lernen, wie man sie lieben kann, diese »Anderen«, die nicht dem Idealbild erfolgreicher, schöner Menschen entsprechen. Dabei entspricht doch niemand diesem Idealbild – sogar die Models bemalen sich das Gesicht und lassen ihre Haare locken, bevor sie sich dem Fotografen präsentieren.

Schönheit, heißt es, liege im Auge des Betrachters, und es stimmt wohl, dass die Augen dabei eine wichtige Rolle spielen. Im Fall von Monica sagte ein Blick jedoch jedem Betrachter, dass man sich diesem Mädchen besser fernhielt – trotz ihrer angenehmen Stimme und ihres freundlichen Charakters. Sie war wirklich bedauernswert.

Jeder wusste das, aber niemand konnte oder wollte etwas daran ändern. Stattdessen tratschten die Leute hinter ihrem Rücken. Geraldine, die Sekretärin der *schul,* sagte: »Sie bleibt sitzen, weil sie keiner wegtragen kann.« Harte Worte, aber man begriff sofort, was sie meinte.

Ehen werden im Himmel geschlossen, sagt der Talmud. Jeder Mensch hat einen Schutzengel, der die beiden Zwillingsseelen zusammenbringt, die bei der Geburt geteilt worden sind, sodass jede Person den perfekten Partner findet, der für ihn seit der Erschaffung der Welt bestimmt ist. Schöne Worte. Bildhaft. Wunderbar geeignet für Hochzeitspredigten. Aber was tun wir mit denjenigen, deren Schutzengel nicht besonders kompetent zu sein scheinen? Mit denjenigen, die von ihren verwandten Seelen nicht gefunden werden? Wo sollen wir Reklame machen, wem auf die Sprünge helfen, damit das Problem gelöst werden kann? Es ist nicht gut für den Mann, wenn er allein ist, sagt die Tora. Frauen empfinden das natürlich genauso. Aber dieses Wissen allein löst noch nicht das Problem an sich.

In alten Tagen arrangierten professionelle oder semiprofessionelle Heiratsvermittler, die stolz darauf waren, für jeden Topf den passenden Deckel zu finden, einen Schidduch. Solche Dienstleistungen gibt es immer noch, heute sind sie jedoch anonymer, werden von Büros in weit entfernten großen Städten ausgeführt. Und sie kosten auch bedeutend mehr. Der *schadchen* geht nicht mehr von einer Gemeinde zur anderen und erkundigt sich nach jenen, die auf der Suche nach einem Partner sind, er taxiert sie nicht mehr, er vermerkt sie nicht mehr in seinen Unterlagen. Heute gibt es Inserate in jüdischen und anderen Zeitungen – Inserate, die fast so traurig sind wie jene, in denen steht: »Hochzeitskleid, unbenutzt« ... Es gibt Wochenenden für Singles und Junge-Erwachsene-Gruppen und Kulturreisen, um die Lücke zu füllen, die der *schadchen* hinterlassen hat. Aber selbst hübsche Mädchen finden bei solchen Gelegenheiten nicht immer, wonach sie wirklich suchen. Und Monica war kein Teenager mehr. Ihre biologische Uhr tickte. Sie versuchte alles Mögliche, jedoch ohne Erfolg. Sie kam regelmäßig zum Gottesdienst und schien inbrünstig zu beten – die Ärmste hatte viel, worum sie beten musste.

Und dann, eines Tages, tauchte Charles auf, ein neues Gemeindemitglied. Er arbeitete in einem Autohaus, war plusminus Mitte dreißig und Junggeselle. Seine Firma wollte eine neue Filiale eröffnen, und er war beauftragt, diese aufzubauen. Aufbauen! Er hätte es selbst nötig gehabt, aufgebaut zu werden, so klein, schmächtig und glatzköpfig, wie er war. Charles trug eine dicke Brille und lächelte nervös. Er schien mir ein netter Kerl. Er meldete sich bei mir an, ich befragte ihn und hieß ihn dann willkommen. Schon hatten wir ein neues Gemeindemitglied.

Einfach nur ein neues Gemeindemitglied? Nicht für Monica! Ganz im Gegenteil: Als er das erste Mal zum Schabbatgottesdienst kam, ließ sie ihn nicht aus den Augen. Das war nicht zu übersehen – jedem Gemeindemitglied fiel es auf. Sie drehte den Kopf nach ihm, sie starrte ihn an. Aber Charles schien es nicht zu bemerken. Oder verstellte er sich nur? Während des Gottesdienstes sollte man sich auf die Gebete konzentrieren und auf den, an den sie gerichtet sind, aber seit es Juden gibt, gibt es in der Synagoge auch Tratsch und Ablenkung. Es ist kein Wunder, dass wir ein »halsstarriges Volk« genannt werden – unsere Leute drehen ständig den Kopf zur Seite oder nach hinten, um mit anderen zu ratschen, statt zu beten.

Um es kurz zu machen: Innerhalb weniger Wochen saßen die beiden im Gottesdienst nebeneinander, und eines Tages riefen sie an und vereinbarten einen Termin mit mir. Ich war überglücklich. So lange hatte es an mir genagt, dass mir einfach nichts mehr eingefallen war, wie ich Monica hätte helfen können. Und jetzt hatte sie endlich jemanden gefunden – und dieser Jemand hatte sie gefunden.

Monica und Charles waren ein seltsames Paar, aber ein strahlendes. Sie wirkten sehr glücklich miteinander. Unter der Chuppa schien Charles, auch wenn es sonderbar klingt, irgendwie größer zu sein, durchsetzungsfähiger, und Monica sah trotz ihrer wogenden Formen wirklich wie eine kleine Braut aus. Es ist schwer zu erklären, aber sie standen als ganz normale Menschen da, und niemand, wirklich niemand empfand etwas anderes als Freude über ihre Freude. Ich hatte Gekicher befürchtet, Kommentare, Witze. Aber nein, dies war offensichtlich eine von vielen erhoffte und freudig erwartete Hochzeit, an der sie gern teilnahmen. Entsprechend gelöst war die Stimmung.

Die beiden sind übrigens noch immer zusammen. Nach zwei Fehlgeburten und einem Beinahe-Nervenzusammenbruch wurde Monica endlich Mutter – sie bekam ein kleines Mädchen. Ich glaube, ich habe zuvor und nie mehr danach eine solche Welle von Stolz und Zufriedenheit bei Eltern erlebt wie in jenem Moment, als ich auf der Bima stand und das Kind von Monica und Charles segnete.

Es war offenbar wirklich eine Ehe, die im Himmel geschlossen war. Auch wenn Geraldine, die Sekretärin, sarkastisch zu mir sagte: »Sehen Sie, Rabbi, für jede dicke Frau gibt es einen dünnen Mann, der sich danach sehnt, in sie hineinzukommen.«

Der Liebhaber

Natürlich trifft man in seiner Eigenschaft als Rabbiner viele Menschen erst dann, wenn sie ihre besten Jahre schon hinter sich haben. Wenn sie gebrochen oder verbraucht und verwelkt sind und ihre letzten Jahre als Rentner oder im Pflegeheim verbringen. Daran lässt sich wenig ändern. Allerdings habe ich mir schon seit langem angewöhnt, bei der Vorbereitung zu einer Beerdigungsrede die Familie zu fragen, ob es vielleicht ein Jugendfoto des Verstorbenen gebe. Und so wurde aus der alten Dame, die man nur aus der hintersten Reihe der Synagoge oder als Mitglied des Wohltätigkeitsvereins oder als vertrockneten, blassen, halb durchsichtigen Kohlkopf im Pflegeheim gekannt hatte, plötzlich wieder die Tänzerin mit den wunderbaren, aufreizenden Beinen, die junge Mutter mit den vollen Brüsten, die Frau mit dem glücklichen Lächeln und einer altmodischen Frisur.

Diese Fotos werfen die alten Fragen auf, die um das Alter und Sterben kreisen: Wie wünschen wir uns, dass man sich an uns erinnert? Als »Alte« und »Zerknitterte« oder als die kräftigen jungen Männer und die femininen jungen Frauen, die wir einmal waren? So ein Jugendfoto half mir immer, meine Totenrede in einen gewissen Zusammenhang zu stellen. Als junger Rabbi hatte ich den Betreffenden, wenn überhaupt, nämlich höchstens die letzten fünf Jahre seines Lebens gekannt, das insgesamt über siebzig Jahre gedauert hatte. Ich kannte sie nur als alte Leute. So ist es nun mal. Kinder, die in der Schule einem Holocaust-Überlebenden zuhören, werden immer glauben, dass Holocaust-Überlebende als alte Leute geboren wurden – wohingegen diese doch vor allem deshalb überlebt hatten, weil sie jung und kräftig gewesen waren. Die Jahrzehnte gehen nun mal vorüber. Und auch wir, die wir jung sind, werden eines Tages alt. Äußerlich zumindest. Innerlich bleiben wir jedoch der junge Mann oder die junge Frau. Wenn wir diesen Widerspruch nur aushalten würden.

So war es auch mit Jack. Die Meinungen über Jack, stellte ich schnell fest, gingen auseinander. Einige Leute, zum Beispiel Mrs Preece, sprachen ziemlich verächtlich über ihn: »Jack? Ach, der ist ein Filou. Als er jung war, hat er mit allem geschlafen, was zwei Beine hatte.« Ich war zu höflich, um mich zu erkundigen, ob diese Aussage auch sie mit einschloss oder ob sie sich nur so negativ äußerte, weil sie neidisch war. Mir fiel sofort die Geschichte des Mannes ein, der eines Tages nach Hause kam und zu seiner Frau sagte: »Ein Kerl in der Kneipe hat gesagt, er hätte mit jeder Frau in dieser Straße geschlafen, außer mit einer«, und sie antwortete: »Oh, ich frage mich, wer das wohl sein könnte.« Man kann mit einer sorglosen Antwort viel preisgeben.

Andere hatten angenehmere Erinnerungen an Jack beziehungsweise an den Mann, der er offenbar einmal gewesen war. »Oh, er war ein Schatz«, zwitscherte Maggie und lächelte bei der Erinnerung. »So ein netter Mann. So ein guter Mann. So ein *warmherziger* Mann ...« Sie schien nicht genau zu wissen, ob und wie sie den Satz beenden sollte, und wirkte ein bisschen verlegen. Das Ergebnis meiner feinfühligen Befragungen lautete, dass Jack einer jener Männer gewesen sein musste, die nie geheiratet hatten, was sie aber keineswegs davon abhielt, zu jeder Tages- und Nachtzeit weibliche Gesellschaft zu suchen.

Auf alle Fälle war Jack aber jemand, dem ich sehr gerne einen Besuch abstatten wollte. Obwohl oder gerade weil er jetzt Bewohner des »Rose Bay House« war. Das »Rose Bay House« ist eine jener großen, freistehenden viktorianischen Villen in der Nähe des Parks, wo man »Senioren« (ich hasse diese Bezeichnung) in hohe Sessel setzt und sie, in Sicherheit vegetierend, in stickigen, schlecht gelüfteten Empfangshallen fernsehen lässt, bis der Tod die gesegnete Erlösung bringt. Tagsüber fernzusehen, während einem osteuropäische oder asiatische Frauen mittleren Alters, die in dünne Nylonkittel gewandet sind, Tee in Plastikbechern bringen, ist jedenfalls eine Art lebendiger Tod ...

Früher waren diese Häuser ein Zuhause für die besseren Familien gewesen, für Industrielle und Stadträte. Sie beschäftigten eine Haushälterin, einen Butler, einen Koch, ein Dienstmädchen und besaßen eine eigene Kutsche und Pferde. Selbstverständlich hatten diese Häuser eine eigene Auffahrt, die sie von der Außenwelt abtrennte. »Wo eine Villa ist, ist auch ein Weg«, muss das Motto der Architekten gewesen sein. Nun sind die Auffahrten zerbröckelt, der Asphalt ist rissig und die Hausmauern verrußt, die Lorbeersträucher sind außer Kontrolle geraten und verleihen der ganzen Umgebung einen dunklen, verschatteten Eindruck. Die Fensterrahmen könnten einen Anstrich gebrauchen, und außerdem riecht es nach Suppe. In solchen Einrichtungen riecht es irgendwie immer nach Suppe, vor allem nach Suppe. Es ist unmöglich, die verschiedenen Gerüche zu unterscheiden – nur die Suppe erkennt man.

An einem solchen Ort muss man sich nicht vorher anmelden. Dort freut man sich über jeden Besuch, der die Monotonie unterbricht – manchmal, wenn ich dort in einem Sessel sitze, mich vorbeuge und mit einem alten Menschen spreche, tauchen zwei, drei andere mit ihren Gehhilfen auf und versuchen, sich in das Gespräch zu drängen. Ich muss sie dann buchstäblich zurückpfeifen. Sie wollen dem netten jungen Mann nämlich unbedingt »Hallo« sagen.

So fuhr ich also an einem Dienstagnachmittag zum »Rose Bay House«, parkte auf der Straße und ging die Auffahrt hinauf. Sie war ziemlich steil – eine gute Methode, um die Bewohner am Ausgehen zu hindern, dachte ich. Als ich die Frau, die mir aufmachte – sie war plump, dunkelhaarig und hatte einen Oberlippenbart – nach Jack fragte, sagte sie: »Oh, Schack, ja«, und lächelte mich an. Ein Freund von Jack, so schien es, war auch ihr Freund. Dann führte sie mich zu einem Mann, der aufrecht und munter dasaß, obwohl er offensichtlich hochbetagt war. Als er das Gesicht hob und mir die Hand entgegenstreckte, lächelte er und zwinkerte mir zu. Er war ein echter Charmeur. Und ein Flirter, dachte ich, als er meiner Führerin zuwinkte.

Sein Körper war alt, aber er war es nicht, und wir unterhielten uns gut, der alte Mann aus dem Heim und der junge Rabbi. Wir fanden gleich einen Draht zueinander. Deshalb besuchte ich ihn auch danach noch einige Male, führte längere Gespräche mit ihm und erfuhr dabei sehr viel – über Jack, aber auch über sein Leben, seine Liebschaften, über die Liebe an sich, darüber, wie Frauen denken und wie sie denken, dass sie denken ... denn Jack hielt sich für einen Experten auf diesem Gebiet, und wenn auch nur ein Viertel von dem stimmte, was er mir erzählte, dann war er das auch tatsächlich.

Ich machte mir keine Notizen bei unseren Gesprächen, aber wenn ich hinterher im Auto saß, notierte ich mir manchmal ein paar Sätze auf einem Block, bevor ich den Motor anließ. Als Gedächtnishilfe für mich selbst. Immerhin schien dieser Mann viel mehr zu wissen, als ich mit meiner behüteten Erziehung erlebt hatte. Und er genoss es, sein Wissen zu teilen – nicht, weil er damit prahlen wollte, wirklich nicht, diesen Eindruck hatte ich nie; aber er blickte gerne zurück, nicht vorwärts, und er war bereit, seine Erfahrungen mit mir zu teilen. Als Rabbi, der Schüler unterrichten soll, saß ich zu seinen Füßen, und er wurde mein Rebbe – zumindest auf diesem Gebiet. Man könnte sagen, dass wir Freunde wurden, trotz des Altersunterschieds und trotz der Tatsache, dass ich anfangs eigentlich gekommen war, um einen einsamen, alten Mann zu trösten, einen Mann, der in Wahrheit nicht im Geringsten einsam war. Ich musste feststellen, dass ich mich jedes Mal darauf freute, eine halbe Stunde lang mit ihm zusammenzusitzen.

»Ich habe die Frauen immer geliebt, Rabbi«, sagte Jack gleich am Anfang unserer Freundschaft. »Und genau deshalb wollte ich nicht mit nur einer einzigen leben. Ich habe sie alle geliebt, und ich wollte nie gezwungen sein, mit nur einer zusammen zu sein, treu zu sein, gefangen, gefesselt. Deshalb habe ich dafür gesorgt, dass es nie so gekommen ist.«

Aha. Das war also der Grund für seine Lebensweise. Hmmm. Oder war das eine Ausrede? Im Lauf der Zeit merkte ich jedoch, dass es der Wahrheit entsprach: Jack war ein Wanderer, er ging von einer zur anderen, aber – und das war wichtig – er tat es immer als Gentleman, hinterließ gute Erinnerungen und niemals das Gefühl, betrogen worden zu sein. Jedenfalls nach dem, was er mir erzählte. Mrs Preece sah das möglicherweise ganz anders.

Und Jack war wirklich ein guter Lehrer. Er konnte so wundervolle Sätze formulieren, dass es mich hinterher in den Fingern juckte, sie aufzuschreiben – auch wenn die Worte auf dem Papier nie so gut waren wie das, was ich gehört hatte. Deshalb kann ich hier auch nur Bruchstücke wiedergeben, nur Splitter von Jacks Lebens- und Liebesphilosophie. Ich hörte, ich lernte, ich notierte. Habe ich das Gelernte angewandt, fragen Sie sich vielleicht? Um ehrlich zu sein, kann ich das nicht sagen ...

»Das Geheimnis ist, immer zu geben und sich über das zu freuen, was man zurückbekommt. Wahre Liebhaber geben nämlich. Sie können um etwas bitten, es einfordern und es möglicherweise auch erhalten, aber sie nehmen es sich nicht einfach. Und indem sie empfangen, geben sie auch – sie geben dem Schenkenden das Vergnügen, Liebe gegeben zu haben und liebend empfangen worden zu sein. Vergessen Sie diese Worte nie, Rabbi. Die Leute sagen leichthin, sie ›haben Sex‹, aber eigentlich ›machen sie Liebe‹. Liebe ist etwas, was man ›machen‹ muss, sie passiert nicht von alleine. Sie verlangt Anstrengung, manchmal richtig harte Arbeit, aber es lohnt sich, Rabbi, es lohnt sich. Man bekommt viel zurück.

Ich habe nie eine Frau ›genommen‹, nie mit einer ›Sex gehabt‹, und ich habe nie eine Frau ›aufgerissen‹. Ich habe immer ›Liebe gemacht‹. Das ist der Unterschied, und die Frauen wissen das. Manchmal ging es noch nicht mal um Sex, sondern nur ums Kuscheln – entweder war ich zu müde oder sie –, aber das war egal, ich habe es genossen und sie auch, und sie war glücklich, mich wiederzusehen. Keiner von uns hat sich dabei benutzt gefühlt. Lieben heißt, immer ein Kompliment machen und immer einfühlsam bleiben.«

Manchmal machte es ihm Spaß, mit Worten zu spielen. »Das Vorspiel ist ein Paarspiel. Nicht nur, dass zu einem Paarspiel zwei gehören, sie müssen es auch spielen – sonst befriedigt der eine Partner den anderen Partner nur mechanisch. Eigentlich funktioniert das auf drei Arten. Ihr genießt euch selbst, ihr genießt einander, und einer hilft dem anderen, sich selbst zu genießen.

Und – es ist ein großer Unterschied, ob man küsst oder geküsst wird.«

Wir unterhielten uns auch über Musik. Jack hatte einen breit gefächerten Geschmack, und einige von seinen Vorlieben teilte ich. Aber für ihn war die Musik irgendwie immer mit seinem Hauptthema verbunden. Er war sehr gebildet. »Als ich jünger war, Rabbi, mochte ich nur Orchestermusik. Für mich musste Musik laut und komplex sein. Erst später habe ich gelernt, Kammermusik zu genießen, und noch viel später dann Kunstlieder. Wahrscheinlich bin ich ein Solist in dem, was ich tue. Aber ich habe gelernt, es zu genießen, wie die Instrumente sich in einem Trio, einem Quartett oder einem Quintett gegenseitig respektieren, aufeinander hören, wie die Melodie von einem an den anderen weitergegeben wird, wie sie sich abwechseln, wenn sie das Grundthema spielen. Sie haben verschiedene Töne und verschiedene Noten, aber sie brauchen einander, deshalb ist ihr Zusammenspiel sogar in den Sturm-und-Drang-Passagen von Beethoven oder Schubert grundsätzlich höflich. Die Instrumente verlassen sich nicht auf einen Außenstehenden mit einem Taktstock, der ihnen ihren Einsatz gibt und vorschreibt, ob sie lauter oder leiser spielen sollen. Sie müssen vielmehr ein Gefühl füreinander haben. Ein perfektes Duett ist wie ein perfektes Liebesspiel: Jeder reagiert auf die Herausforderung des anderen. Und ein gutes Jazzduett – na ja, wenn jeder Spieler auf den anderen hört und reagiert und die Musik wachsen lässt … das ist wie Liebe machen. Deshalb ist Jazz so erotisch, so anregend und wirft manche Menschen einfach aus der Bahn.«

Das eröffnete mir eine völlig neue Perspektive.

»Die Frauen behaupten immer, dass sie von dir als *Mensch* behandelt werden wollen«, sagte Jack einmal. »Aber tatsächlich wollen sie von dir als *Frau* behandelt werden. Das ist kein großer Unterschied, aber es *ist* einer.«

Ein andermal fragte er: »Kennen Sie das Sprichwort: ›Nachts sind alle Katzen grau‹? Da ist viel Wahres dran. Im Bett ist es nicht wichtig, was für eine Nase die Frau neben dir hat oder welche Haar- oder Augenfarbe. Es ist auch egal, ob ihre Beine zu dick sind oder nicht. Man konzentriert sich auf andere, wichtigere Dinge. Sogar hässliche Frauen haben, wenn Sie mir erlauben, das zu sagen, eine Klitoris ... und auch sie möchten geliebt, gestreichelt, beschmust werden. Genau genommen wünschen die hässlichen es sich noch mehr, denn sie haben normalerweise weniger Chancen, dass Männer sie erwählen. Und ein Lächeln ist immerhin ein Lächeln.«

Nur ein einziges Mal spürte ich bei ihm ein leises Bedauern darüber, dass er keine Familie hatte. Andererseits war er so etwas wie ein einzelgängerischer Mystiker, und das wusste er auch. Jack hatte verschiedene Jobs gehabt, war sehr viel gereist und hatte viel gesehen. Er hatte sich sogar ein wenig mit östlichen Religionen befasst, obwohl er das nicht weiter spezifizierte – während er in Singapur lebte; das war alles, was ich herausfand.

»Ich schätze, wenn Gott uns als Männer und Frauen schuf, wollte er, dass dieser Unterschied wirklich wichtig ist. Er hat uns in zwei Lager geteilt, die sich aber gegenseitig brauchen. Nur durch diese heilige Teilung kann es zu einer heiligen Wiedervereinigung kommen, die zu einer neuen Schöpfung führt.

Eine Frau wird schließlich, wenn sie selbst Mutter wird, den gleichen Prozess durchlaufen, den ihre eigene Mutter durchlaufen hat, die Schmerzen der Geburt. Der Mann wird, wie schon sein eigener Vater, die stolze Nervosität ertragen, Partner dieses Erschaffens zu sein, obwohl er zu diesem Zeitpunkt eigentlich schon nicht mehr benötigt wird. Ich für meinen Teil wollte aber nie Kinder. Nicht wegen des Krachs und des Durcheinanders, auch nicht wegen der Kosten, sondern vor allem wegen der Verantwortung. Deshalb habe ich immer Vorsichtsmaßnahmen getroffen.«

Dann schwieg er eine ganze Weile. Irgendwann stand ich auf und ging. Vielleicht hatte ihn die Erkenntnis getroffen, dass dies nicht ganz der Wahrheit entsprach? Ich wollte mich nicht aufdrängen – nicht zu diesem Zeitpunkt. Ich wollte eventuell später darauf zurückkommen.

Ein andermal sagte Jack: »Das Geheimnis ist, nicht zurückzuschauen. Genieße, was jetzt ist. Es ist sinnlos zu sagen: Ich wünschte, ich wäre vierzig Jahre jünger. Du bist es nicht und wirst es nie sein. Aber du bist, wer du bist, und solange du deine Finger bewegen kannst, ist das doch was, sogar wenn andere Körperteile nicht mehr funktionieren.

Jede Frau ist ein neues Abenteuer. Und alle wollen sie dasselbe, egal, wie alt sie sind oder ob sie hässliche Gesichter oder dicke Hintern oder flache Brüste haben. Du kannst jede glücklich machen, und sie werden sich dabei alle gleich anhören. Das gilt sogar hier im Heim, für die Frauen vom Personal. Sie arbeiten in seltsamen Schichten, und ihre Ehemänner haben das Interesse an ihnen verloren – da freuen sie sich, wenn einer ein wenig Interesse zeigt, sogar einer wie ich. Und wenn er ihnen ein bisschen Zärtlichkeit spendet ... Schließlich ist es nachts dunkel ...

Es ist egal, an wen sie denken oder woran, solange sie nur bei dir sind.«

Aha! Das erklärte zu einem guten Teil, warum die Pflegerinnen sich so umsichtig um Jack kümmerten und immer ein Lächeln für ihn übrighatten. Je sensibler ich dafür wurde, umso stärker fiel mir auf, wie dicht sie an ihm vorbeigingen, statt einen Bogen zu machen, und dass sie öfter zu seinem Sessel kamen als zu den anderen Alten im Aufenthaltsraum. Sie fraßen ihm alle aus der Hand!

Einmal ging ich ihn auch abends besuchen. Jemand hatte angerufen und gesagt, Jack sei krank. Ich klingelte, weil die Eingangstür verschlossen war, und wartete eine Weile, dann klingelte ich noch einmal und noch einmal. Schließlich ging das Licht an, und eine Frau öffnete mir – eine der Frauen, für die das Wort »matronenhaft« erfunden worden war, obwohl ich nie erfuhr, ob sie eine Oberschwester war oder nur eine einfache Mitarbeiterin. Aber was spielte das auch für eine Rolle? Jedenfalls konnte ich dann gleich darauf feststellen, dass Jack in seinem Zimmer noch wach war und gute Laune hatte ...

Das Ende kam schnell und gnädig, als es so weit war. Die Krankenschwester des Heims rief im Büro an, Jack sei in der Nacht gestorben, ganz ruhig, im Schlaf, teilte sie mir mit. Es war eine große Beerdigung, zumindest überraschend groß für einen Kerl, der keine Familie hinterließ und die letzten Jahre im Abseits verbracht hatte, nämlich in einem Seniorenheim. Es müssen zwanzig ältere Damen gewesen sein, die leise in ihre Taschentücher weinten, als ich darüber sprach, was für ein sanfter Gentleman Jack gewesen sei und wie sehr er seine Mitmenschen respektiert habe. Auch vom Heimpersonal waren viele gekommen. Überhaupt waren vor allem Frauen da.

»Er hat den Menschen das Gefühl gegeben, etwas Besonderes zu sein«, sagte ich.

Ein allgemeines Seufzen ging durch den Raum.

Mrs Preece, fiel mir auf, weinte übrigens am lautesten von allen.

V
Hoffen

Der Hüter seines Bruders

Der alte Mr Simmonds war tot. Das Sterben hatte lange gedauert. Es war ein langsamer, erbarmungsloser Verfall gewesen: Mr Simmonds hatte erst körperlich, dann auch geistig abgebaut und war dann als Pflegefall ins Heim gekommen. Da saß er dann wie so viele im Tagesraum und wurde schließlich auf die Station verlegt, wo diejenigen, die nicht einmal mehr im Tagesraum sitzen können, nur noch bleich und verschrumpelt im Bett liegen und an die Decke starren. Eines Tages erlosch sein Leben dann. Nicht mit einem Knall, sondern mit einem Wimmern, wie T. S. Eliot sagt. Mit einem Murmeln. Einem Flüstern.

Die Beerdigung war reine Routine. Die meisten seiner Altersgenossen lebten schon nicht mehr, und von den Hinterbliebenen konnte sich offenbar nicht jeder freinehmen. Es war an einem Donnerstagmorgen Ende Oktober, um elf Uhr, als Mr Simmonds zur Ruhe gebettet wurde, und die Erdklumpen schlugen dumpf auf den Deckel seines Sargs.

Neben dem Erdhügel war der Grabstein seiner verstorbenen Ehefrau Ingeborg, die sieben Jahre vor ihm gegangen war. Kein sehr englischer Name, aber Mr Simmonds war ja auch nicht immer Mr Simmonds gewesen. Heinrich Simonsohn stand auf seiner Geburtsurkunde, und später war er – gezwungenermaßen – zu Heinrich Israel Simonsohn geworden. Bis er schließlich nach England kam und Engländer wurde.

Sein Sohn war zur Beerdigung gekommen. Martin Simmonds. Er war unverheiratet, mittleren Alters und offenbar wohlhabend. Er schien ein Akademiker zu sein. Er stand ruhig da und sagte das Kaddisch, als ich ihm das Zeichen gab. Bevor wir den Friedhof verließen, kam er zu mir und fragte, ob er mich aufsuchen könne, vielleicht morgen.

»Gerne auch schon heute«, sagte ich.

»Nein, ich habe noch einiges zu erledigen, tut mir leid – aber was ist mit morgen Vormittag?«

»In Ordnung. Ist Ihnen elf Uhr recht?«

»Gut, dann komme ich in Ihr Büro.«

Es war eine dieser hastigen, halb gemurmelten Unterhaltungen. Ich halte mich zurück, wenn ich auf einem Friedhof bin.

Am nächsten Morgen, kurz nach elf, schob ich ein paar Papiere hin und her, als der Summer auf meinem Tisch den Besucher ankündigte, Martin Simmonds. Ich wusste nicht viel über ihn, obwohl ich seinen Vater während seines langsamen Dahinscheidens einige Male besucht hatte. Deshalb war ich mir auch unsicher, was mich erwartete. Wir tauschten die üblichen Höflichkeiten aus wie Nachbemerkungen zur Beerdigung, solche Dinge eben. Dann beugte Martin sich vor und sagte: »Rabbi, ich möchte meinen Vornamen ändern. Und ich wollte Sie fragen, was das Judentum dazu sagt.«

Hmm. Diese Frage hatte ich nicht erwartet. »Nun ja«, setzte ich an, »es gibt einen alten Aberglauben, dass man seinen Namen ändern sollte, wenn man sehr krank ist, damit der Todesengel einen nicht findet. ›Änderung des Namens, Änderung des Schicksals‹, sagt man. Aber in Ihrem Fall geht es vermutlich um etwas anderes. Warum möchten Sie Ihren Namen ändern?«

»Na ja, mein Vater hat es getan, warum sollte ich es dann nicht auch tun dürfen? Was ist schon ein Name? Mein Vater ist endlich tot, da möchte ich einen neuen Anfang machen. Jetzt, wo er nicht mehr da ist. Vorher habe ich es nicht gewollt, wissen Sie.«

»Es tut mir leid, aber – was ist denn so schlecht an Ihrem Namen?«

»Es ist nicht mein Name. Er war es nie.«

Ich war mehr als verwirrt von dieser plötzlichen Wendung des Gesprächs. »Was wollen Sie denn damit sagen, Mr Simmonds?«

Unversehens brach alles aus ihm heraus, ergoss sich über meinen Tisch, über mich – Jahre über Jahre aufgestauten Schmerzes und Ärgers. Ich war ziemlich betroffen.

»Martin ist der Name meines Bruders. Meines echten Bruders, keines Halbbruders. Er ist gestorben, bevor ich geboren wurde. Er war acht, als er mit seinen Eltern – mit meinen Eltern – auf Transport in den Osten geschickt wurde.

Sie werden ja wissen, was das bedeutet. Sie wurden voneinander getrennt. Meine Mutter kam erst in ein Ghetto und dann in ein Arbeitslager, mein Vater in ein anderes. Nach dem Krieg fanden meine Eltern einander mit Hilfe des Roten Kreuzes wieder – es dauerte über ein Jahr ... Martin war tot, natürlich, und sie beschlossen, noch einmal neu anzufangen. Das Ergebnis bin ich. Sie nannten mich ebenfalls Martin. Sehen Sie, mein ganzes Leben lang bin ich der Ersatz für meinen Bruder gewesen. Mein ganzes Leben lang hat mir der andere Martin über die Schulter geschaut. Als ich jünger war, hieß es immer: ›Martin hat das so gemacht‹ und ›Martin hat immer so gegessen‹. Dabei war *ich* doch Martin! Ich konnte das alles nicht verstehen und nicht ertragen. Als ich endlich alt genug war, zog ich sofort aus. Können Sie sich vorstellen, wie das ist, Rabbi, wenn man immer mit jemandem verglichen wird, der man doch eigentlich selber ist und dann doch wieder nicht – mit jemandem, den man so gut kennt, obwohl man ihn nie getroffen hat? Mit jemandem, mit dem man die Eltern teilt und alle Gene, aber nicht das Geburtsdatum? Ja, sie haben sich immer an seinen Geburtstag erinnert – der 14. Juni – und den Tag besonders begangen. Ich glaube, es war ihnen peinlich, dass ich drei Monate später geboren wurde, am 20. September, weil sie es nicht besser geplant hatten. Es gab keine Fotos von ihm. Keine Dokumente. Nur Erinnerungen. Und mich. Ich war ein lebendes Gespenst. Ich war nur der Ersatz. Martin Nummer zwei. Ich bin es leid.«

»Und jetzt?«

»Sie wissen ja, dass meine Mutter vor ein paar Jahren gestorben ist, noch bevor Sie hier angefangen haben, Rabbi.

Ich wollte nichts unternehmen, solange mein Vater noch da war – obwohl er da war und nicht da war, Sie wissen, was ich meine: Er hat nicht mehr viel mitbekommen, wenigstens nicht in diesen letzten acht Monaten. Aber jetzt ist es möglich, Rabbi. Ich bin jetzt siebenundvierzig, und ich möchte einen eigenen Namen, ein eigenes Leben. Ich möchte neu anfangen. Einen sauberen Strich ziehen. Nur ich selbst sein. Kann ich das tun?«

Ich lehnte mich zurück und überlegte. Was für eine Geschichte! »Namen sind in der Bibel immer wichtig«, sagte ich dann. »Gott macht Avram zu Avraham und Sarai zu Sara, Moses ändert Joschuas Namen in Jehoschua. Der Engel vom Jabbokfluss verändert Jakobs Namen in Israel. In jedem dieser Fälle bedeutete die Namensänderung einen Neuanfang, eine neue Lebensphase. Jakob ist …« Ich machte eine Pause, als ob ich das, was ich sagen wollte, erst verdauen müsste – »Jakob hielt bei seiner Geburt nur die Ferse seines Bruders Esau. Aber Israel bedeutet ›der, der mit Gott ringt‹.«

»Ja? Das wusste ich nicht.«

»Ja. Diese Geschichte ist seltsam. Jakob kämpfte in der Dunkelheit mit einem Gegner, den er nicht sehen konnte. Einige der Rabbiner interpretieren es als inneren Kampf. Jakob rang also mit seinem Gegner. Als die Nacht zu Ende war und der geheimnisvolle Fremde weggehen wollte, verlangte Jakob einen Segen von ihm. Also gab ihm der Fremde diesen neuen Namen. Weil Jakob mit etwas, mit jemandem in der Vergangenheit gekämpft und gewonnen hatte – nur deshalb konnte er in die Zukunft gehen. Ironischerweise« – wieder machte ich eine Pause, was sagte ich da? –,

»ironischerweise bedeutet die Zukunft in diesem Fall, dass er mit seinem Bruder Esau kämpfte und sich mit ihm arrangierte, bevor er sein neues Leben beginnen konnte.«

»Ein neues Leben ...« Ich sah Martin an, wie fasziniert er war. »Wissen Sie, ich habe nicht das Gefühl, dass ich je richtig gelebt habe. Noch nicht, wenigstens nicht mein eigenes Leben. Ich habe mich nirgendwo wirklich niedergelassen, ich habe nie geheiratet, ich fand – nun, es klingt verrückt, aber wann immer ich eine Freundin hatte, hatte ich das Gefühl, verwirrt zu sein und nicht zu wissen, wer ich wirklich war. Daraufhin gingen die Frauen dann immer. Sie hielten es nicht aus mit mir. Diese Unsicherheit steckt tief in mir. Meine Eltern haben ein neues Leben angefangen, natürlich, sie mussten ja, und in gewisser Weise war ich ja auch ein Teil davon, aber in Wirklichkeit war ich nur eine Fortsetzung, eine Wiederholung ihres früheren Lebens. Und genau das hat mir solche Schwierigkeiten gemacht.«

»Viele Menschen haben nach dem Krieg neu anfangen müssen«, sagte ich. »Wer hierhergekommen ist, hat oft einen englischen Namen angenommen. Man wollte nicht als Ausländer auffallen, als Immigrant, als Flüchtling, als Exilant. Zu einer neuen Heimat gehörte ein neuer Name. Es war also durchaus üblich, sich anders zu nennen, ich brauche da nur an die Namen unserer Gemeindemitglieder zu denken. Das Gleiche gilt übrigens auch für die Generation vor ihnen, für die Familien, die aus Osteuropa hierhergekommen sind. So mancher junge Mann verließ das Schiff und beschloss, nicht mit einem polnischen, litauischen oder galizischen Vornamen herumzulaufen. So mancher Mosche wurde zu Morris, Levi zu Louis, Hirsch zu Harry. Es kam natürlich auch vor, dass die Zollbeamten diese fremdländischen Namen einfach nicht buchstabieren konnten, und dann kam eine seltsame Version dabei heraus, die an demjenigen hängenblieb. Es gibt viele Anlässe, sich einen neuen Namen zuzulegen. Ganz zu schweigen von den vielen Menschen, die nach Israel gingen und hebräische Namen annahmen. Manche übersetzten ihre Namen oder wählten hebräische Worte, die ähnlich wie ihre alten Namen klangen. Wer sich Bar-Ilan nannte, hieß früher Berlin! Ben Gurion hat darauf bestanden! Er wollte nicht, dass die Repräsentanten Israels mit deutschen, polnischen oder russischen Namen durch die Welt reisten. Nein, sie mussten Namen in der Sprache des neuen Staates haben! Für Ben Gurion war es eine Frage des Prinzips. Kurz gesagt – wenn Sie Ihren Namen ändern wollen, würde ich Sie nicht daran hindern. Das ist schon oft getan worden.«

Martin war dankbar. Ich sah seinem Gesicht an, wie meine Worte langsam in ihn einsanken, sah es auch daran, wie er sich allmählich entspannte. »Sie meinen, ich kann wirklich irgendeinen Namen wählen, den ich möchte?«

»Na ja«, sagte ich, »es passiert oft genug, dass jemand keinen hebräischen Namen hat, und ich muss ihm einen geben, vor einer Bar Mizwa oder einer Hochzeit zum Beispiel. Dann suche ich nach irgendeiner Entsprechung. Ein Name, der mit dem gleichen Buchstaben anfängt oder eine ähnliche Bedeutung hat. Manchmal stelle ich auch fest, dass das Kind bereits einen biblischen Vornamen hat und als hebräischen Namen für die Synagoge einen zweiten biblischen Namen bekommt. Er heißt zum Beispiel Michael, aber sein hebräischer Name ist Benjamin oder so ähnlich. Und dann gibt es Leute, die konvertieren. Sie müssen sich ebenfalls einen neuen hebräischen Namen aussuchen, den sie in der Synagoge benutzen können. Aber in Ihrem Fall geht es ja nicht um einen hebräischen Vornamen für die Synagoge. Als Rabbi würde ich Ihnen nicht zu einem Namen wie Christopher raten! Und ich glaube auch nicht, dass Sie einen vietnamesischen oder chinesischen Namen möchten. Aber ansonsten können Sie sich frei entscheiden. Das bedeutet natürlich einen Haufen Papierkram, weil ja alles geändert werden muss – Ihr Führerschein, Ihr Bankkonto, egal was. Das Wahlregister. Das darf man nicht unterschätzen. Deshalb wäre es einfacher, wenn Sie sich einfach bei Ihrem zweiten Vornamen nennen ließen. Ich meine, ein vollkommen neuer Start wird in Ihrem Alter nicht einfach sein.«

»Sie haben recht. Allerdings habe ich keinen zweiten Vornamen. Aber Sie haben mir viel Stoff zum Nachdenken gegeben. Vielen Dank, Rabbi.«

»Schon gut. Lassen Sie mich wissen, wenn ich etwas für Sie tun kann«, sagte ich und begleitete ihn hinaus.

Das war es. Für ungefähr ein Jahr. Bis ich eines Tages einen Brief bekam. Aus Israel.

»Lieber Rabbi, ich möchte Ihnen noch einmal von Herzen danken für den Rat, den Sie mir nach der Beerdigung meines Vaters gegeben haben. Ich brauchte ein paar Wochen für meine Entscheidung, doch dann dachte ich, wenn es ein Neuanfang sein soll, dann eben richtig. Ein vollkommen neuer Anfang. Ein Bruch.

So bin ich dann hierhergekommen. Ich habe eine kleine

Wohnung in Tel Aviv. Bis jetzt habe ich noch keinen Job, aber das wird sich alles finden. Vorläufig habe ja ich mein Erbe und meine Ersparnisse, ich brauche mir noch keine Sorgen zu machen. Zumindest habe ich jetzt mein eigenes Leben, mein ganz eigenes Leben. Ich kann Ihnen gar nicht sagen, wie gut sich das anfühlt. Diesmal nur für mich, nicht für meinen Bruder.

Schalom,

Israel Siman.«

Es dauerte ein paar Minuten, bis ich wusste, worum es ging, und mich an jene Unterhaltung mit Martin Simmonds erinnerte. Doch dann spürte ich ein warmes Gefühl. Israel hieß er nun also – ›der, der mit Gott und seiner Vergangenheit und seiner Bestimmung gerungen hat‹. Der Name, den sein Vater als Zeichen der Demütigung und der Ausgrenzung anzunehmen gezwungen war. Und Siman, das bedeutet Zeichen oder Merkmal auf Hebräisch – für ihn: ein Zeichen, ein Symbol für die Zukunft. Martin war tot, bereits zum zweiten Mal. Aber Israel lebt. *Am Israel chaj.* Das Leben geht weiter und überrascht uns mit immer neuen Anfängen ...

Das Geheimnis des Bären

Er war groß. Das Haar an seinen Schläfen war weiß und sein Gesicht faltig. Er war gut gekleidet und nicht die Art Mensch, der normalerweise mit einem Teddybären herumläuft. Und doch war es so.

Es handelte sich um einen ziemlich abgewetzten Bären; sozusagen um einen fadenscheinigen Bären. Er hatte noch immer beide Augen – es waren Knöpfe –, von denen der eine ein bisschen locker war. Der Mann hielt ihn unter dem linken Arm, fest an sich gedrückt, als er mir gegenübersaß. Ich wartete darauf, dass er zu erzählen anfing.

Nach anfänglichem Zögern kam die Geschichte dann heraus. Man weiß vorher nie, was man zu hören bekommt. Jede Geschichte ist einzigartig, aber manchmal scheinen sie einem Muster zu folgen. Diese würde eine Geschichte aus der Kindheit werden, so viel war klar. Aber nein, oh nein, keine Geschichte für Kinder. Wer würde schon wollen, dass ein Kind eine solche Geschichte hört?

Ich werde sie frei wiedergeben. Es gab zwar immer wieder Pausen, Lücken, und gelegentlich musste ich nachfragen, einen Satz unterbrechen, das Schweigen brechen, um etwas zu klären. Aber grundsätzlich war die Geschichte stringent.

Er war in einer kleinen Stadt nicht weit von hier aufgewachsen, in einer warmherzigen Familie. Trotzdem begleitete ihn jedoch ein seltsames Gefühl. Was sind seltsame Gefühle? Welche Art von seltsamem Gefühl? Was macht Gefühle seltsam? Jeder von uns hat manchmal das Gefühl, als wäre er der einzige Mensch, der solche Ängste, solche grausamen oder schlimmen Fantasien hat oder solch ein sexuelles Verlangen. Jeder von uns hat sich schon vor schrecklichen Strafen gefürchtet, falls »sie« es je herausfinden würden. Ganze Religionen bauen darauf, dass sie die Menschen dazu bringen können, sich dafür schuldig zu fühlen, dass sie normal sind. Dafür bieten sie Erlösung und Rettung an, wenn die Menschen nur bereit sind, sich bestimmten Reinigungsritualen und Ideologien zu unterwerfen, um vor sich selbst gerettet zu werden. Wie können wir also wissen, ob das, was wir träumen, was wir fühlen, seltsam oder normal ist? Darüber spricht man nicht. Wenigstens so lange nicht, bis es zu spät ist. Dann ist der Zuhörer entweder ein professioneller Helfer oder ein Polizist.

Der Mann mir gegenüber war also mit einem seltsamen Gefühl aufgewachsen. Es war die Zeit nach dem Krieg, und viele Menschen hatten seltsame Gefühle. Viele hatte man beraubt, viele hatten Grund, sich zu schämen. Damals schämten sich auch viele, die keinen Grund dafür hatten – sie hatten einfach nur alles getan, um zu überleben –, und andere, die sich hätten schämen müssen, weigerten sich hartnäckig, die Monstrosität ihrer Taten zu erkennen, sie weigerten sich zuzugeben, wie weit sie sich von den Normen der Zivilisation entfernt hatten, aber wenigstens senkten sie jetzt die Köpfe und hielten den Mund. All das war seltsam, doch was war schon normal in Zeiten wie diesen?

Ob es sich sicher fühlen kann, spürt ein Kind vor allem nachts. Es ist nicht wichtig, was es tagsüber gespielt hat, aber wenn es allein im Bett liegt, wenn die Schatten hervorkriechen und das Haus anfängt zu knarren, dann stellt sich heraus, ob das Kind sich sicher fühlt oder nicht; ob das Knarren vertraut und damit beruhigend ist – Familienmitglieder im Nachbarzimmer, Radiomusik, Straßenbahnen oder Züge, die draußen vorbeifahren. Nur dann kann es die Augen schließen und die Kontrolle aufgeben. Wenn dieses Gefühl fehlt, liegt das Kind so lange wie möglich wach, seine Augen suchen in jeder Ecke nach irgendwelchen Ungeheuern, seine Ohren hören die Atemzüge von etwas Schrecklichem, es klammert sich verzweifelt an alles Sichere in der dunklen, gefährlichen Welt: an ein Betttuch, einen Daumen, ein Spielzeug ... So etwas würde das Kind am hellen Tag niemals zugeben, noch nicht einmal gegenüber seinem besten Freund in der Schule. Aber all das ist ein elementarer Teil seiner Identität. Denn am Ende eines jeden Schultages, am Ende eines jeden Abends kommt die Nacht und damit die Zeit zum Schlafengehen.

Der Mann hatte also einen Bären. Er erwähnte keinen Namen, und wenn ich es mir überlege, habe ich ihn auch nicht danach gefragt, aber das spielt auch keine Rolle. »Bär« reicht. Seine Mutter ermutigte ihn immer, diesen Bären festzuhalten. Sie sagte, der Bär würde auf ihn aufpassen, er solle ihn deshalb immer bei sich tragen. So kam es, dass er seinen Bären behielt, auch dann, als seine Freunde allmählich ihre eigenen Spielsachen ausrangierten – oder zumindest sagten, dass sie das tun würden. Selbst dann noch, als er in die Pubertät eintrat und andere Probleme seine nächtlichen Stunden erfüllten, andere Träume, andere Ängste.

Dann, als er sechzehn war, erklärten ihm sein Vater und seine Mutter, dass er adoptiert worden sei. »Deine Eltern sind im Krieg umgekommen«, sagten sie, weitere Informationen hatten sie nicht zu bieten. »Die Zeit war hart, und du warst ein Waisenkind, deshalb haben wir dich zu uns genommen.«

Nach einigen weiteren Jahren, nach vorsichtigem Bohren und Schweigen, Tränen und gelegentlichen Streitereien – wie er sich jetzt schämte wegen dieser Streitereien und dem, was er gesagt hatte – stellte sich heraus, dass seine Eltern ein anderes Kind gehabt hatten, früher, aber es war ebenfalls »im Krieg umgekommen«. Es war ein kleiner Junge gewesen, Julian, und er war bei einer Bombardierung umgekommen. Dann waren sie *ihm* begegnet. Sie wünschten sich so sehr wieder einen kleinen Jungen, und er brauchte ein Zuhause. Erst später – unterstützt durch eine Therapie – tauchten ein paar verschwommene, aber heftige Erinnerungsfetzen von lautem Krachen und Schreien und von Brandgeruch auf, von zerberstendem Holz und einem Gefühl der Angst.

Ich war natürlich nicht selbst dort, aber ich habe Bilder gesehen und mit einigen Leuten gesprochen. 1945 gab es keine Städte und keine Dörfer in Europa, die nicht einen Teil ihrer Bürger, ihrer Gebäude und auch jegliches Gefühl von Sicherheit verloren hatten. Der Tod kam entweder vom Himmel oder durch Hunger, durch Invasionstruppen oder Partisanen, durch direkte Gewalt oder Krankheiten, wenn die Leute zu geschwächt waren. Der Tod kam in die Häuser oder die Straße herunter. Telegramme informierten die Empfänger in abgehackten Formulierungen, dass jemand nie wieder nach Hause kommen würde. Menschen, die glaubten, zu einem Land oder zu einer Nation zu gehören, mussten feststellen, dass das nicht so war oder dass ihnen das Land unter den Füßen weggezogen worden war und sie jetzt in einem ganz anderen lebten. Religion, Politik, Sprache, Dokumente, sogar Namen – alles wurde zu potenziellen Risikofaktoren, die zur nächsten Runde von Diskriminierung oder Verfolgung führen konnten.

Für den kleinen Jungen war sein Bär die einzige Sicherheit, die er hatte, und deshalb klammerte er sich an ihn. Seine Mutter ermunterte ihn noch dazu, denn sie wusste, dass es herzlich wenig gab, was sie oder ihr Mann ihm stattdessen anbieten konnten. Und manchmal, wenn sie an seinem Bett saß, sagte sie: »Halte dich an den Bären, er passt auf dich auf.« Sogar später, als er schon älter war, sagte sie: »Halte dich an den Bären, du hattest ihn dabei, als du zu uns kamst.« Da wusste er, warum sie nie über ihn gelacht hatte, wenn er sich an ihn klammerte. Nämlich weil das, woran sein Herz hing, die einzige Verbindung zu seiner Vergangenheit war.

Dann starb sie. Sein Vater war ein paar Jahre zuvor gestorben, aber seine Mutter hatte weitergelebt, immer zerbrechlicher, am Ende hatte sie in einem staatlich geführten Altersheim gelebt, das nach Urin und Desinfektionsmitteln und Tod roch. Es war ein unwürdiger Platz für jene, die so vieles überlebt und so vieles wieder aufgebaut hatten, aber er war offenbar alles, was man für diese Generation aufbringen konnte oder wollte. Und bevor sie starb, bei einem seiner letzten Besuche, dem letzten, bei dem sie noch etwas besprechen konnten, hatte sie noch einmal gesagt: »Dieser Bär – du musst ihn immer bei dir tragen. Er wird auf dich aufpassen.« Als er antwortete: »Ich weiß, Mutter, ich weiß«, und während er sich fragte, was ihren schwindenden Geist dazu brachte, ihm einen derart kindischen Trost anzubieten, hatte sie hinzugefügt: »Deine Mutter hat ihn mir zusammen mit dir übergeben. Sie hat mich gebeten, dass ich dir das sage.«

Es war so unfair. So unfair. Er war wütend. Und ich konnte ihn verstehen, wenigstens teilweise. Ausgerechnet dann, als es zu spät war, als ihr Kopf nicht mehr klar war und sie kurz davor war, die Augen endgültig zu schließen – ausgerechnet dann hatte sie ihm wieder den Boden unter den Füßen weggezogen. Er war *kein* Waisenkind gewesen! Seine Mutter – so nannte er sie noch immer – hatte seine *richtige* Mutter gekannt! Sie musste seinen Namen gewusst haben! Sie musste so viel mehr gewusst haben, als sie ihm je gesagt hatte! Und nun, da es zu spät war, gab sie ihm nur einen Hinweis und nahm den Rest der Informationen mit ins Grab ...

All die Jahre hatte er sie mit Fragen bedrängt, aber sie hatte ihn nicht gehört oder nicht hören wollen. Und auf einmal war es wirklich zu spät gewesen. Er hatte getan, was getan werden musste. Anschließend hatte er ihre Papiere und Bankunterlagen wie ein Detektiv durchgesehen, hatte jedes Stück Papier umgedreht, aber ohne Erfolg. Es war zu einer Obsession geworden. Seine Frau und seine Kinder – sogar seine eigenen Kinder waren inzwischen erwachsen, er war fast sechzig – verstanden ihn nur halb. Er wollte *mehr* wissen. Und der Bär war mittlerweile nicht mehr nur sein Trost, sondern ein Anhaltspunkt, der einzige Anhaltspunkt, den er hatte, der einzige Schlüssel zu einem Schloss – einem Schloss, das er nicht kannte.

Eines Tages kam ihm dann eine Idee. Bei einer Geschäftsreise hatte er einen Hinweis auf ein Spielzeugmuseum gesehen und entdeckt, dass ganze Bücher über Spielzeugbären erschienen waren. Es gab Sammler, Experten, Gutachter, eine ganze Welt von Erwachsenen, die sich diesem flauschigen Spielzeug und seiner Geschichte widmeten. Schließlich fand er einen Spezialisten und brachte seinen Bären zu ihm, zu einer Untersuchung – er grinste, als er es mir erzählte –, wie man ein Kind zum Arzt bringt, sagte er. Dieser Bärendoktor – offenbar ein sehr ernsthafter Mensch – untersuchte den Bären gründlich, drehte ihn um, suchte nach Etiketten oder Markierungen – leider erfolglos – und sagte am Ende, das scheine ein normaler Spielzeugbär aus Europa zu sein, aus den späten Dreißigern. Es tue ihm leid, aber der Bär würde bei einer Auktion nicht viel bringen. Vermutlich war das die Frage, die ihm üblicherweise gestellt wurde. Schon gar nicht, fügte mein Gesprächspartner hinzu, mit dem gestopften Riss wie sein Bär ihn habe.

Was für ein gestopfter Riss? Der Mann, der vor mir saß und eine Stunde meiner Zeit damit verbracht hatte, über seinen Teddybären zu sprechen, erklärte, dass er den Riss nie zuvor bemerkt hätte. Er hatte seinen Bären so lange und so gut gekannt, dass er angenommen hatte, diese kleine Falte im Nacken, wo der Kopf am Körper befestigt war, gehöre einfach dazu. Aber der Spezialist sagte, dass es sich um eine Stelle handele, wo ein Riss sorgfältig zusammengenäht worden sei.

Dort, am Tisch des Spezialisten, den er höflich um ein Taschenmesser gebeten hatte, schnitt der Mann die Falte auf. Einfach so. Er hatte die spontane Eingebung, dass er diesen Bären aufschneiden müsse, jetzt sofort. Er fand darin eine Menge Polstermaterial und – ein Stück Papier. Während der Spielzeugexperte ihm erstaunt zusah, hatte er die Polsterung herausgenommen und das Stück Papier aufgerollt. Ein kleiner goldener Stern fiel klirrend auf den Tisch, ein kleiner, sechseckiger Stern an einer dünnen Goldkette. Auf dem Zettel stand nur ein Wort. Zumindest nahm er an, dass es ein Wort sei. Es war in einer ihm unbekannten Schrift geschrieben. Und deswegen war er zu mir gekommen. Endlich. Der Stern hatte ihn auf die Idee gebracht, dass ich, ein Rabbi, ihm vielleicht helfen könne. Nun wusste ich also endlich, warum er das alles ausgerechnet mir erzählt hatte.

Er nahm seine Brieftasche heraus, öffnete sie und legte ein kleines Stück vergilbten Papiers auf meinen Tisch. Obwohl es flach in seiner Brieftasche gelegen hatte, rollte es sich an den Rändern wieder auf. Ich drückte es vorsichtig an beiden Enden hinunter. Chajim. Das war alles. Nur die Buchstaben *Chet, jud, jud, mem sofit.* Keine Druckschrift, sondern die runde, moderne Schrift, die man benutzt, wenn man mit der Hand schreibt. Vier Buchstaben. Vier Buchstaben, die unter diesem Mann einen Abgrund aufgerissen hatten.

»Es ist ein Name«, sagte ich. »Ein hebräischer Name. Chajim. Er bedeutet – Leben.«

Wir saßen still da, starrten beide auf das Stück Papier. Ich fragte mich, und er sich vermutlich auch, wer diesen Namen geschrieben hatte und unter welchen Umständen; wer den Teddybären aufgeschnitten, einen Davidsstern hineingesteckt und ihn danach sorgfältig wieder zugenäht hatte, um dann – zu wem – zu gehen? Zu einer Freundin, einer Nachbarin, einer Kollegin, einer Fremden auf der Straße? Du lieber Himmel, womöglich sogar zu einer Verwandten, einer nichtjüdischen Kusine oder Schwägerin? Der – oder diejenige hatte wem auch immer einen kleinen Jungen übergeben, einen Teddybären und eine versteckte Nachricht, die so gut versteckt war, dass es fast sechzig Jahre gedauert hatte, bis sie gefunden wurde.

»Das ist Ihr Name«, sagte ich, um die Stille zu unterbrechen, und bedauerte es sofort. Was für eine pathetische Bemerkung. Der Mann war schließlich nicht dumm. Er hatte das schon selbst verstanden. »Sie schenkte Ihnen das Leben«, fügte ich hinzu, um meine eigene Verwirrung zu verbergen.

»Ja, sie schenkte mir das Leben«, murmelte er vor sich

hin. »Sie schenkte mir das Leben und einen Namen. Und jetzt hat sie noch einmal das Leben geschenkt, und ich bekam sogar einen neuen Namen.« In seinen Augen standen Tränen. Meine waren auch nicht ganz trocken. »Und sie gab mir den Bären, damit er auf mich aufpasst. Und das hat er auch getan, Rabbi, all die Jahre lang. Und jetzt gibt mir der Bär mein Leben wieder. Und meinen Namen.«

Es gab noch einen anderen Umschlag in seiner Brieftasche. Aus diesem glitt ein kleiner goldener Stern an einer Kette. Es war ein Davidsstern. Ein Davidsstern, wie er so oft als Symbol verwendet wurde, als Talisman. Von Juden und sogar gegen Juden.

Es gab nicht mehr viel, was ich sagen konnte, nicht mehr viel, was er fragen konnte. Wir beide wussten genug. Er hatte sein Leben schon gelebt – seine *verschiedenen* Leben, die ihm geschenkt worden waren, er hatte eine eigene Familie, einen Platz in der Gesellschaft. Jetzt schob er den Stern und das Stück Papier sorgfältig zurück in seine Brieftasche und nahm den Bär auf, dessen Kopf ein wenig zur Seite hing. Ich sah eine zweite Naht in seinem Nacken. Er bedankte sich bei mir und ging. Chajim verließ mein Büro. Mit dem Bären.

Er kam niemals wieder. Aber das war in Ordnung so. Ich wusste, dass sein Bär auf ihn aufpasste. Und noch jemand anderes, der durch diese Knopfaugen schaute.

Postlagernd

An den
Leiter der Kundenabteilung
Postdirektion

Sehr geehrter Herr,

ich wende mich mit einem Anliegen an Sie, das man seltsam nennen könnte, aber es geht um etwas Dringendes, das ich sehr ernst nehme. Heute Vormittag suchte mich ein Mitglied meiner Kultusgemeinde auf: Mr S. Isaacson. Er war sehr aufgeregt und in großer Sorge. Wie sich herausstellte, hat man ihn informiert, dass seine örtliche Postfiliale – in der Wordsworth-Road – Ende April geschlossen werden soll.

Mr Isaacson hat ein Postfach in dieser Zweigstelle. Dieses Postfach besitzt er seit Februar 1939. Seine große Sorge ist nun, dass sich mit einer Schließung dieser Filiale die Nummer und die Adresse seines Postfachs ändern könnten.

Sie verstehen sicher, dass es für einen älteren Kunden ohnehin schwierig ist, sich mit der Schließung einer vertrauten Postfiliale abzufinden, aber Mr Isaacson sagte mir, er könne die meisten der damit verbundenen Veränderungen ertragen, beispielsweise dass er seine Pension dann in der Hauptfiliale am Market Square abholen müsse. Doch es gibt da noch andere Aspekte, die ich Ihnen, wie ich glaube, nur verständlich machen kann, wenn ich Ihnen seine Geschichte erzähle, so wie er sie mir vorgetragen hat.

Er kam Anfang 1939 aus einer Kleinstadt im Norden Deutschlands nach England. Seine Eltern hatten ihn hergeschickt, und sie hatten vor, zusammen mit seinen beiden kleineren Schwestern ebenfalls nach England zu emigrieren. Sie mussten nur noch ein paar Angelegenheiten regeln. Er schrieb ihnen regelmäßig, schickte ihnen Formulare und Informationen. Da er damals in einer Jugendherberge lebte, eröffnete er ein Postfach, und ihre Antworten kamen unter dieser Adresse an.

Dann kamen plötzlich keine Briefe mehr. Die Logik zwingt mich anzunehmen, dass seine Familie deportiert wurde und den Krieg nicht überlebt hat. Das alles ist, wie Sie und ich wissen, schon Jahrzehnte her. Aber dieses Postfach in der Wordsworth Road ist die Adresse, an die die Briefe seiner Familie gerichtet waren, die letzten, die er von seinen Angehörigen erhielt. Es ist die einzige Adresse, die sie von ihm hatten, und Mr Isaacson hofft noch immer, dass ein Familienmitglied ihm an diese Adresse schreiben könnte. Und bis heute geht er jeden Tag hin, um nachzuschauen.

Ich würde ihn gerne beruhigen – deshalb wäre ich Ihnen sehr dankbar, wenn Sie mir einen förmlichen Brief schreiben und darin versichern würden, dass alle Post, die an die Filiale in der Wordsworth Road gerichtet ist, automatisch zum Postamt am Market Square weitergeleitet wird. Ich wäre Ihnen auch dankbar, wenn Sie einem der Postfächer dort die Nummer 103 geben und es Mr Isaacson zuteilen würden, oder, falls das nicht geht, ihm zumindest zusichern könnten, dass jede Postsendung an die frühere Filiale in der Wordsworth Street postlagernd aufbewahrt wird.

Unter uns gesagt: Ich bezweifle, dass Post kommen wird, aber Mr Isaacson möchte das regelmäßig nachprüfen können, und es ist mein dringendes Anliegen, dass ihm die Zusicherungen gegeben werden, die er braucht. Ich würde ihm Ihren Brief zeigen, um die Panik zu dämpfen, die er empfindet, wenn diese letzte mögliche Verbindung mit seiner Vergangenheit abgeschnitten wird. Ich vertraue darauf, dass Sie in dieser Angelegenheit behilflich sein können.

Hochachtungsvoll

VI
Wundern

Auf das Leben!

Er ist ein netter Kerl, der katholische Kaplan des Gefängnisses von Windbeach; ein wenig phlegmatisch ist er, wie man es erwarten würde. Er lässt mich sein Büro benutzen, wenn ich dort bin, um »einen von uns« zu besuchen – etwa um ein Paket mit Nahrungsmitteln für Pessach zu bringen. Natürlich weiß ich immer schon im Voraus, dass die meisten Gläser und Dosen, nachdem sie sorgfältig geprüft und durch einen Röntgendetektor gelaufen sind, gegen Zigaretten oder Schlimmeres getauscht werden.

Aber auch Häftlinge haben das Recht darauf, die Pessachvorschriften zu beachten; das Innenministerium erlaubt eine bestimmte Menge Nahrungsmittel, die ihnen gebracht werden dürfen. Also übernehme ich diese Aufgabe. Ich besorge die Sachen, die auf der Liste stehen, fahre nach Windbeach, fülle Formulare aus, lasse sie stempeln, übergebe die Sachen einem Wärter, dessen Aufgabe es ist, sie »auf die andere Seite« zu bringen, und dann – nachdem ich sorgfältig kontrolliert worden bin, ob ich auch keine Schmuggelware dabeihabe, Zigaretten oder Radios oder Telefonkarten oder was auch immer – darf ich durch die »Schleuse« gehen. Irgendein Typ im blauen Pullover öffnet mir eine Tür und schließt sie wieder hinter mir, öffnet eine weitere Tür und schließt sie hinter mir ... Mich würde es wahnsinnig machen, wenn ich das jedes Mal tun müsste, nur um einen Gang entlangzugehen.

So durchqueren wir dann den ganzen Komplex, bis wir zu einer Zelle kommen, wo ich einen dieser armen Kerle sehen darf, die eingesperrt wurden, weil sie die Buchhaltung einer Tankstelle oder irgendeinen Scheck gefälscht haben. Natürlich leugnen die meisten Häftlinge erst einmal ihre Tat – es sei ein anderer gewesen, sie seien reingelegt worden und so weiter. Ich finde es immer wieder traurig, dass sie sich nicht mit ihren Taten auseinandersetzen wollen – hier hätten sie die Zeit und die Gelegenheit zu sprechen, sich dem zu stellen, was sie getan haben, zu versuchen, sich zu bessern ... aber die meisten bleiben dabei zu leugnen. »Unsere« kommen meist wegen »Weiße-Kragen-Delikte« in den Knast, allerdings nicht immer. In fast allen Gefängnissen, auch in anderen Ländern, scheint es mindestens einen Israeli zu geben, der wegen Drogenschmuggels einsitzt. Manchmal frage ich mich, ob es irgendeine Geheimdienstabteilung gibt, die sich darauf spezialisiert hat, in jedes Gefängnis der Welt einen Israeli zu schleusen ...

Aber ich schweife ab. Das Kaplansbüro in Windbeach ist im Block C, im dritten Stock. Es besteht aus insgesamt drei Räumen – einem Büro, einem Wartezimmer voller Broschüren, die einem erklären, wie man sein Leben »draußen« wieder neu aufbauen kann, sollte man vorhaben, draußen zu bleiben (sehr viele kommen nämlich zurück!) – und einem kleinen Raum, in dem private Gespräche geführt werden können. Die Einrichtung ist karg: ein Holztisch, Holzstühle – es gibt keine Möglichkeit, etwas zu verstecken hier –, in die Tür ist ein Fenster eingelassen, für den Notfall. Dort treffe ich Father Sandy, der mir einen Tee macht, während ich darauf warte, dass mein heutiger Klient von seinem Arbeitsplatz weggeholt und zu mir gebracht wird. Obwohl solche Besuche lange vorher abgesprochen sind, befindet sich der Klient immer, wenn ich komme, irgendwo anders und muss erst zu mir gebracht werden ...

Meist gelingt es mir, ein paar Tafeln Schokolade mitzubringen. Nie Tabak. Den Wärtern am Eingang scheint es egal zu sein, wenn ich Schokolade in der Jackentasche habe. Nur einmal musste ich einem strengen Typen erklären, die Schokolade sei für mich, weil solche Treffen mich immer hungrig machten. Natürlich glaubte er mir nicht, aber zum Teufel, ich war ein Mann Gottes, kein Verwandter oder Komplize, also beließ er es dabei. »Drinnen« ist Schokolade eine geschätzte Währung und zu kostbar, um sie zu essen. Das hatte ich längst gelernt.

Wenn wir fertig sind, trinken Father Sandy und ich manchmal noch eine Tasse Tee und plaudern ein bisschen. Er hat alles gesehen und alles gehört und einen großen Vorrat an Geschichten ... einige davon sind haarsträubend, die meisten aber deprimierend. Er hat auch viel Sinn für Humor – den braucht er noch mehr als ich –, und manchmal, nur manchmal, bin ich mir nicht sicher, ob ich das, was er erzählt, ernst nehmen soll. Eine seiner Geschichten ist mir ganz besonders in Erinnerung geblieben ...

Zu Beginn dieser Geschichte hatte Father Sandy erst vor Kurzem seine erste Amtsstelle angetreten, erzählte er. Im Süden, in einer Hafenstadt. »Das Gefängnis war ein schreckliches altes Gebäude«, sagte er. »Es stank zum Himmel, wenn sie ihre Eimer ausleeren mussten, und nachts gab es viel Geschrei. Ich sage Ihnen, die neuen Gefängnisse – so wie dieses hier – sind Luxushotels im Vergleich zu denen, in denen ich meine Arbeit im Dienste Gottes begonnen habe.«

Ich fand das, was ich hier in Windbeach sah, schlimm genug, aber ich neigte dazu, ihm zu glauben.

»Ich war nur ein halbes Jahr dort, dann hat mich der Bischof versetzt. Ich kam frisch vom Seminar und war wohl noch nicht trocken hinter den Ohren. Natürlich kann ich rückwirkend nur zusammenzucken, wenn ich an all die Fehler denke, die ich damals noch gemacht habe.«

Ich sagte, dass ich dieses Gefühl kenne, und nahm einen weiteren Keks.

»Es war in meiner letzten Woche, als dieser Bursche zur Beichte kam. In der Kapelle. Es war ein bisschen spät, um noch etwas an seinem Leben zu ändern, wie sich herausstellte. Mir war in den letzten Monaten bereits alles Mögliche zu Ohren gekommen – Diebstähle, Masturbation natürlich, verschiedene sexuelle Verfehlungen, ein paar wirklich üble Sachen …« Er schwieg, starrte die Wand an. »Es gibt Zeiten, in denen ich sehr, sehr froh bin über die disziplinierende Wirkung des Zölibats. Sogar gute Katholiken können auf ziemlich böse Gedanken kommen, wissen Sie.«

»Juden auch«, versicherte ich ihm.

»Nun, dieser Mann war anders. Seiner Stimme nach war es ein älterer Mann. Ich warf einen Blick durch das Gitter, und er sah wirklich sehr alt aus, sehr blass. Auch seine Stimme war schwach. Es gebe eine ganze Menge, sagte er, was er mir zu erzählen habe. Er habe lange gewartet, sagte er. ›Wie lange seit der letzten Beichte?‹, fragte ich, wie wir es immer tun. ›Viel zu lang‹, sagte er, ›viel zu lang.‹«

Wieder machte Father Sandy eine seiner bedeutsamen Pausen. Er hatte eine tiefe Stimme mit einem leichten, ganz leichten Akzent, und ich hörte ihm bei den wenigen Gelegenheiten, wenn wir Zeit für ein Schwätzchen hatten, gerne zu. Ich wartete.

»Was soll ich sagen – er fing an zu erzählen. Und was ich hörte, war bizarr. Wie gesagt, ich war noch ziemlich neu in meinem Amt, aber ich fragte mich wirklich, ob er etwas eingenommen hatte. Er habe vor langer Zeit seine Seele dem Teufel verkauft, sagte er, vor sehr langer Zeit. Er könne sich nicht einmal genau erinnern, wie lange das inzwischen her sei, sagte er. Nur dass der Teufel ihm ein zweihundertjähriges Leben versprochen habe. Ich musste mich zusammennehmen, um nicht zu kichern, als ich das hörte. Zweihundert Jahre!

Also versuchte ich, ihn ein bisschen herauszufordern. Ich bemühte mich, mit ernster Stimme zu sprechen. Warum, fragte ich ihn, sei er ausgerechnet zu mir gekommen? Dann dachte ich, warum soll ich ihm nicht seinen Willen lassen, dem alten Kerl? Wenn er diese Geschichte erst einmal losgeworden ist, kommen wir vielleicht zum wahren Problem.

Also machten wir weiter. Er habe sein Leben anfangs genossen, sagte er. Viele Dirnen. Das war eine seltsame Formulierung, aber er verwendete viele altmodische Wörter. Eine wilde Zeit. Dann hatte er jemanden ermordet. Einen

Ehemann. Er war entkommen, wurde nach einigem Hin und Her dann aber doch festgenommen. Er hatte zwar noch versucht, sie davon zu überzeugen, dass er nicht der Mörder war, aber sie hatten ihn nun einmal in der Nähe des Tatorts geschnappt, mit Blut an der Hose, und er wurde ins Gefängnis gebracht. Einerseits war das großes Glück, sagte er, denn er hatte den Mord tatsächlich begangen und fürchtete, dass sie ihn auf der Straße lynchen würden. Am nächsten Tag brachte man ihn vor ein Schwurgericht und verurteilte ihn zum Tod durch den Strang. Vergessen Sie nicht, Rabbi, diese Begegnung liegt lange zurück, ich war noch sehr jung, und er war alt, also konnte das ja durchaus gestimmt haben, das mit der Todesstrafe und alles andere. Aber er saß ja vor mir! Deshalb fragte ich: ›Und was ist geschehen?‹

›Natürlich haben sie mich aufgehängt‹, sagte er. Ganz sachlich. ›Aber sie konnten mich nicht töten. Ich habe ihnen natürlich nichts vom meinem Pakt erzählt. Also versuchten sie es am nächsten Tag noch einmal, und es passierte genau dasselbe. Ich hing da, aber ich starb nicht. Also ließen sie mich wieder herunter, das war die Regel, wenn man zweimal überlebte, und verurteilten mich stattdessen zu lebenslänglicher Haft.‹«

Father Sandy schwieg, dann fuhr er fort: »Ich saß kerzengerade da, festgenagelt auf meinem Platz, und überlegte, was ich tun sollte. Im Seminar hatte man mich natürlich nicht auf eine derartige Situation vorbereitet. Deshalb fragte ich weiter. Und er sagte, seine gezählten Jahre müssten bald vorbei sein, und er wolle die Beichte ablegen, er wolle seine Seele reinigen, bevor seine Zeit vorbei sei. Viel Schuld, viel Scham. Mir war klar, dass der Bischof nicht einverstanden wäre, aber ich sagte ihm feierlich: Wenn er wirklich fast zweihundert Jahre im Gefängnis verbracht habe, sei seine Seele bestimmt von jeder Schuld gereinigt. Sein Pakt mit der dunklen Seite sei mithin also ungültig geworden. Und er bekam von mir das Übliche, ich ließ ihn Ave-Marias beten und dergleichen. Bei euch gibt es so was nicht, oder?«

»Nein«, bestätigte ich. »Nein, nichts so Einfaches.«

»Einfach, aber effektiv«, sagte er. »Lass einen Katholiken, der gesündigt hat, zwanzigmal ein Gebet wiederholen, und es geht ihm schlagartig besser. Das hat die Kirche in all den Jahrhunderten zusammengehalten. Der Mann war jedenfalls sehr dankbar. Er versprach, die ihm noch verbliebene Zeit auf Erden mit Beten zu verbringen, und ging. Er war der Letzte gewesen, deshalb konnte ich mich zurückziehen, um einen Tee zu trinken und zu pinkeln, und ein paar Tage später würde ich sowieso meine Sachen packen und gehen. Aber etwas ließ mich nicht mehr los. War er wirklich nur ein alter Kerl, der den Bezug zur Realität verloren hatte, weil er zu lange im Gefängnis war – was weiß Gott nicht ungewöhnlich wäre – oder nicht? Aber die Stimme dieses Mannes ... Ich wusste natürlich keinen Namen, die Beichte ist heilig und anonym, aber ich fragte einen der Angestellten, der ebenfalls Katholik war, ob er jemanden kenne, der bereits sehr lange hier sei, ein Katholik, und wer das sei und wie viele Jahre er schon einsäße. Er versprach nachzuschauen.

Zwei Tage später rief er zurück, ich war noch einmal kurz ins Kaplansbüro gekommen, um meine Siebensachen einzupacken, als das Telefon klingelte.

›Pater‹, sagte er, ›erinnern Sie sich, dass Sie mich nach ein paar Lebenslänglichen gefragt haben?‹

Mein Zug sollte in einer Stunde gehen, aber ich sagte natürlich ›ja‹, und er sagte: ›Nun, es ist seltsam, aber es gibt nur fünf, die katholisch sind, und vier von ihnen sind in den letzten Jahren hierhergekommen. Aber der fünfte – na ja …‹

›Rücken Sie schon raus damit‹, sagte ich ungeduldig, weil ich meinen Bus zum Bahnhof erwischen musste.

›Nun, er hat eine Akte, so dick wie Ihr Arm. Und darin steht ›lebenslang‹ und ›keine Haftverkürzung‹ und Mord – es ist verrückt, ich habe es dreimal kontrolliert und kann es nicht verstehen, aber es sieht so aus, als wäre er seit 1820 hier!«

Father Sandy schaute mich an. Ich schaute ihn an und nahm noch einen Keks. Einen von diesen runden, mit einem Klecks Marmelade in der Mitte. Zwinkerte er mir zu? Ich war nicht sicher.

»Verblüffend«, sagte ich.

»Ja«, sagte er. »Das kann man laut sagen. Das war irgendwie kein gutes Geschäft, das er da gemacht hat, nicht wahr? Möchten Sie noch einen Tee, bevor Sie gehen?«

Postkarten

Man weiß nie, wer als Nächster durch die Tür kommt. Einer meiner Lehrer hatte mich davor gewarnt, und er hatte recht gehabt. Man weiß nie, welche Frage als Nächstes kommt, welches Problem, welche Herausforderung. Aber das gehört zu den Dingen, die den Beruf eines Rabbis so faszinierend machen. Jede Person ist anders, jede Person bringt ihre eigenen *zores* mit – ihre Probleme, ihre Zweifel, ihre Sorgen, und es ist jedes Mal eine Herausforderung, zu sehen, ob man helfen kann. Und nicht nur das, sondern: ob man als *Rabbi* helfen kann, als Repräsentant der jüdischen Tradition.

Natürlich ist man die meiste Zeit eher Berater, eine Schulter, an die der andere sich anlehnen kann, ein Helfer im Umgang mit Behörden – manchmal ist man als Rabbi sogar regelrecht eine Bankfiliale. Jeder praktische Arzt wird sagen, dass die Hälfte seiner Arbeit nicht darin besteht, Patienten zu behandeln, sondern darin, diese zu beruhigen – und dass ein bisschen roter Sirup oder ein paar weiße Pillen genau jene Wunder bewirken, die die wissenschaftliche Medizin auf pharmazeutischem Weg noch nicht erzielen kann. So geht es auch uns Rabbinern. Ist es wirklich wichtig zu wissen, was Moses gesagt hat, oder was einige Dorfrabbiner des fünften Jahrhunderts im Irak dachten, dass Moses gesagt haben könnte? Muss man wissen, was irgendein Kommentator in einer französischen Provinz im zwölften Jahrhundert dachte und was einige Akademiker des zwanzigsten Jahrhunderts darüber geschrieben haben, was der französische Kommentator dachte, dass Moses gesagt haben könnte? Ist es nicht viel wichtiger, mit dem richtigen Gesichtsausdruck und der angemessenen Geduld dazusitzen, wenn die Personen dir gegenüber zu erklären versuchen, was ihre Alkoholprobleme für sie bedeuten oder dass ihr Vater sie misshandelt hat oder dass ihre Ehemänner sie schlagen oder dass ihre Kinder sie nicht verstehen oder dass sie ein gutes Heim für die Großmutter suchen? Meine Tage sind mit solchen Dingen ausgefüllter als mit den alten Texten ...

So ist das »wirkliche Leben«. Und wir sind mitten drin. Oder wir glauben, es zu sein. Aber was ist das »wirkliche Leben« denn eigentlich?

Der Mann saß in meinem Büro (ich versuche zwar, es weiterhin »Studierzimmer« zu nennen, aber jeder nennt es »Büro des Rabbiners«, also könnte ich es genauso gut aufgeben – ich habe es sowieso nie geschafft, hier irgendwelche Studien zu treiben). Er schien sich unbehaglich zu fühlen und war aufgeregt wie viele der Menschen, die zu mir kommen (eigentlich sind das die meisten). Nur wenige kommen freiwillig, um mit einem Rabbi zu sprechen, und das sind normalerweise jene, vor denen sich ein Rabbi hüten sollte: Drogenabhängige, Besessene, Missionare, Fanatiker. In solchen Situationen empfiehlt es sich, demjenigen eine Tasse Tee anzubieten, ein bisschen zu plaudern, ihn zu beruhigen und dann allmählich zur Sache zu kommen. Das einzige Problem ist natürlich, dass das zeitaufwändig ist, und das Telefon hört nie auf zu klingeln. Aber so ist das nun einmal.

Ich kannte den Mann flüchtig. Er war kein regelmäßiger Gottesdienstbesucher, noch nicht einmal ein Gemeindemitglied. Er kam von irgendwo aus dem Süden des Landes. Vor ungefähr einem Monat, vielleicht auch mehr, hatte ich seinen Vater beerdigt. Er war ein älterer Mann gewesen, ein Holocaust-Überlebender, der seine letzten Lebensjahre im jüdischen Altersheim verbracht hatte. Wenigstens sein Körper hatte das getan. Je öfter ich dort bin – und die Besuche dort gehören zu meiner seelsorgerischen Routine –, umso deutlicher wird mir, dass die meisten Bewohner in Wirklichkeit ganz woanders sind. Irgendwo, wo man sie nicht erreichen kann. Sie sitzen da und starren, sabbern oder murmeln etwas vor sich hin. Ich werde nie vergessen, was eine Schwester einmal zu mir sagte, als ich zum ersten oder zweiten Mal in meiner Funktion als Rabbi dort war und mit ihr eine Tasse Kaffee in ihrem Kabuff trank. Ich hatte etwas in der Richtung gesagt wie: Mrs Soundso ist schwierig, sie hat nur vor sich hingemurmelt.

Die Schwester antwortete darauf in scharfem Ton: »Warum glauben Sie, die Ärmste habe mit sich selbst gesprochen? Nur weil Sie nicht sehen konnten, mit wem sie sprach? Was glauben Sie denn, wie Sie aussehen, wenn Sie telefonieren?« Sie hatte natürlich recht gehabt. Vermutlich sehe ich wirklich blöd aus, wenn ich in mein Handy spreche, und die alte Mrs Soundso hat vielleicht nur Telefonkosten gespart …

Nun, die Beerdigung war gut gelaufen. Ich hatte vorher mit dem Sohn des Verstorbenen telefoniert, der, wie gesagt, irgendwo im Süden lebte, ich hatte mir Notizen für den *Hesped* gemacht und ihn erst auf dem Parkplatz getroffen, kurz bevor wir den Friedhof betraten. Es waren ein paar ältere Mitglieder da gewesen als Trauergäste und der Sohn, das war alles. Routine.

Jetzt, als der Sohn mir gegenübersaß, versuchte ich, mich krampfhaft an seinen Namen zu erinnern, aber er rettete mich aus der peinlichen Situation.

»Rabbi, ich habe eine Frage. Können Sie Jiddisch lesen?«

Das hatte ich nicht erwartet, aber ich antwortete: »Ja, allerdings langsam, nicht sehr gut, ein bisschen. Warum fragen Sie?«

»Ich habe die Sachen meines Vaters geordnet«, antwortete er. Ich nickte – das ist immer eine schwere Zeit. Manches kann man verschenken, manches kann man wegwerfen, aber es ist immer eine schwierige Entscheidung, was man aufhebt und wo und warum, ganz zu schweigen von dem üblichen Problem, wer was bekommen soll – aber darauf will ich jetzt nicht weiter eingehen. Er fuhr fort: »Ich habe diese Postkarten gefunden und frage mich, ob Sie sie lesen können. Ich glaube, die Karten waren meinem Vater sehr wichtig. Nein, ich weiß sogar, dass sie das waren.«

Er öffnete seine Brieftasche und nahm ein dickes Bündel heraus. Einige Karten, etwa ein Dutzend in jedem Päckchen, waren zusammengebunden und einige einzeln. Er legte alles ordentlich auf den Tisch und schob ein paar Postkarten zu mir. Ich nahm eine in die Hand und betrachtete sie. Mir lief es kalt den Rücken hinab.

»Wissen Sie, was das ist?«, fragte ich und hielt die Karte hoch.

»Ja«, sagte er. »Zumindest glaube ich, dass ich es ahne. Oder dass ich es ahnen sollte. Tut mir leid, dass ich in Rätseln spreche, Rabbi, aber das ist der Grund, weshalb ich hier bin. Ich bin mir einfach nicht sicher.«

Wieder betrachtete ich die Karte. Ab und zu kommen Leute und bringen mir Dinge, wenn sie die Hinterlassenschaften ihrer Verstorbenen aufräumen, so wie dieser Mann es tat. Vielleicht denken sie: »Die Juden können so etwas brauchen.« Zum Beispiel stirbt eine alte Dame, und eine Nichte oder ein Neffe kommen von Amerika herübergeflogen, dann bringen sie mir einen alten Pass mit einem Reichsadler und einem Hakenkreuz, in den ein großes »J« gestempelt ist. Oder ein altes Gebetbuch mit vielen Notizen auf dem Vorblatt. Und einmal hatte man mir ein altes Kleidungsstück gebracht. Es war schmuddelig und hatte womöglich jahrzehntelang zusammengerollt unten im Schrank gelegen. Als ich es aufrollte, stellte es sich als eine weite, grob gewebte gestreifte Jacke heraus, auf die ein gelber Stern genäht war. Wie gesagt, man weiß nie, was die nächste Person anbringt oder welche Frage sie stellen wird.

Diese Karte war ebenfalls alt. Verblasst, vergilbt. Die Adresse war in lateinischer Schrift, mit ordentlichen, gut geformten Buchstaben. Anders das Datum und der Rest ...

Ich kann, wie gesagt, nicht richtig gut Jiddisch lesen, aber wenn die Handschrift oder der Druck klar sind, finde ich mich mit Hilfe eines Wörterbuchs und meiner Deutschkenntnisse einigermaßen zurecht. Der Text war mit Bleistift geschrieben und nicht sehr deutlich, aber ich konnte immerhin gleich erkennen, wo und wann die Karte geschrieben war. »Riga, 14. Mai 1942«, las ich. »Lieber … lieber Momo?«

»Ja, das stimmt«, sagte mein Besucher. »Das war offenbar sein Kosename, als er jung war. Das hat er mir einmal erzählt. Ich hätte Ihnen vielleicht vorher sagen sollen, vor der Beerdigung, dass mein Vater vorher schon einmal verheiratet gewesen war, seine Frau aber im Holocaust verloren hat – also meine *richtige* Mutter. Als kleines Kind war ich versteckt worden, und nach dem Krieg brachte man mich nach England. Ich müsste lügen, wenn ich sagte, dass ich mich an meine Mutter erinnere. Hier wurde ich von einer Pflegefamilie aufgezogen. Diese Menschen sind meine Familie, sind es immer gewesen. Meine Mum und mein Dad. Mein leiblicher Vater hatte, wie sich herausstellte, im Ghetto von Lodz irgendwie überlebt. Den Papieren zufolge, die ich gefunden habe – es war ein ganzer Ordner voll – kam er 1949 ebenfalls nach England. Das Rote Kreuz fand mich, der Kontakt zwischen uns wurde hergestellt, aber ich – nun, ich wollte bei ›meiner‹ Familie bleiben. Ich kann Ihnen gar nicht sagen, auch nicht ansatzweise, was das alles für mich bedeutet hat …«

Er schwieg eine Weile. Sein Gesicht war rot, und seine Augen wurden feucht. Ich ließ ihm Zeit. Solche Dinge lassen sich nicht beschleunigen.

Er fuhr fort. Ich konnte sehen, dass es ihm schwerfiel. »In Guildford hatte ich meinen Vater und meine Mutter. Meinen Dad und meine Mum. Plötzlich hatte ich dann aber noch einen anderen Vater, einen Ausländer, der Polnisch und Jiddisch sprach. Ich war vielleicht neun oder zehn Jahre alt. Ich kannte diesen Mann nicht. Ich erinnerte mich nicht an ihn, er erkannte mich kaum – ich weiß noch, dass ich weinte, dass ich schrie. Und ich erinnere mich an sein Gesicht, als ich schrie. Sogar jetzt noch.

Ich wusste nicht, was damals verabredet wurde – ich war ja nur ein Kind –, er ging jedenfalls fort, und ich hörte nichts mehr von ihm, bis ich achtzehn war. Dann, an meinem Geburtstag, gaben mir Mum und Dad ein Päckchen. Darin waren Briefe. Ziemlich viele. Es hatte eine »Abmachung« gegeben, erfuhr ich. Gott weiß, was sie sich dabei gedacht haben und wie sie es geschafft haben, mit diesem Wissen zu leben, mit diesem Wissen, dass er irgendwo war und mir schrieb. Die Abmachung lautete jedenfalls, dass ich die Briefe erst mit achtzehn bekommen würde.

Ich las sie alle. Erst wollte ich nicht, aber dann fing ich an zu lesen und konnte nicht mehr aufhören. Meine Eltern – meine Familie – hatten eine Geburtstagsparty für mich vorbereitet, sie hatten ein paar Freunde eingeladen. Aber ich wollte mein Zimmer nicht verlassen und hinuntergehen, ich saß an meinem kleinen Tisch, ich lag auf dem Bett und las diese Briefe. Er hatte sie über mehrere Jahre hinweg geschrieben – es war deutlich zu merken, dass sein Englisch besser wurde –, er schrieb über meine Mutter, meine leibliche Mutter, Beila, und über sich selbst. Weil er den Namen nicht mochte, den man mir hier gegeben hatte, vermied er es, ihn zu verwenden, er redete mich in seinen Briefen mit ›Lieber Sohn‹ an.

Er hatte einen Job gefunden, hier oben – er wollte nicht im Süden bleiben, er hatte zugestimmt, sich von mir fernzuhalten –, und hier lebte er sein Leben. Er arbeitete in einem Laden und hat nie wieder geheiratet.

Was mich betrifft, so wollte ich manchmal bei ihm sein und dann auch wieder nicht, er hatte ja mein ganzes Leben zerrissen. Nun hatte ich seine Adresse und machte mich auf, um ihn zu besuchen. Es war schwer, denn ich kannte ihn nicht, und er kannte mich ebenso wenig. Ich fing gerade mit dem Studium an. Aber etwas hielt uns zusammen. Ich wurde das Gefühl nicht los, dass ich mehr für ihn empfinden sollte. Er schrieb regelmäßig, und ich hätte häufiger antworten sollen, aber ich tat es nicht, ich konnte nicht. Ich habe ihn zwei- oder dreimal im Jahr hier besucht. Er kam zu meiner Hochzeit – aber er akzeptierte meine Frau nicht. Sie ist natürlich keine Jüdin. Sie kann – konnte – ihn nicht ertragen, das machte die Dinge schwierig, ich konnte ihn nie zu uns einladen. Aber er war immerhin mein Vater, obwohl er nicht mein Dad war. Meine Frau und ich taten, was wir konnten, kümmerten uns um ihn, soweit es möglich war, besorgten ihm den Platz im Heim …« Seine Stimme erstarb. Er hatte versucht, sich zu überzeugen, dass er wirklich alles Menschenmögliche getan hatte. Ich kenne das. Wir tun das alle. Und keinem gelingt es.

Doch nun verstand ich die seltsamen Gespräche, die wir am Telefon und auf dem Parkplatz geführt hatten, ein bisschen besser, damals, als ich mich über die kühle Distanz seiner Reaktionen auf meine Beileidsbezeugungen gewundert hatte, und ich verstand auch, warum die Schwiegertochter nicht gekommen war. Alles, was ich gewusst hatte, war die Telefonnummer des Sohnes, die mir die Sekretärin des Heims gegeben hatte. Aber auch das ist nicht so ungewöhnlich.

Zurück zu der Karte in meiner Hand. Meine Hand zitterte ein wenig. Ich legte die Karte auf den Tisch und beugte mich darüber. Es war eine einfache, vorgedruckte Postkarte. In einer Ecke klebte eine Briefmarke mit dem Hakenkreuz, darunter die Adresse »Mordechai Kalischer«, dann die Namen einer Straße und eines Dorfes, die beide kaum zu entziffern waren. Gott weiß, wie die Postbeamten damals zurechtgekommen sind. Auf der anderen Seite stand die Nachricht. *»Mir sejnen gut ongekimn«*. Wir sind gut angekommen. »Ich bin froh, dass die Fahrt vorbei ist. Wir werden bald Arbeit bekommen. Mach dir keine Sorgen. In Liebe, Beila.«

Etwas Schweres lag in der Luft. Oder auf meinem Herzen. Riga 1942. »Arbeit.« Ich bin kein großer Historiker, aber ich weiß genug. Ich weiß, was man mit den Leuten gemacht hat. Ich habe gelesen, wie man sie zwang, eine Postkarte nach Hause zu schicken, bevor ... bevor ...

Aufhören! Ich riss mich zusammen. Es gab noch weitere Karten, viele, viele. Ich nahm die nächste. Sie war anders. Es war eine einfache Karte, ohne Hakenkreuz, aber frankiert und gestempelt. Verblasst. Auf der Vorderseite die gleiche Adresse, aber auf der Rückseite »Liebster Momo«. Ich versuchte, die Schrift zu entziffern, runde hebräische Buchstaben, klein, ordentlich, die Handschrift einer Frau. Mit Bleistift geschrieben. Ich las laut und übersetzte dabei. »Ich bin sicher hier angekommen – sicher, nun, so ähnlich. Mach dir keine Sorgen, es geht mir gut. Uns allen. Die Reise war – seltsam, aber jetzt – jetzt ist alles besser, in Ordnung. In Liebe, Beila.« Hmm. Ich schaute ein zweites Mal hin und bemerkte, dass weder ein Datum noch ein Ort als Absender angegeben waren. Ich nahm die nächste Karte vom Stapel.

»Das sind interessante Zeitdokumente«, sagte ich zu meinem Besucher. »Sie sollten vielleicht überlegen, ob Sie die Karten einem Archiv geben. Vielleicht Yad Vashem in Jerusalem? Ich habe die Adresse. Oder einem Museum hier? Ich bin sicher, man würde sich dafür interessieren. Die Karten könnten aufbewahrt werden, konserviert und dergleichen.«

Mein Besucher wurde rot. »Sie haben erst ein paar davon gelesen«, sagte er, »aber wenn Sie fortfahren, merken Sie schnell, was mich beunruhigt. Ich kann kein Jiddisch lesen, aber ich habe mir schon ein wenig zusammengereimt, als mir mein Vater erzählt hat – er tat es nur einmal –, dass diese Karten alle von meiner Mutter sind. Aber – können Sie weiterlesen?«

Das Telefon klingelte. Dieses verdammte Telefon. Ich sprang auf, ich hatte fast vergessen, wo ich war. Die alten Postkarten hatten mich in eine andere Welt versetzt. Ich entschuldigte mich und hob den Hörer ab – unsere Sekretärin arbeitet nur vormittags, danach wird jedes Gespräch zu mir durchgestellt. Es war ein Notfall, ein Mitglied unserer Gemeinde hatte einen Autounfall, ob ich gleich zur Unfallklinik kommen könne? Natürlich ...

Mein Besucher, der meine Antworten und meinen Tonfall mitbekommen hatte, fing bereits an, seine Karten zusammenzusuchen.

»Warten Sie«, sagte ich. »Es tut mir leid, es ist ein Notfall – aber ich würde gerne weiterlesen. Können Sie mir die Karten einen oder zwei Tage hierlassen?«

»Gerne«, sagte er. »Ich habe gehofft, dass Sie weiterlesen. Sehen Sie ...« Ich nahm schon meinen Mantel vom Bügel, machte mich fertig, um ihn hinauszubegleiten. »Sehen Sie, irgendetwas ergibt da keinen Sinn. Und ich brauche Ihren Rat.«

»Können Sie morgen wiederkommen?«, fragte ich.

»Ja, ich bleibe ein paar Tage hier, um die Möbel und die Papiere in Ordnung zu bringen. Hier, nehmen Sie diesen Umschlag.«

»Dann kommen Sie doch morgen um zwei. Ich werde sehen, was ich bis dahin übersetzen kann.«

So begleitete ich ihn aus dem Haus und fuhr ins Stadtzentrum, zur Unfallklinik, um zu tun, was ich konnte. Was nie sehr viel ist.

Am Abend erinnerte ich mich an den Umschlag in meiner Brieftasche. (Das Unfallopfer hatte Glück im Unglück gehabt und war mit einem gebrochenen Bein und einem gebrochenen Arm davongekommen, Gott sei Dank, und vor allem musste ich keine Beerdigung organisieren.) Also nahm ich die Karten hervor und begann zu lesen. Langsam, denn manchmal wusste ich ein Wort nicht, oder ich konnte es einfach nicht entziffern. Die meisten Karten waren sehr ähnlich: Im Ton sehr einfach, routiniert, fast schematisch – aber was kann man schon auf eine Postkarte schreiben? Vielleicht waren die Karten ja auch zensiert worden. Alle begannen mit »Lieber Momo« und endeten mit »In Liebe, Beila«. Manchmal wünschte sie Momo einen schönen Geburtstag, oder sie schickte Grüße vom »Rabbi« oder von »Doktor Haring«, dann wieder beschrieb sie eine Begegnung mit irgendeiner Person, nichts wirklich Interessantes für einen Historiker, nur die normalen Bemerkungen einer einfachen Frau. Nach vielleicht zwanzig Karten taten mir die Augen weh vor Anstrengung, ich gab auf und steckte sie zurück in den Umschlag.

Am nächsten Tag Punkt zwei war mein Besucher wieder da. Ich hatte das Gefühl, die Dinge klarstellen zu müssen – von den Karten war nichts Weltbewegendes zu erwarten, nichts, was man veröffentlichen konnte, kein Ghettotagebuch, das sich verfilmen ließ … Deshalb sagte ich: »Ich habe ungefähr zwanzig Karten gelesen, aber sie sagen im Grunde alle das Gleiche.« Und ich erzählte, was ich mir über den Rabbi und Doktor Haring notiert hatte.

Er hörte ruhig zu und nickte. Dann fragte er: »Und was haben Sie sonst noch notiert?«

Ich war verwirrt. »Was meinen Sie?«

Er senkte den Blick. »Die Karten sind von meiner Mutter. Ich weiß es. Sie wurde deportiert – das weiß ich auch. Einmal, nur ein einziges Mal hat mir mein Vater ein bisschen mehr erzählt. Es war an seinem Geburtstag, ich besuchte ihn, brachte ihm einen Kuchen, ein paar Kleidungsstücke, ein Buch – und er zeigte mir eine dieser Karten. Sie lag auf dem Tisch. Ich konnte sie natürlich nicht lesen. Es – es ist eine der späteren. Die Adresse war in Englisch, die Adresse seiner Wohnung. Er sagte: ›Von deiner Mutter‹, dann stand er auf, ging zum Schrank und nahm den Deckel von einem Schuhkarton im oberen Fach und legte sie hinein. Ich wusste nicht, was ich denken sollte, vermutete, er wolle nichts weiter dazu sagen, überhaupt sei er ein bisschen seltsam geworden. Ich erwähnte diese Karte nie wieder, und er hielt es genauso.

Bis wir ihn dann von der Wohnanlage ins Heim bringen mussten, nachdem er immer wieder gestürzt war. Er bat mich, seine Sachen für ihn zu packen, und verlangte ausdrücklich diesen Karton – also brachte ich ihn mit seinen anderen Habseligkeiten in sein Zimmer im Heim. Ich wusste, dass er ihn dort in seinem Nachttisch aufbewahrte. Neben seinen Tabletten. Ich musste die Tabletten oft kontrollieren, aber ich öffnete den Karton nie. Irgendetwas – irgendetwas hielt mich immer zurück.

Dann ging es mit seiner Gesundheit bergab. Vor vier, fünf, sechs Monaten. Ich kam ihn jedes zweite Wochenende besuchen, wenn ich mich von der Arbeit freimachen konnte – meine Frau war nicht glücklich darüber, aber ich sagte, er sei schließlich mein Vater. Die Krankenschwester hatte versprochen, seine Post aufzuheben, damit ich mich darum kümmern konnte. Rechnungen, Bankauszüge, Rentenbescheid, die üblichen Bettelbriefe, dieser ganze Mist – ob er dies oder jenes abonnieren wolle, ob er eine billigere Autoversicherung wolle, Sie wissen, was ich meine. So was frisst eine Menge Zeit. Aber da waren auch diese Karten. Jeden Monat eine. An ihn adressiert, ans Heim, in deutlicher Schrift, mit der entsprechenden Zimmernummer und allem. Ich brachte sie ihm und legte sie ihm in die Hand. Er hielt sie fest – er packte die Karte und hielt sie fest, sogar dann noch, als ich nicht sicher war, ob er überhaupt noch wach war – und dann – wenn er sie losließ – legte ich sie in den Schrank. Ich machte den Deckel auf, legte die Karte hinein und schloss den Deckel wieder. So habe ich es *immer* gemacht.«

In meinem Büro wurde es still. Ich ertappte mich dabei, dass ich insgeheim darum betete, dass das Telefon jetzt nicht klingeln möge. »Sie meinen also«, sagte ich, »Sie meinen, diese Karten sind weiterhin gekommen? Über all die Jahre? Die ganze Zeit?«

»Das verstehe ich ja eben nicht«, antwortete er. »Ich bin sie durchgegangen. Nur oberflächlich. Das Jiddisch ist für mich nur Gekritzel. Die Karten sind nicht datiert. Aber manche waren an die Adresse in Fulham adressiert, manche nach Birmingham. Und viele kamen auch hierher – hier, Sie können es sehen. Einige haben ordentliche Briefmarken, englische, aus der Zeit vor dem Dezimalsystem, andere sind vorgestempelt. Ich glaube, es kam mindestens einmal im Monat eine, vielleicht sogar mehrere. Aber seit der Beerdigung keine einzige mehr. Ich frage mich ...«

Wieder wurde es still. Ich war bestürzt. In meinem Inneren fühlte sich etwas kalt an. Ich betrachtete den Postkartenstapel auf meinem Tisch und deckte die Karten auf wie Spielkarten. Er hatte recht. Da waren welche, die mit Briefmarken von 1950 frankiert waren. Warum hatte ich das nicht bemerkt? Ich hatte natürlich nur die Rückseiten mit dem Geschriebenen betrachtet und hatte mir nicht die Mühe gemacht, die Briefmarken zu inspizieren ...

Er räusperte sich. »Ich hätte gerne gewusst, ob auf einer dieser Karten etwas über mich steht.«

Ich spielte mit meinem Kugelschreiber. Jetzt betete ich darum, dass das Telefon doch klingeln möge. Die Stille war nur schwer zu ertragen. Ich wollte diese Karten nicht mehr anfassen. Ich wusste, dass ich die Stille unterbrechen musste, dass ich ihn etwas fragen musste, aber es war schwer, sehr schwer. Er starrte auf seine Füße. Ich wollte seinem Blick nicht mehr begegnen.

»Das ist also der Grund, warum Sie die Karten jetzt zu mir gebracht haben?«, fragte ich. »Oder war da noch etwas anderes?«

Er nahm einen braunen Umschlag heraus, öffnete die Klappe – sie war nicht zugeklebt – und schüttelte den Umschlag über meinem Tisch aus. Eine Postkarte fiel heraus. Ich hob sie hoch und betrachtete sie. Auf einer Seite – eine undefinierbare Landschaft. Auf der anderen – ein verblasster Poststempel über einer Briefmarke. Es stand etwas auf Englisch darauf, offenbar mit schwarzem Kugelschreiber geschrieben. Ich begann zu lesen. »Lieber Sohn«, fing er an. »Deiner Mutter und mir geht es gut ...«

Die Vergangenheit ist nicht vergangen

Es war nicht das, was ich von dem alten Mann zu hören erwartet hatte. Aber er wollte sprechen. Und er hatte mich um das Gespräch gebeten. Er habe mir etwas Wichtiges zu erzählen, hatte er gesagt. Er müsse darüber sprechen. Er sei alt, er würde nicht mehr lange leben und müsse es nun unbedingt jemandem erzählen.

Viele von uns haben beschämende Geheimnisse, die wir buchstäblich nicht mit ins Grab nehmen wollen. Normalerweise sind es ziemlich kleine, belanglose Dinge, die lange zurückliegen und schon längst von den anderen vergessen sind, die uns belasten. Im Lauf der Jahre werden sie immer schwerer und lähmen uns teilweise. Wir behalten sie in unserem Inneren, lassen sie wachsen wie einen Tumor und warten auf den, wie wir meinen, richtigen Zeitpunkt, um sie endlich loszuwerden. Aber wann ist der richtige Zeitpunkt? Wenn wir noch sprechen können, noch atmen, aber nichts mehr zu verlieren haben? Wenn uns das offene Grab schon nahe genug ist, um die anderen Ängste zu verdrängen, vor allem die Angst davor, was die Leute sagen werden? So etwas habe ich oft erlebt, man nennt es Beichte auf dem Sterbebett – ich hasse diesen Ausdruck, er klingt so melodramatisch, aber dennoch: Ich habe oft mit Menschen zusammengesessen, die sich von einem unnötigen Gepäckstück befreien wollten, bevor sie sich auf die Reise machten, auf der man wirklich kein Gepäck mehr braucht. Ich habe als eine Art symbolischer Zollbeamter fungiert, mit der Berechtigung, sie durch die Schranke zu winken, mit einer Bescheinigung und mit reinem Gewissen.

Und so saß ich also hier, in einem dieser privaten Pflegeheime. Die ehemalige Villa war billig saniert. In den dicken Teppichen hatte sich der Geruch nach alten Menschen festgesetzt, die inkontinent geworden sind, und nach anderen, die sich verzweifelt, aber erfolglos bemühen, das zu vertuschen. Wir saßen in einer Ecke der kleinen Halle. Wir waren die Einzigen. Er hatte gewartet, die Zeit mit Geplauder gefüllt, bis eine alte Dame knarrend mit ihrer Gehhilfe zur Tür hinausgegangen war, dann bat er mich, die Tür zu schließen.

»Ich habe es von meinem Rabbi gehört«, sagte er, »und der von seinem. Hitler war einer von uns. Einer, mit dem etwas schiefgegangen ist.«

»Was meinen Sie, um Himmels willen?«

»Na, was wohl? Er war Jude!«

»Aber das ist doch lächerlich. Absolut lächerlich, Sie müssen den Verstand verloren haben. Adolf Hitler? Der größte Antisemit der Geschichte?«

»Nun ja, er ist für diese Position aufgebaut worden. Sie haben ihm falsche Papiere gegeben. Sie haben ihm eine neue Identität gegeben. Er sollte nach dem Zusammenbruch des Kaiserreichs alles tun, um die politische Situation in Deutschland zu verändern. Aber dann ist es schiefgegangen. Deshalb ist es ja zu dieser Katastrophe gekommen. Und deshalb ist auch alles vertuscht worden.«

Ich war, muss ich gestehen, fasziniert. Das war eine neue Variante all der Verschwörungstheorien, die ich schon gehört hatte. Gegen meinen Willen war ich neugierig. Womit würde er als Nächstes herausrücken? War das hier sein größtes Geheimnis?

»Er war wirklich nur ein mieser Anstreicher, dieser Adolf Hirschler«, fuhr er fort. »Sie haben seinen Namen dann in Hitler geändert. Sie kennen doch das Gerücht, dass sein Vater eigentlich Schicklgruber geheißen hat? Nun ja, das ist ein bisschen spöttisch gemeint. Sein Vater sei von einem Konkurrenten beschuldigt worden, ein Schekelgrüber zu sein, also jemand, der immer nach dem letzten Schekel grub. Und niemand konnte dieses Gerücht stoppen. Hirschler stammte aus Brünn oder Brno – das wurde dann natürlich in Braunau geändert. Tatsächlich war Adolf Hirschler in der österreichisch-ungarischen Armee gewesen. Nach dem Krieg lebte er in Wien, ohne Arbeit, und, ehrlich gesagt, war er auch nicht vermittelbar. Nicht mal andere Juden wollten ihm Arbeit geben. So weit stimmt damit alles.

Aber dann beschloss jemand vom Inneren Zirkel, dass es vielleicht gut wäre, ein paar von unseren Leuten in den rechten Parteien zu haben. Deshalb wurden ein paar Kerle ausgesucht, mit einer Tarnung versehen, also mit einer neuen Identität ausgestattet, die nahe genug an der Realität war, damit ein Durchschnittsbürger nicht darüber stolperte, aber weit genug von ihr entfernt, um ihnen einen Neubeginn zu ermöglichen. Anschließend wurden sie in verschiedene politische Randgruppen eingeschleust. Zuerst schien es ja auch zu klappen. Man sagt, ein Drittel der ursprünglichen SA-Leute seien Juden gewesen, verdeckte Agenten für den Inneren Zirkel. Aber was geschah dann?«

Der Mann war verrückt, so viel war klar. Er war irre. Aber was er sagte, klang interessant, und, zum Teufel, ich hatte genug Zeit, um ihm weiter zuzuhören.

»Es ist wie in der Geschichte vom Golem, wissen Sie? Oder wie beim Zauberlehrling, bei Frankenstein und all diesen Geschichten. Das künstliche Geschöpf wurde zum Monster und geriet außer Kontrolle, war besessen von der Macht. Verstieß seine Herren. Versuchte, sie zu vernichten. Und allmählich auch jede Spur zu verwischen. Die Macht stieg ihm zu Kopf. Es war nicht geplant gewesen, ihm so viel Macht zu geben – schließlich war er nur ein untergeordneter Handlanger, jeder konnte das sehen, bei seinem Mangel an Bildung und seinem Hintergrund und seiner Intelligenz. Ich glaube nicht, dass irgendjemand sich vorgestellt hatte, dass Hirschler so erfolgreich sein würde. So skrupellos. Ich glaube nicht, dass irgendjemand – noch nicht mal im Inneren Zirkel – geglaubt hat, auch nicht in den wildesten Alpträumen, dass er gewählt werden würde. Aber sie hatten nicht mit der Dummheit der Menschen gerechnet. Sie hatten sich nicht vorgestellt, dass, wenn sie eine ihrer Marionetten in eine Bierkneipe schicken, um antisemitische Hetzreden zu führen, alle ihm glauben würden und dass alle auf den Kerl hereinfallen würden.

Lassen Sie sich das auf der Zunge zergehen, dieses verrückte Szenario: Ein kleiner Kerl mit schwarzen Haaren fängt an, von großen, kräftigen Männern mit blonden Haaren und blauen Augen zu träumen. Nennt sie aus irgendeinem Grund Arier. Und überzeugt alle anderen – von denen die meisten natürlich auch nicht so aussahen –, dass dies die perfekte menschliche Rasse sei. Können Sie sich das vorstellen? Der fette Göring, der mickrige Himmler, Heydrich, Bormann, der verkrüppelte, dunkelhaarige Goebbels? Alle träumten von großen Übermenschen! Ich meine, normalerweise versucht man die Menschen doch zu überzeugen, dass sie perfekt sind, nicht wahr? Und dass alle anderen unrecht haben, oder? Na ja, Hitler hat der ganzen Clique eingeredet, dass sie ›rassisch minderwertig‹ seien, verglichen mit den Männern ihrer Träume. Irgendwie machte ihnen das aber nichts aus, schließlich konnte man ja der Herrenrasse dienen, auch wenn man rein optisch nicht dazugehörte. Oh, es war verrückt, absolut verrückt, sage ich Ihnen. Niemand hat an diese Wendung gedacht. So hat es mein Rabbi gesagt.

Hirschlers Kontrolleure haben also die Kontrolle verloren. Es lief aus dem Ruder. Er war aus dem Nirgendwo gekommen und kletterte in der Hierarchie unaufhaltsam nach oben. Schnell. Zu schnell. Es wurde doch niemand Kanzler, ohne ein paar Jahre in anderen politischen Ämtern gedient zu haben, ohne irgendwo Minister gewesen zu sein, ohne Berater zu haben, die ihm sagten, was zu tun war, und ihn davon abhielten, allzu große Dummheiten zu machen. Aber dieser großmäulige Rowdy von der Straße wurde aus dem Nirgendwo direkt auf den Sitz des Kanzlers katapultiert. Das war *nicht* so geplant gewesen, kann ich Ihnen sagen. Niemand war darauf vorbereitet. Dafür gab es keine Notfallpläne.

Und dann fingen die Schwierigkeiten erst richtig an. Er wandte sich gegen seine Wurzeln. Er drehte den Spieß einfach um. Fing mit Verschwörungstheorien an – schließlich glaubt man so etwas immer gern –, und dann begann er, die Regierung auf die Juden zu hetzen. Niemand wusste, wie man dagegen angehen konnte. Der Innere Zirkel war gelähmt, gespalten.«

Das klang alles unbeschreiblich fantastisch. Ich gab einen Kommentar in dieser Richtung von mir.

»Was erwarten Sie denn?«, antwortete er. »Es gibt natürlich nie einen Beweis für so etwas. So dumm sind die Leute nun auch wieder nicht. Was hat dieser Kerl also getan? Es kam zu einer Art Massenpsychose. Vielleicht sogar einer Massenhypnose. Er brachte die Deutschen dazu, einem Gefreiten zu gehorchen! Und sie rissen sich darum, strammzustehen und ›Führer‹ zu rufen. Er brachte sie dazu, einen Österreicher als ihren Führer anzuerkennen. Dann brachte er die Österreicher dazu, zuzustimmen, dass sie eigentlich ebenfalls Deutsche seien. Und das, nachdem sie jahrhundertelang Richtung Osten und Süden geschaut hatten, voller Stolz auf ihr multikulturelles Reich in Ungarn und auf dem Balkan, mit dem Rücken zu den steifen Preußen im Norden. Er brachte den Vatikan dazu, ein Konkordat mit jemandem zu unterzeichnen, der ganz offen – entsprechend seiner Tarnbiografie – ein abtrünniger Katholik war.

Stellen Sie sich das vor! Dann brachte er sogar Stalin, den Chef der Bolschewiken, dazu, einen Pakt zu unterzeichnen! Stalin, nebenbei gesagt, war *kein* Jude. Das ist nur ein Gerücht, das seine Kontrolleure im Orthodoxen Patriarchat in die Welt gesetzt haben.«

»Orthodoxes Patriarchat? Sie meinen die Kirche? Aber Stalin hat die Kirchen verfolgt! Er war Kommunist.«

»Nein, er hatte das orthodoxe Priesterseminar in Tiflis besucht und war dazu auserwählt worden, die Interessen der russischen Orthodoxen durchzusetzen, wenn die Revolution den Zar erst einmal abgesetzt und Rasputin eliminiert haben würde«, antwortete er. »Das machte er auch. Er ging sogar so weit, dass das katholische Polen geteilt wurde. Ich glaube, beide Seiten hatten sich verrechnet. Sich gegenseitig unterschätzt. Danach hat Stalin so gut wie alle Juden aus der Partei entfernt, sowohl vor als auch nach dem Krieg. Er schloss alle Theoretiker und Organisatoren, die von Anfang an dabei waren, aus der Partei aus. Erinnern Sie sich an Trotzki? Na, jedenfalls wusste der Innere Zirkel, dass die Orthodoxe Kirche etwas vorhatte, und wollte ein starkes Deutschland, falls es zu einer Expansion Richtung Westen kommen würde. Es gab verschiedene Pläne – Palästina, Amerika, Brasilien –, aber Deutschland hatte 1918 immer noch eine gute industrielle Grundlage, trotz der Reparationen: Der Kaiser war verschwunden, die Kirchen waren geschwächt, weil sie den Kaiser unterstützt hatten, und die Juden waren etabliert, selbst in der Armee, die eine bedeutende militärische Tradition hatte. Deshalb schien es damals eine gute Idee, ein paar von unseren Leuten in führende Positionen zu schleusen, das konnte nichts schaden. Die Idee war ein starkes Deutschland. Das hat sich der Vatikan vermutlich auch gedacht: dass es schon nicht schaden würde. Und dann lief alles schief. Sie hatten zu wenig Kontrolle, verstehen Sie?«

»Nein«, sagte ich.

»Nun, der Vatikan hat eine eigene Struktur, nicht wahr? Da gibt es den Papst an der Spitze, aber auch eine Menge Kardinäle und alle möglichen Kommissionen und Orden, um die Macht zu teilen und auszubalancieren. Sie ist gleichzeitig zentralisiert und dezentralisiert. Sehr effektiv. Es gibt ein weltweites Netzwerk, eigene Schulen und Universitäten, eine exzellente Kommunikation, eine eigene Codesprache, verinnerlichte Disziplin, ein bisschen Firlefanz und Pomp für die Massen. Der Kurs wird diskutiert, analysiert, entschieden, angewendet, und das alles im Geheimen. Aber die Kontrolle ist zu jeder Zeit gegeben. Wenn sie einen Krieg brauchen, um eine katholische Erbfolge zu etablieren, dann gibt es einen. Gegenreformation, Inquisition – alle Instrumentarien stehen zur Verfügung. Sie sind Experten, sie haben sich seit Jahrhunderten damit beschäftigt.«

Er lächelte. »Die Orthodoxen sind das übrigens auch. Sie arbeiten mit prächtigen Verzierungen und Roben für den ehrfürchtigen Schauer, mit viel Gesang und Weihrauch – und hinter dieser farbigen Szenerie haben die glänzenden Knopfaugen Position bezogen, die genau aufpassen, was geschieht. Orthodoxe Staaten waren immer totalitär, monopolistisch. Ist das etwa ein Zufall? Es spielt keine Rolle, wie man das System nennt, es funktioniert immer auf die gleiche Art. Eine Ikone an der Wand oder eine Kamera – es hat den gleichen Effekt. Die Menschen sind eingeschüchtert.

Die Protestanten? Nun, die haben es auch geschafft, sich zu etablieren, aber hauptsächlich deshalb, weil sie aus Europa abgehauen sind und in Amerika neu angefangen haben. Oder in Australien. Europa war ihnen ein bisschen zu heiß. Es gab zu viele Konflikte. Zu viele Massaker. Als sie England noch unter Kontrolle hatten, da hatten die Protestanten hier eine ziemlich sichere Machtbasis. Vergessen Sie nicht diese Sache mit Maria, die England wieder katholisch machen sollte, oder die Schießpulververschwörung, als die Katholiken versuchten, das englische Parlament zu zerstören. Das war ganz schön knapp für die Protestanten! Aber es ist ihnen nie gelungen, die gleiche Kontrolle zum Beispiel über Irland zu bekommen. Trotz all ihrer Bemühungen. Und die katholischen Iren in Amerika waren auch eine Bedrohung, ganz zu schweigen von den Italienern und den Hispanics. Die Mennoniten und die ›Southern Baptists‹ in den Vereinigten Staaten sichern heutzutage die Grenzen des Protestantismus besser als die Episkopalen.

Und wir? Mit uns war es immer ein bisschen schwierig. Wir haben nie so etwas wie Öffentlichkeitsarbeit hingekriegt. Natürlich verfolgen auch wir unsere Interessen. Aber manchmal gibt es eben einen Mangel an Koordination, manchmal werden große Fehler gemacht, manchmal gibt es einen massiven Rückschlag. Das riskiert man immer, wenn man im Untergrund arbeitet. Und niemand will seine Fehler öffentlich machen, nicht wahr? Wir haben schon genug Feinde. Immer gehabt. Aber ich wollte mal jemandem die Wahrheit erzählen. Irgendjemandem. So ist es gewesen.«

Er wurde müde, die Augen fielen ihm zu. Deshalb sagte ich, ich müsse jetzt gehen, vielen Dank, und natürlich würde ich in ein paar Tagen wiederkommen und sehen, wie es ihm gehe.

Beim Weggehen klopfte ich an die Kabine der Schwester neben dem Eingang und gab ihr meine Karte. Sie solle mich anrufen, wenn es nötig sei, bat ich Sie.

Sie betrachtete die Karte und sagte: »Danke, Rabbi. Aber warum sollte ich das tun? Mr Henderson ist römisch-katholisch. Der Priester war erst gestern hier.«

Die nackte Wahrheit

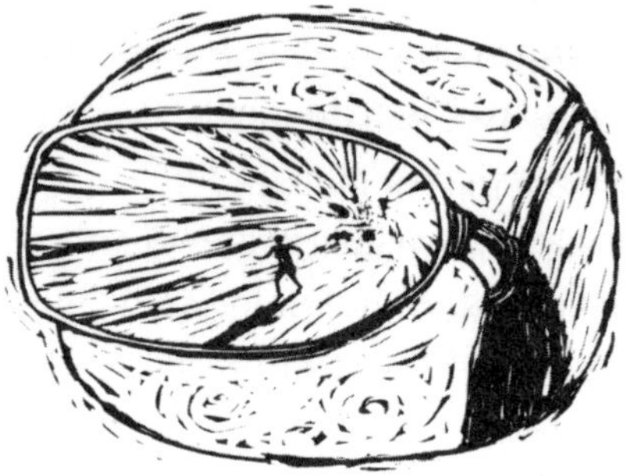

Eine der gängigen männlichen Fantasievorstellungen ist es, nachts eine Straße entlangzufahren und dort auf eine vollkommen nackte Frau zu treffen, die sich dazu überreden lässt, zu einem ins Auto zu steigen. Wenn diese Fantasie jedoch tatsächlich wahr wird, ist es meistens nicht so, wie der arme Kerl sich das ausgemalt hat. Letzten Monat ist genau das einem Mann passiert.

Das erste Problem war, dass die Dame, die nackt durch die Straßen lief, ungefähr achtzig Jahre alt war. Sie sprach kein Englisch, und sie wusste nicht, wer sie war. Deshalb hängte ihr der Mann seinen Mantel um, versuchte, sie zum Einsteigen zu überreden, und fuhr zur Polizeistation neben der Filiale von »Safeways«.

Hier hatten sie beides, Glück und Pech. Das Glück war, dass das Revier überhaupt offen und mit einem jungen, ziemlich sensiblen Polizisten besetzt war. Ihr Pech war, dass der erfahrene Polizeiwachtmeister, der dort sonst Schichtdienst machte, gerade frei hatte – das war einfach deshalb Pech, weil er die Dame erkannt und uns allen viel Ärger erspart hätte.

Alles, was die Dame am Leib trug, war eine Halskette mit einem Davidsstern, stellte sich bei Lichte besehen heraus. Der diensthabende Polizist war sensibel genug, um zu erkennen, dass es sich um ein jüdisches Symbol handelte, deshalb schlug er im Telefonbuch nach, rief in der Synagoge an, bekam vom Anrufbeantworter meine Nummer für Notfälle, und so erhielt ich um zwei Uhr nachts den Anruf ...

Ich fand mich also in einem Raum mit einem Tisch und ein paar Stühlen wieder, mit einer jungen Polizistin, die froh war, nach ein paar Minuten wieder gehen zu können, und einer sonderbaren alten Dame, die in verschiedene Polizeiuniformteile und Fundsachen gehüllt war. Den armen Kerl, der sie hergebracht hatte, ließ man nach Hause gehen, nachdem er angegeben hatte, wo er sie gefunden hatte.

Es war klar, dass ich mit der Dame sprechen sollte, bevor jemand vom Sozialdienst sie abholen und in eine verfügbare Notunterkunft oder in ein Krankenhaus bringen würde. Zum Glück war es Sommer, es war also unwahrscheinlich, dass sie sich eine Erkältung zugezogen hatte oder an Unterkühlung sterben würde. Es war jedoch so, dass niemand die geringste Ahnung hatte, wer sie war und was man als Nächstes tun solle. Die englische Antwort auf jedwedes Problem – eine Tasse Tee – hielt sie bereits in der Hand.

Ich versuchte, mich ihr vorzustellen, aber das brachte nichts. Ich kannte sie nicht. Also versuchte ich, Deutsch mit ihr zu sprechen. Das funktionierte. Sie blickte auf, ihre Augen fokussierten mich, sie reagierte. Aber mein Deutsch war dürftig, und sie schien nicht viel sagen zu wollen, außer »Ja« und »Guten Morgen«. Es war kein guter Morgen, soweit es mich betraf ... und im Hinterkopf war mir bewusst, dass ich heute zu einem Treffen nach London fahren musste, ich musste den Zug um zehn nach sieben erwischen. Inzwischen war es vier Uhr morgens, und wenn es so weiterging, war die Chance, diese Woche auch nur irgendeinen Zug zu erwischen, ziemlich gering. Genau wie die Chance, noch ein bisschen zu schlafen.

»Wie heißen Sie, wie ist Ihr Name?«

Es dauerte eine Weile und brauchte ein paar Wiederholungen, doch dann lächelte sie und sagte: »Dora Sara.«

Immerhin etwas, dachte ich. »Danke, Dora Sara. Und wie ist Ihr Familienname?«

Wieder machte sie einen verwirrten Eindruck, ihr Blick verschwamm, sie senkte die Augen. »Weiß nicht«, flüsterte sie, »weiß nicht.«

Ich versuchte es anders. »Wo wohnen Sie?«

»Weiß nicht, weiß nicht.«

Mir blieb nichts anderes übrig, als dem Polizisten mitzuteilen, dass ich eine Weile hierbleiben würde und sehen, ob sich etwas änderte. »Verwirrt« ist noch höflich ausgedrückt, sie war offensichtlich in einem fortgeschrittenen Stadium der Demenz, und wir beschlossen, bis sechs Uhr zu warten, bis zum Schichtwechsel, und dann im jüdischen Altersheim anzurufen und zu fragen, ob jemand vom Personal kommen und sich vorläufig um sie kümmern könne. Tatsache war, dass sie in einem Stadtteil gefunden worden war, in dem etliche jüdische Familien wohnten, sie trug einen Davidsstern um den Hals und sprach – wenn überhaupt – Deutsch. Daher hielten wir das Howcroft House für den richtigen Ort, wo sie bleiben könnte, bis jemand nach ihr suchte.

Um sechs passierten drei Dinge nahezu gleichzeitig. Das Erste war, dass der Wachtmeister, gesegnet sei er, hereinkam. Es dauerte weniger als zwei Minuten, bis er über die Situation unterrichtet war, dann ging er zur Tür, um in das Nebenzimmer zu schauen. Das Zweite war, dass er sagte: »Ach ja, das ist Mrs Kramer, ist sie wieder mal hier?« Das Dritte war ein Anruf von Mrs Dorrity, die krank war vor Sorge, weil ihre betagte Mutter in der Nacht verschwunden war ... Sie wohnte nicht weit von der Oswald Park Lane, also hatten wir das Problem gelöst – besser gesagt, das Problem hatte sich von selbst gelöst.

Eine Viertelstunde später kam Mrs Dorrity mit ihrem verschlafenen Ehemann herein, um ihre Mutter abzuholen – diese war offenbar einfach aus dem Bett gestiegen, die Treppe hinuntergegangen und hatte das Haus verlassen, ohne jemanden zu stören. Obwohl es nicht das erste Mal war, dass sie einfach spazieren ging, war es das erste Mal, dass sie richtig verschwunden gewesen war.

Mrs Dorrity – eine große Frau, deren Namen ich von der Mitgliederliste kannte, obwohl sie nicht regelmäßig zur *schul* kam – war mir und dem jungen Polizisten, der inzwischen außer Dienst war, sehr dankbar; ebenso der Polizistin, die ihrer Mutter Gesellschaft geleistet hatte. Ja, es sei schrecklich, sagte sie, ja, es sei in der Tat anstrengend.

Ihre Mutter sei nun schon seit drei oder vier Jahren so, und in der letzten Zeit sei es viel schlimmer geworden, ihr Gedächtnis existiere praktisch nicht mehr. Es gebe Zeiten, da würde sie noch nicht mal ihre Tochter erkennen, nur irgendetwas auf Deutsch murmeln, einer Sprache, die Edna Dorrity nie gelernt hatte und die sie auch nicht lernen wollte. Soweit sie wusste, ging ihre Mutter »zurück« zu irgendwelchen schlimmen Zeiten, dann schrie sie nachts. Edna weckte dann ihren Mann, aber was konnte man machen? Man musste weitermachen, nicht wahr, und dankbar sein für kleine Gnaden. Und so weiter und so weiter. Alles brach aus ihr heraus, eine Kette von Klischees der Selbstbeschwichtigung.

Edna musste ein Formular unterschreiben, dann konnte sie ihre Mutter mit nach Hause nehmen. Der Sozialdienst war informiert worden, aber die Sozialarbeiterin kannte die Situation, vielleicht wurde es allmählich Zeit, einen sichereren Platz für sie zu finden, gab sie zu bedenken ... und so weiter.

Ich sagte, ich würde vorbeikommen, aber nicht heute. Heute musste ich meinen Zug erwischen!

Na ja, das hatte ich jedenfalls fest vor. Als ich zu Hause angekommen war und meine Brieftasche und meine Papiere gesucht und ein Taxi gerufen hatte, hatte ich den Zehn-nach-sieben-Zug verpasst. Ich musste dann den um Viertel nach acht nehmen, der unterwegs öfter hielt, und das bedeutete, dass ich schließlich zwei Stunden zu spät zur Rabbinerkonferenz kam. Daran war nichts zu ändern. Jedenfalls hatte ich Zeit, am Bahnhof zwei doppelte Kaffees zu trinken und noch einen im Zug, aber wenn man mich heute fragt, worum es bei dieser Konferenz gegangen war, kann ich nicht viel darüber sagen.

Jedenfalls erscheint mir die Fantasie von einer Frau, die nachts nackt auf der Straße herumläuft und nur darauf wartet, von mir ins Auto eingeladen zu werden, seither nicht mehr so attraktiv. Das ist das Problem mit Fantasien: Wenn sie wahr werden, merkt man, dass die nackte Wahrheit nur geringen Reiz hat.

VII
Erinnern

Der Partisan

Ihm fehlte der vierte Finger an seiner linken Hand. Und er sprach auf eine Weise, die ich nur als »schweren osteuropäischen Akzent« bezeichnen kann – aber wer bin ich schon, dass ich zwischen einem polnischen, einem litauischen oder russischen Akzent unterscheiden könnte?

Er wolle eine Gedenktafel bestellen, sagte er, doch erst müsse er mit mir sprechen.

»Sehr schön, kommen Sie rein, nehmen Sie Platz ...«

Es ging um ein relativ neues Projekt. Ein Teil der hinteren Synagogenwand sollte für mehrere Reihen rechteckiger Gedenktafeln aus Messing verwendet werden. Diese Tafeln konnten von den Mitgliedern erworben und einem Toten gewidmet werden, an den sie sich erinnern wollten. Der Preis war natürlich höher als die Kosten für die Messingtafel und das Gravieren, denn die Idee dahinter war vor allem, Geld für die Synagoge aufzutreiben. Dennoch kam solch ein Projekt den Gefühlen der Menschen entgegen: So etwas hatte gefehlt, und deshalb hatte die Verwaltung diese Idee diskutiert (viele Male), hatte Kostenvoranschläge machen lassen (viele Male), die Abstimmung durchgeführt und eine Holztafel anbringen lassen. Wir hatten darüber im Mitteilungsblatt der Synagoge informiert. Es hatte natürlich gleich ein paar Probleme gegeben, weil einige Leute nichtjüdische Familienmitglieder auf die Liste gesetzt hatten (wir hatten viele Mitglieder, deren Eltern keine Juden gewesen waren): deshalb hatte die Anzeige sehr vorsichtig formuliert werden müssen. Wir brauchten den bürgerlichen Namen, den hebräischen Namen, das Geburts- und das Todesdatum. Wenn möglich nach dem jüdischen Kalender. »Der Rabbi wird Ihnen helfen, die jüdischen Daten herauszufinden, wenn Sie sie nicht haben«, stand da, und ich hatte schon ein paarmal die vergleichenden Kalender im Anhang eines Nachschlagewerks konsultieren müssen oder versucht herauszubekommen, wie man bestimmte Namen schrieb, die mir auf Jiddisch gesagt wurden. Was kam jetzt?

»Es ist so«, sagte mein Besucher, atmete tief und sah sich kurz in meinem Zimmer um. Er wich meinem Blick aus, aber das war nicht ungewöhnlich. »Ich möchte eine Tafel für jemanden, den ich einmal gekannt habe, aber ich habe nicht alle Details.«

»Für ein Familienmitglied?«, fragte ich.

»Nein. Für eine Frau, die ich kannte. Wir haben zusammen ein paar Leute getötet, und sie hat mir einmal sogar das Leben gerettet. Jetzt bin ich alt und erinnere mich immer besser an die Dinge, die zurückliegen; vielleicht erinnere ich mich an diese sogar besser, als mir lieb ist. Nun habe ich das Gefühl, dass ich ihren Namen irgendwo festhalten möchte. Als ich diese Anzeige im Gemeindebrief gesehen habe, dachte ich gleich ...«

Ein wenig verblüfft starrte ich den grauhaarigen Herrn an. Viele meiner Pensionäre haben Geschichten zu erzählen, aber dieser hatte offensichtlich gleich mehrere auf Lager. Vielleicht fing ja alles mit dem fehlenden Finger an ...

Er musste meinen Gesichtsausdruck bemerkt habe und lächelte. Na ja, es war eine Art Lächeln. »Ich war Partisan, Rabbi«, sagte er leise. »Wir waren beide Partisanen. Wissen Sie, was das bedeutete?«

Ich hatte einige Fotos gesehen, einige Artikel gelesen, die Plattenhüllen von jiddischen Platten mit Kampfliedern ... Gab es da nicht dieses Partisanenlied *»Sog nit kejnmol«,* »Sag nie, du gehst den letzten Weg ...« Aber das war auch schon alles. Ich erwähnte das, um ihm zu zeigen, dass ich kein kompletter Idiot war, dass diese Angelegenheit ansonsten aber nicht zu meinem direkten Erfahrungsbereich gehörte.

»Wir waren Soldaten außerhalb von Recht und Gesetz. Amateure. Wir waren nicht ausgebildet – wir lernten bei den Aktionen, die wir durchführten. Wir waren alle Menschen, die irgendwie überlebt hatten, und in die Wälder gegangen waren. Dort hatten wir mit etwas Glück eine Gruppe getroffen, die uns aufnahm und uns ein Gewehr und etwas zu essen gab. Wenn wir nicht ...« Er ließ den Satz in der Luft hängen.

Ich ließ ihn ebenfalls hängen.

»Wir kämpften im Krieg, aber wir hatten keine Uniformen, auch keine Dienstnummern. Wir waren anonym und ein absolut verlorener Haufen. Normalerweise versteckten wir uns bei Tag oder spähten etwas aus. Nachts zogen wir dann los, um zu töten oder zu sabotieren. Unsere Ziele waren Eisenbahnlinien, Lastwagen, Brücken, Signalstellwerke, irgendwelche Depots oder Wachtposten, alles, was wir finden konnten. Anfangs hatten wir überhaupt keine Ausrüstung; später bekamen wir dann ein bisschen Sprengstoff und bessere Waffen. Allerdings konnte man schon eine Menge Unheil anrichten, wenn man die Schrauben von Eisenbahnschienen entfernte oder Telegrafenmasten mit der Axt umhackte. Und man brauchte auch keinen Panzer und keine schwere Artillerie, um Menschen umzubringen.«

Ich warf unwillkürlich einen Blick auf seine Hand. Er bemerkte es.

»Die Leute haben falsche Vorstellungen vom Krieg«, sagte er. »Es kommt nicht so sehr darauf an, den Mann umzubringen, der die Waffe in der Hand hält. Das ist natürlich eine Möglichkeit, aber es ist schwierig und gefährlich. Er hat ein Gewehr, er ist ausgebildet, und er hat genauso viel Angst wie du. Deshalb wird er schießen.

Wenn du aber einen Zug in die Luft sprengst, der Munition zur Front bringt, oder wenn du den Zugführer umbringst, dann kann der Mann mit dem Gewehr nicht schießen, denn er hat ja keine Munition. Wenn du den Zug in die Luft sprengst, der Nahrungsmittel oder warme Kleidung an die Front bringt, dann wird der Mann mit dem Gewehr Hunger leiden und frieren und vermutlich nicht so gut schießen. Es ist sehr schwer, Leute zu töten, die in Panzern sitzen, denn sie sind geschützt und gut bewaffnet. Aber wenn du den Zug in die Luft sprengst, der Treibstoff zur Front bringt, dann kann der Mann mit dem Panzer nicht fahren, und der Panzer ist nicht mehr viel wert. Wir verfolgten also das Ziel, den Feind an seinem schwächsten Punkt anzugreifen, nicht am stärksten. Und zwar so lange, bis er freiwillig nach Hause geht und dich in Ruhe lässt.

Möglicherweise wird sich der Feind auch anstrengen, alle Züge zu schützen und sämtliche Brücken und Bahnhöfe und Depots, aber das bedeutet, dass er dann weniger Soldaten hat, die er mit Gewehren an die Front schicken kann. Und so zwingt ihn die Partisanentaktik vielleicht dazu, dass er eine Division seiner Armee dort abziehen muss, wo *er* sie braucht, und sie dorthin bringt, wo *du* es notwendig gemacht hast.

Das ist die Strategie aller Partisanen. Nicht kämpfen, sondern belästigen, zerstören und töten. Und nachdem mein *schtetl* verbrannt war – das ist aber eine andere Geschichte –, musste ich fort und ging in den Wald. Ich traf ein paar Leute und hatte Glück: Die nächsten anderthalb Jahre verbrachte ich mit dieser Partisanengruppe. Es war ein ziemlich hartes Leben. Töten ist auch ziemlich hart. Ich war jung, aber ich lernte schnell. Und ich war fit.

Die Sache ist nun die – in meiner Gruppe benutzten wir keine Familiennamen. Dafür gab es viele Gründe. Vielleicht hatte ja jemand von deiner Familie überlebt, und wenn du geschnappt wurdest, konnten Verwandte verhaftet und bestraft werden. Aber in den meisten Fällen lag es daran, dass wir keine Familien mehr hatten, und es hätte zu sehr geschmerzt, die Namen von Familien zu benutzen, die es nicht mehr gab. Also benutzten wir nur unsere Vornamen oder Spitznamen oder sogar Decknamen.

Und genau da liegt mein Problem. Ich möchte eine Gedenktafel für eine Frau bestellen, die für mich sehr wichtig war. Aber ich kenne ihren richtigen Namen nicht. Geht das trotzdem?«

Das war natürlich ungewöhnlich. Aber bestimmt nicht ausgeschlossen, überlegte ich und nickte.

Er fuhr fort: »Natürlich waren die Chancen zu überleben, sehr gering. Wir lebten ja die ganze Zeit versteckt. Im Sommer bedeutete das Staub, im Herbst Schlamm, und im Winter war es noch schlimmer, da lag Schnee, und man hinterließ Spuren, egal, wie vorsichtig man war. Und alle waren verängstigt, auch die Dorfleute, deshalb war die Gefahr, verraten zu werden, auch sehr hoch. Wir hätten das nur unterbinden können, wenn wir ihnen noch mehr Angst gemacht hätten als der Feind, aber das gelang uns nicht. Und wir alle wussten: Früher oder später würde der Feind uns finden, und es würde zu einem Kampf kommen, und er würde mehr Waffen und Munition und Lastwagen und Panzer haben als wir. Aber die Idee war ja auch nicht, für immer zu überleben – ich glaube nicht, dass wir je über ›nach dem Krieg‹ oder so etwas sprachen –, wir wollten nur so lange leben, damit wir ein paar andere umbringen konnten, bevor wir selbst getötet wurden. Sie hatten unser Leben zerstört, unser Zuhause, unsere Hoffnungen, unsere Familien – dafür wollten wir auch etwas zerstören. Natürlich gab es unter uns auch welche, die an eine Ideologie glaubten, und die Russen schickten Beauftragte, die uns überzeugen wollten, für die ›Sache‹ zu kämpfen, aber ich glaube, die meisten von uns hatten einfach die Vorstellung aufgegeben, irgendwann einmal ein normales Leben zu führen, zu arbeiten, eine Familie zu haben. Wir wollten einfach die Zeit nutzen, die wir noch hatten.

Ich gehe nie im Wald spazieren – davon habe ich genug gehabt. Und als ich einmal zufällig einen Film über diesen Robin Hood sah, musste ich den Fernseher ausschalten. All diese netten Außenseiter, die so gut ernährt und so sauber und ordentlich angezogen aussehen! Damals habe ich meine Schuhe vier Monate lang nicht ausgezogen. Wir lebten in einer Gegend voller Insekten, krabbelnder und fliegender, warum sollten wir uns um ein bisschen Dreck oder um gelegentliche Läuse kümmern? Man musste bereit sein, immer, um schnell weglaufen zu können.«

Wieder eine Pause. Ich hatte gelernt – eine schmerzhafte, aber wichtige Lektion –, dass es nicht immer notwendig ist, eine Pause zu unterbrechen. Warte einfach darauf, bis die andere Person es für dich tut.

»Nun, ich war siebzehn Jahre alt und verliebt. Es gibt kein anderes Wort dafür, und ich möchte auch kein anderes Wort benutzen, Rabbi. Sie war ein paar Jahre älter als ich, sie kam von irgendwoher, weiter aus dem Norden als ich – sie hat mir nie gesagt, woher genau, und man hat auch nicht gefragt. Ich merkte es nur an ihrem Akzent. Sie hatte braune Augen und braune Haare und trug eine Baskenmütze. Und sie hatte ein wundervolles Lächeln. Sie hatte angefangen zu studieren, aber dann ging das nicht mehr. Ich weiß noch nicht einmal, was sie studiert hat. Sie hieß Hella – jedenfalls nannten wir sie so. Sie war eine echte Partisanin. Sie konnte mit einem Messer genauso gut wie mit einem Gewehr umgehen, und sie benutzte beides. Hella hat mindestens sieben Deutsche umgebracht, persönlich, direkt. Die bei den Explosionen Getöteten sind da noch nicht mit eingerechnet. Sie konnte eine Straße entlanggehen, mit wiegenden Hüften, und einem Wachmann oder einem Posten an einer Wegsperre oder einer Brücke zulächeln und ihn dann später erledigen, wenn er nicht mehr im Dienst war. Einmal waren drei von uns von einer Patrouille von vier Soldaten geschnappt worden, während wir eine Brücke erkundeten, ohne Waffen, um unschuldig auszusehen. Sie zwangen uns, auf eine kleine Holzpalisade, die ein Eisenbahnstellwerk umgab, zuzumarschieren – ich nehme an, sie wollten dort einen Befehl bekommen, was sie mit uns tun sollten. Wir taten, als wären wir blöde Bauernlümmel – und da ging Hella an uns vorbei und warf eine Granate auf das Stellwerk. In dem Durcheinander gelang es uns, zwei von ihnen zu überwältigen und zu töten, ihre Waffen mitzunehmen und zu fliehen.

Dann, eines Tages, wurde ich geschnappt. Wie die meisten von uns irgendwann.

Noch heute können viele Leute nicht verstehen, dass man nie im Voraus wusste, was die Deutschen tun würden. Manchmal erschossen sie alle, manchmal verbrannten sie alle, manchmal erschossen sie nur ein paar, und manchmal schickten sie die Gefangenen in ein Arbeitslager – es war nicht vorherzusagen. Wir wussten damals natürlich nicht genau, was da passierte, aber ich habe später einiges gelesen – es muss tatsächlich ziemlich chaotisch gewesen sein.

Hella wurde erschossen. Einfach so. Sie stellten einige von uns in eine Reihe und erschossen sie. Der Rest – wir mögen vielleicht noch zehn oder zwölf gewesen sein – wurde gezwungen zuzuschauen, dann wurden wir auf einen Lastwagen geladen und zu einem kleinen Lager in der Nähe gebracht. Wir dachten, dass wir dort ebenfalls erschossen würden. Aber stattdessen wurden wir ausgeladen, geschlagen und gezwungen, Gruben zu graben, Gräben, irgendwas in der Art. Es war eine schwere Arbeit, es war kalt, es war Winter. Dann wurde der Geschützlärm lauter, und wir wussten, dass die Front näherrückte. Eines Morgens mussten wir uns aufstellen und losmarschieren, Richtung Westen. Wir wussten, dass dies nicht die Richtung war, in der uns die Befreiung erwartete, deswegen liefen wir natürlich langsam oder versuchten, zu entkommen. Doch die Bewacher waren jetzt sehr nervös und erschossen jeden, der stolperte oder versuchte aus der Reihe zu schlüpfen.

Ich sagte mir, dass ich eigentlich nichts mehr zu verlieren hatte – so dachten wir alle, Rabbi, und ich war erst siebzehn, wie hätte ich glauben können, ein langes Leben vor mir zu haben? –, deshalb nützte ich eines Abends die sich bietende Gelegenheit und schlich mich in die Wälder. Sie sahen mich und schossen. Ich hatte, was man Glück im Unglück nennen könnte, Rabbi. Eine Kugel riss mir ein Stück vom Finger weg, wie Sie sehen können. Mich durchfuhr ein Schmerz, und ich fiel durch den Aufprall der Kugel zu Boden in den Schnee. Ich fasste mir an den Kopf. Da war Blut, viel Blut, und ich nehme an, dass es von Weitem so aussah, als stamme das Blut von einer Wunde am Kopf. Niemand hatte Lust, durch den tiefen Schnee den Abhang hinunterzulaufen und nachzuschauen, also ließen sie mich liegen. Vergeudeten noch nicht mal mehr Munition für mich. Die wurde inzwischen nämlich tatsächlich knapp.

Der kalte Schnee stoppte die Blutung, und später gelang es mir, mit der rechten Hand ein Stück Stoff um die Wunde zu binden, dann blieb ich einfach liegen, unter dem Schnee versteckt, und wartete. Bis ich Lastwagen und Stiefel auf der Straße hörte. Da kam ich heraus, mit erhobenen Händen, und – nun, der Rest ist Geschichte. Ich war gerettet. Ich sagte, dass ich Partisan war und konnte glücklicherweise die Fragen beantworten, die der Kommandant mir stellte. Ich fror, war hungrig, geschwächt und müde. Dann wurde ich in eine Art Feldlazarett gebracht oder was auch immer und hatte ein paar Tage Fieber, aber der Krieg ging weiter, ohne mich. Und später kam ich hierher, ich hatte ja keinen besonderen Ort, wo ich hätte hingehen können.

Vor einiger Zeit ist mir dann plötzlich eingefallen, dass es kein Zeichen der Erinnerung an Hella gibt, nirgendwo auf der Welt. Es gibt keine Dokumente, keine Verwandten und noch nicht mal ein Grab von ihr. Deshalb würde ich gern eine Gedenktafel für sie kaufen. Sie war meine erste Liebe, und sie hat mir geholfen und mich gerettet – ich denke einfach, dass ich ihr das schuldig bin. Aber ich kann das Meiste nicht vorweisen, was das Antragsformular im Gemeindebrief verlangt. Keinen bürgerlichen Namen, keinen hebräischen Namen, keine Daten, nichts. Ich frage mich, was ich tun kann?«

Die Plakette ist mittlerweile angebracht. In der dritten Reihe, es ist die vierte von unten. Auf ihr steht: »Hella. Gestorben 1944.« Nicht mehr und nicht weniger. Aber sie beweist, dass es jemandem wichtig war, dass sie gelebt hat, und dass jemand getrauert hat, als sie starb. Viel mehr kann niemand für sich erwarten.

Und er setzte ihn in den Garten ...*

Mr Kaminski kam ins Krankenhaus, und dann wurde er wieder aus dem Krankenhaus entlassen. Allerdings nicht deshalb, weil er geheilt war, sondern weil man nicht viel tun konnte. Aus diesem Grund sagte ich an einem Nachmittag Anfang November im Büro zu Debbie, dass ich zu ihm fahren würde, um nach ihm zu sehen.

Die Kaminskis besaßen ein ziemlich großes viktorianisches Haus und dazu einen beachtlichen Garten mit großen Lorbeerbüschen und Bäumen entlang der Auffahrt. Es war ein schöner, trockener Herbsttag. Sigi und ich setzten uns in den Wintergarten, seine Frau Masha brachte uns Tee und Kekse mit Vanillecreme, und wir schauten hinaus auf den rückwärtigen Garten. Ein Mann, ihr Gärtner, grub ein paar abgestorbene Pflanzen aus. In einer Ecke brannte ein Feuer,

* Und er setzte ihn in den Garten Eden, dass er ihn bebaute und bearbeitete. Genesis 1,15

blauer Rauch kräuselte sich durch die Büsche hindurch. Blätter und Zweige wurden verbrannt, bevor sie verrotteten. Sogar durch das Fensterglas konnten wir das Prasseln hören.

In solch einer Situation, bei so einem Besuch, weiß man manchmal nicht recht, wie man ein Gespräch anfangen soll, wie man höflich plaudern soll oder welches Eröffnungsgambit am wenigsten offensiv ist. »Was für ein hübscher Garten«, sagte ich und nahm einen Keks. »Arbeiten Sie selbst auch viel im Garten?«

»Nein«, antwortete er und lehnte sich in dem knarrenden Rohrstuhl zurück. »Ich habe Gartenarbeit noch nie gemocht. Dementsprechend wenig Lust hatte ich auch, irgendetwas im Garten zu tun. Es ist wirklich schön, einen Garten zu haben, aber wir haben immer jemanden gehabt, der die notwendigen Arbeiten erledigt.«

Wie viele Mitglieder unserer Gemeinde hatte er einen leichten ausländischen Akzent behalten, aber sein Englisch war perfekt. Nach einer kurzen Pause fuhr er fort: »Vielleicht sollte ich Ihnen erklären, Rabbi, warum ich Gartenarbeit hasse. Schließlich wissen wir beide, dass mein Zustand ziemlich ernst ist und dass die Schmerzmittel mich nicht wieder gesund machen können. Es gibt so viel zu sagen, und es fällt mir so schwer, das alles in Worte zu fassen. Deshalb möchte ich Ihnen eine Frage stellen. Wann haben Sie Ihre Mutter zum letzten Mal gesehen?«

Ich war ziemlich verblüfft, antwortete aber, das sei erst in der letzten Woche gewesen.

»Gut, dann lassen Sie mich Ihnen erzählen, wann ich meine Mutter das letzte Mal sah. Sie, mein Bruder und ich wurden in das gleiche Lager gebracht. Es war, wie ich jetzt weiß, ein ziemlich kleines und unbedeutendes Lager, ein Außenlager, und ich bezweifle, dass sich irgendjemand überhaupt daran erinnert. Aber wir mussten dort arbeiten. Man hatte uns voneinander getrennt, aber einmal sah ich sie durch einen Stacheldrahtzaun und rief ›Mama! Mama!‹ Ich glaubte, sie habe mich gehört, weil sie sich umdrehte, aber ein Wachmann stieß sie weiter, und so sie sah mich nicht.«

Ich nickte und schwieg. Was soll man darauf sagen?

»Und dann«, fuhr er fort, »kam der Februar 1945, und es zeigte sich, dass alle Angst hatten. Irgendwoher wussten wir, dass die Russen kommen würden, und ich war dem Kommando zugeteilt, das am Rand des Lagers Massengräber öffnen musste. Wir mussten die harte, gefrorene Erde aufgraben, die Leichen herauszerren und sie aufeinander häufen. Eine andere Gruppe goss Benzin über die Leichenberge und zündete sie an. Sie sollten verbrennen und die Asche verstreut werden, aber weil kein Wind wehte, mussten wir einen Teil der Asche vergraben. Es war eine schreckliche, schreckliche Arbeit – nicht wegen der Kälte, nicht weil wir alle schon so unterernährt waren, sondern weil wir wussten, was mit uns passieren würde, wenn wir fertig wären. In der zweiten Grube, unter drei Schichten Leichen, sah ich dann meine Mutter wieder. Zum letzten Mal. Ich erkannte sie an ihren Haaren – wir waren nicht alle kahl geschoren, wissen Sie, und gegen Ende des Krieges hatten sie aufgehört, uns zu scheren – und an ihren Ohren und an einer dünnen Halskette aus Zwirn, die meine jüngste Schwester einmal für sie gemacht hatte.«

Er schwieg und schaute hinaus zum Gärtner. Es war still im Wintergarten.

»Sie war eine von Hunderten, nur eine von Hunderten. Das war nicht zu ändern. Ich zog sie heraus und brachte sie zu dem Haufen. Dann ging ich zurück und holte die nächste Leiche. Ich schaute nicht ins Feuer, und ich verbot mir zu weinen. Das knisternde Geräusch, wenn die Knochen verbrannten, und der Geruch nach Benzin und Leichen war überall. Überall.

Irgendwie bin ich davongekommen. Wissen Sie, Rabbi, ich erinnere mich an viele Dinge ganz genau und an andere überhaupt nicht. Es ist seltsam. Ich erinnere mich, dass ich die Stimme meiner Mutter hörte. Sie rief mich. Irgendwie. Sie sagte: Komm zum Rand des Feldes, komm zum Rand des Feldes. Also nahm ich meine Schaufel, suchte mir ein paar Lumpen und ging, als hätte ich eine Arbeit zu erledigen, zum Rand des Feldes. Da war ein Graben, ich sprang hinein und rannte los, immer weiter, an den Rest erinnere ich mich nicht. Aber ich erinnere mich, dass ich am nächsten Morgen ein ganzes Stück entfernt war und dass ich nicht erfroren und noch immer am Leben war. Und tief in mir wusste ich, dass der Rest des Kommandos nicht mehr lebte. Und dann ... nun, da waren Soldaten, und sie waren freundlich, und an die folgenden Wochen erinnere ich mich nur verschwommen. Ich war krank, das weiß ich noch. Sehr krank. Aber ich war ein junger Mann, gerade mal siebzehn, und ich wusste, dass meine Mutter gewollt hätte, dass ich am Leben bleibe, deshalb tat ich alles, um wieder zu Kräften zu kommen. Zu guter Letzt wurde ich nach England gebracht, und hier bin ich immer noch. Ich bin jetzt Großvater, wissen Sie? Meine Enkelin ist zwei Jahre alt. Es hat sich gelohnt, durch diesen Graben zu rennen. Aber seit jenem Tag habe ich nie wieder in der Erde graben wollen, kein einziges Mal, und es fällt mir schwer genug, das Prasseln eines Feuers zu hören, Rabbi, oder den Rauch zu sehen. Sogar wenn ich in den Garten Eden käme, Rabbi, würde ich keine Schaufel anfassen. Aber wir mögen diesen Garten, deshalb habe ich gelernt, mich damit abzufinden.«

Mein Tee war kalt geworden. Der Keks lag aufgeweicht auf dem Unterteller. Ich saß unbeweglich da. Draußen prasselte das Feuer. Neue trockene Ranken ließen es kurz aufflackern.

»Es gibt etwas, was ich Ihnen sagen muss, Rabbi. Oder vielleicht eher etwas, was ich Sie fragen muss. Vor zehn Jahren, nein, elf, bin ich hingefahren. Zu Besuch. Um alles noch einmal zu sehen. Masha hat mich begleitet. Ich hätte es allein nicht ausgehalten. Sie hat auch ihre ganz eigene Geschichte, aber die ist für ein andermal. Nun, ich fuhr also dorthin. Ich war nicht sicher, ob ich es wirklich tun sollte. Ich hatte keine Ahnung, was ich finden würde.«

»Und? Was haben Sie gefunden?«, fragte ich, um das Schweigen zu unterbrechen.

»Nichts. Gar nichts. Kein Zeichen, keine Gedenktafel, nichts, keinerlei Erinnerungszeichen. Sie haben auf dem ganzen Gelände Häuser gebaut, Rabbi, Häuser und eine kleine Fabrik und eine Straße. Erst war ich mir nicht sicher, ob ich den richtigen Ort gefunden hatte, aber ich ging zurück zum Bahnhof und lief die ganze Strecke noch einmal zu Fuß ab. Ich suchte nach irgendwelchen Orientierungspunkten. Es gab einen kleinen Hügel, der war noch da, die Hauptstraße war noch da – aber sonst nichts. Alles andere war verschwunden, als hätte es nie existiert. Das Lager, die Felder, der Graben. Wir hatten ein Auto mit einem Fahrer gemietet. Wir hatten ihm nicht viel gesagt – wir hatten schon von hier aus geregelt, dass er uns am Flughafen abholt –, aber er wusste offensichtlich, dass wir aus einem bestimmten Grund gekommen waren. Als wir ihn aber fragten, ob er das alte Lager kenne, zuckte er bloß mit den Schultern und sagte: ›Was für ein Lager? Hier gab es kein Lager. Sie sollten sich lieber Krakau anschauen.‹

Ich sagte: ›Doch, hier hat es ein Lager gegeben.‹

Aber das war schon alles.

Ich habe mir dann eine Handvoll Erde von dort mitgenommen. In einer Plastiktüte vom Flughafen, die ich bei mir hatte. Es war nur so ein Impuls. Ich habe keine Ahnung, wo das Grab meiner Mutter ist oder wo ihre Asche jetzt ist – aber diese Erde stammt von jenem Ort, wo es geschehen ist. Sie ist alles, was ich habe. Und machen wir uns doch nichts vor, Rabbi, Sie wissen so gut wie ich, dass die Ärzte nichts mehr für mich tun können. Ich bin alt geworden, und ein Teil meines Körpers will sich zur Ruhe legen. Er ist zu müde, um weiterzumachen. Aber wenn ich gehe, möchte ich, dass Sie diese Erde in meinen Sarg legen. Masha weiß, wo die Tüte ist. Werden Sie das erlauben?«

Ich nickte nur. Selbstverständlich. Selbstverständlich. Selbstverständlich.

Ich ließ den Keks liegen. Ich ließ den Tee stehen. Ich verabschiedete mich höflich von Sigi und Masha Kaminski, ich schüttelte ihre blasse, papierene und geäderte Hand und bedankte mich für ihre Gastfreundschaft, dann fuhr ich zurück zum Büro.

Debbie schaute auf und sagte, es gebe zwei wichtige Anrufe für mich.

Sie würden warten müssen. Ich musste erst noch etwas erledigen. Ich schloss die Tür, griff nach dem Hörer und wählte.

»Hallo, Mum?«, sagte ich. »Nein, nein, es ist nichts los, ich wollte nur wissen, wie es dir geht.«

Das Tier in mir

Ich erinnere mich nicht mehr, warum wir es getan haben, aber aus irgendeinem Grund lasen wir in einem Gesprächskreis, der sich um einen religionsübergreifenden Dialog bemühte, den 36. Psalm. Anschließend kam ein Mann zu mir und stellte mir eine Frage.

»Rabbi, was sagt der jüdische Glaube über den Unterschied zwischen Menschen und Tieren? In diesem Psalm, den sie heute gelesen haben, steht, dass Gott Menschen und Tieren hilft.«

Das ist eine interessante Frage und keine leichte, die man einfach so beantworten kann. In der ersten Schöpfungsgeschichte in der Genesis – man darf nicht vergessen, dass wir zwei haben, woraus hervorgeht, dass keine von beiden die volle Wahrheit sagt, etwas, das viele religiöse Fundamentalisten nicht zu verstehen scheinen – steht, dass Gott die Tiere vor den Menschen erschaffen hat. In der zweiten Schöpfungsgeschichte wird erzählt, Gott habe die Menschen nur dazu geschaffen, damit sie den Garten pflegen und über die Tiere herrschen. Einerseits wurden wir alle erschaffen, sind also allesamt Geschöpfe Gottes, andererseits gibt es aber auch eine klare Unterscheidung, eine Hierarchie. Wir würden sagen, dass zwar alle Kreaturen *nefesch* haben – also Leben, Instinkt und Überlebenstrieb, und zwar sowohl individuell als auch als Spezies. Das heißt, wenn es sein muss, leben wir Geschöpfe Gottes auf Kosten anderer, die getötet und verzehrt werden müssen, um unser Überleben zu sichern, dass aber nur der Mensch nach Gottes Ebenbild erschaffen wurde und die Fähigkeit zu abstraktem Denken, zur Sprache, zum Wissen um Gut und Böse hat. Nur Menschen haben eine *neschama*, eine individuelle, persönliche Seele. Nur wir sind unsterblich, nicht jedes Tier, jeder Vogel, jeder Fisch oder jedes Insekt. Nur wir Menschen müssen unser Handeln verantworten.

Ich begann also, die Sache zu erklären, und er lauschte höflich. Es war klar, dass er lange darüber nachgedacht hatte. Manche Leute sind überzeugt, dass ihr geliebter Hund oder die geliebte Katze irgendwo in der kommenden Welt auf sie warten, aber nur wenige würden jede Schnecke und jede Schnake treffen wollen, die sie auf Erden umgebracht haben, oder jede Kuh, von der sie ein Steak gegessen haben, jedes Huhn, von dem sie einen Schenkel verzehrt haben. Darin liegt der Grundwiderspruch. Wie kann jemand glauben, dass Tiere auch eine Seele haben, und zugleich Fleisch essen? Die Buddhisten nähmen solche Vorstellungen tatsächlich sehr ernst, erklärte ich, und stellten alles Leben auf die gleiche Stufe. Das Leben eines Tieres sei ihnen ebenso wichtig wie das eines Menschen, während Gott den Juden in der alten Zeit lediglich befohlen hatte, kein menschliches Wesen zu opfern – obwohl Menschen immer wieder im Krieg getötet wurden. Gewisse Tiere sollten die Juden nach Gottes Willen aber töten und opfern und sie auch essen. Es ist ein religiöses Gebot, an Pessach ein Lamm zu töten und zu essen. Das macht deutlich, dass Gott die Tiere unter die Menschen stellt. Noah hat einige Tiere gerettet, aber nicht nur, um sie zu bewahren, eher damit er sie hinterher schlachten und essen konnte.

Es entwickelte sich ein interessantes Gespräch, wie es gelegentlich bei einer Begegnung mit einem gebildeten und geistig offenen Partner entstehen kann. (Leider sind die anderen Arten von Gespräch viel häufiger, nämlich Debatten mit den Naiven und Überzeugten, oder wenn man Leuten etwas Offensichtliches erklären muss, zum Beispiel fragte mich einmal eine Dame, ob auch wir Juden eine Bibel hätten.)

»Hat der Mensch nicht außerordentliches Glück«, sagte der Mann, »dass Gott viele Geschöpfe so dumm erschaffen hat, so gefügig, so ergeben und so nützlich für uns? Sie stehen nur da und essen Gras und versorgen uns mit nahrhafter Milch oder mit Fleisch von ihrem eigenen Körper. Sie picken und kratzen und lassen uns ihre ungeborenen Kinder nehmen, ihre Eier, Tag um Tag, und sie beklagen sich nicht, sondern legen jeden Tag aufs Neue Eier. Oder sie lassen zu, dass wir ihnen ihre Kinder wegnehmen, sie umbringen und essen, und fressen einfach weiter Gras, bis wir kommen und ihnen die Wolle von der Haut scheren und die Tiere dann später ebenfalls essen. Sie ziehen unsere Fahrzeuge oder pflügen für uns, und sie sind glücklich, wenn sie gelegentlich mit etwas gefüttert werden, das von selbst wächst und lediglich von uns abgeschnitten werden muss. Wie könnten wir existieren ohne diese Kreaturen? Sie sind Nutztiere. Und wir unterscheiden uns von ihnen, nicht wahr?«

»Das will ich doch hoffen«, sagte ich. »Natürlich stehen wir irgendwo zwischen Engeln und Tieren. Wir sind nicht wirklich Engel, und doch sollten wir nicht so sein wie Tiere. Jedenfalls gibt es eine reiche Vielfalt von Tieren. In allen Formen und Größen und Farben. Sie sehen es ja im Zoo!«

Nein, sagte er, er wolle *nicht* in den Zoo gehen. Es verblüffte mich, wie er es formulierte. Er habe nie ein Interesse gehabt, sagte er, noch einmal einen Zoo zu sehen.

Das war ungewöhnlich, deshalb fragte ich: »Warum denn nicht?«

»Es kam so«, sagte er. »Als ich ein kleiner Junge war, herrschte hier in Deutschland Krieg. Mein Vater war natürlich die meiste Zeit weit weg. An der Front. Und irgendwann kam er nicht mehr zurück. Eines Tages ging meine Mutter mit mir in den Zoo. Ich erinnere mich noch ganz genau. Es war ein Sonntag, und meine Mutter arbeitete an diesem Tag nicht. Wir fuhren mit der Straßenbahn. Es war ein großes Abenteuer für mich. Wir mussten uns in einer Schlange anstellen und gingen durch ein großes Tor. Ich sehe das Tor noch immer vor mir.«

Er machte eine Pause, dann fuhr er fort: »Es war nicht so wie heute, wenn Kinder in den Zoo gehen, nehme ich an. Ich glaube, dass einige Tiere weggebracht worden waren, und es gab auch keine Stände mit Eis oder bunten Postkarten. Aber für mich, einen kleinen Jungen, war alles neu und aufregend. Vergessen Sie nicht: wir waren nicht wohlhabend oder so. Ich erinnere mich an einen Bären und ein paar Löwen und daran, dass ich mich fest an die Hand meiner Mutter klammerte, denn damals hatte ich schon von Löwen gehört, die unartige Kinder auffressen.

Und dann gingen wir um eine Ecke und sahen einen großen Käfigbereich vor uns liegen. Ich nehme an, diese Käfige waren ursprünglich für große Tierarten eingerichtet worden, vielleicht für Großkatzen, wer weiß? Für mich ist es eine jener Erinnerungen, die man klar vor sich sieht, die man aber nicht einordnen kann. In einem der Käfige waren nämlich Menschen. Richtige Menschen. Und davor standen Kinder, die sie betrachteten, auch Erwachsene. Wir schlossen uns dieser Gruppe an, weil wir sehen wollten, was los war. Ich weiß nicht, vielleicht dachte meine Mutter, es wäre Fütterungszeit, oder sie würden einen Käfig reinigen, und das wäre doch interessant. Jedenfalls zog sie mich dorthin, zu der Gruppe, um in diesen Käfig zu schauen.

Sie war schockiert. Sie keuchte oder schnappte nach Luft, ich erinnere mich, dass sie etwas Schlimmes zu einem der Menschen sagte, die da herumschrien, und es gab ein bisschen Streit. Dann zog sie mich fort. Wir waren nicht lange im Zoo, und danach lief sie schnell und brachte mich nach Hause, und ich erinnere mich, dass ich weinte und schrie, weil ich noch die Pinguine sehen wollte. Sie hatte mir nämlich versprochen, dass sie mir die Pinguine zeigen würde; wir hatten extra auf der großen Tafel am Tor nachgeschaut, wo sie waren, und jetzt würde ich sie nicht sehen! Zu Hause hatte ich sogar ein Bild von einem mutigen Forscher am Südpol mit Pinguinen. Keine Pinguine! Ich hatte sie nicht gesehen und war furchtbar enttäuscht. Vermutlich habe ich in der Straßenbahn einen Wutanfall bekommen oder mich ekelhaft benommen. Wie Kinder das eben tun. Sie schnauzte mich an, was sie sonst selten tat, sogar wenn sie unter Druck stand, und es war ja Krieg, die Leute waren oft unter Druck. Sehr oft.«

Er schwieg eine Weile, blickte in Gedanken zurück. Dann schüttelte er sich wie ein nasser Hund, als wolle er unangenehme Gefühle abschütteln. »In jenem Käfig«, sagte er, »waren Menschen. Ich erinnere mich sogar, wie sie aussahen. Es waren sechs oder sieben Männer, eine kleine Gruppe. Sie hatten gestreifte Schlafanzüge an, ein bisschen wie mein eigener. Sie sahen müde und schmutzig und hungrig aus. Sie saßen da, an die Käfigwand gelehnt, alle außer einem. Der eine stand am Gitter und blickte hinaus auf die Leute, die zu ihnen hereinschauten. Sie waren – ich lernte das Wort erst später kennen – Zwangsarbeiter. Vermutlich von irgendwoher aus dem Osten. Weil so viele Männer bei der Armee waren, brauchte der Zoo vermutlich Arbeiter zum Füttern und Reinigen der Käfige und für alles, was sonst noch nötig war. Für die schwere Arbeit hatte man dem Zoo wohl ein paar Zwangsarbeiter zugeteilt. Ich nehme an, sie wurden einfach in Käfigen untergebracht.

Aber ich habe dieses Bild noch immer vor Augen. Jener Mann an den Gitterstäben, der zu uns herausstarrte, während wir hineinstarrten. Seither hatte ich nie wieder Lust, einen Ort zu besuchen, wo Geschöpfe hinter Gittern gehalten werden, auch wenn das zur Folge hatte, dass ich nie Pinguine gesehen habe.«

Wieder entstand eine Pause.

Es gab auch nicht viel, was ich auf seine Worte hätte sagen können.

»Und deshalb frage ich mich, ob Gott wirklich Menschen und Tieren gleichermaßen hilft. Denn ich habe als kleiner Junge gelernt, dass es Menschen gibt, die andere Menschen wie Tiere behandeln. Buchstäblich. Menschen, die andere Menschen in Käfigen halten. Und dass es andere gibt, die draußen stehen und sie betrachten und auslachen und mit Gegenständen bewerfen. Und obwohl ich zu jung war, um es wirklich zu verstehen, wusste ich irgendwie, dass diejenigen, die Menschen wie Tiere behandeln, diese auch wie Tiere umbringen können. Das macht keinen Unterschied mehr. Aber wie konnte das sein, fragte ich mich damals, wenn doch Gott selbst einen Unterschied gemacht hat?«

Die Schwachheit und Dummheit und Grausamkeit der Menschheit hatte sich wieder einmal manifestiert. Geschichten wie diese werden sich wohl immer wieder ereignen.

»Schließlich habe ich doch noch Pinguine gesehen«, erzählte der Mann nach einer weiteren Pause. »Keine wirklichen, nur in einem Film. Sie leben, wie ich erfuhr, in einer Welt, in der alles weiß und sauber und rein ist. So stelle ich mir seither den Himmel vor. Weiß. Sauber. Rein. Als einen weiten, offenen Platz. Im Himmel gibt es nur Pinguine. Und – weit und breit ist kein menschliches Wesen in Sicht.«

Nachwort

Ich wuchs in einer kleinen jüdischen Gemeinde in Nordengland auf; fast jeder dort sprach Englisch mit einem schweren »mitteleuropäischen« Akzent, und die Leute hatten Namen, die sich von denen meiner englischen Mitschüler unterschieden. Es war, kurz gesagt, eine Exilgemeinde, obwohl ich damals noch nicht verstand, was das bedeutete: Flüchtlinge, Überlebende, die noch einmal von Neuem anfangen mussten, aber ihre Vergangenheit und ihre Erinnerungen mit sich herumschleppten.

Später, nachdem ich studiert hatte und Rabbiner geworden war, arbeitete ich mit genau solchen Menschen, nur waren sie natürlich inzwischen ein paar Jahre älter. Sie gehörten zur Generation meiner Eltern. Daneben hatte ich mit englischen Juden zu tun, die nicht ins Exil hatten fliehen müssen, sich aber dennoch als Minderheit fühlten, und mit Nichtjuden, die mit dem Gedanken spielten, zum Judentum überzutreten, sowie mit Nichtjuden, die einfach das Gefühl hatten, ein Rabbiner könne vielleicht ihre Fragen ebenso gut beantworten wie ein Priester.

Später führte mich mein beruflicher Werdegang nach Mitteleuropa und in die Karibik, dann zurück nach Europa. Hier hatte ich viel mit Menschen zu tun, die einst ins Exil gegangen und irgendwann zurückgekehrt waren – zumindest physisch führten sie ihr Leben seitdem in ihren Geburtsländern fort, obwohl sich diese grundlegend geändert hatten.

Es gab auch Menschen, die gewisse schlimme Ereignisse der Vergangenheit noch selbst durchlebt hatten oder indirekt davon betroffen gewesen waren. Übrigens besteht der Unterschied zwischen Mahnmalen in England und Mahnmalen in Europa darin, dass sich in England die Mahnmale auf Menschen beziehen, die weggegangen sind, die gekämpft haben und *in der Ferne* getötet wurden, während in Europa die Gedenktafeln, die Statuen und Mahnmale jenen gelten, die *in ihrer Heimat* gestorben sind.

Bei meiner Arbeit als Rabbi sprach ich mit vielen Menschen, auch mit anderen Rabbinern, mit Ärzten und Rechtsanwälten und hörte viele ihrer Geschichten. Einige dieser Geschichten blieben in mir haften, wuchsen in mir weiter, ängstigten mich, hielten mich nachts wach ... Ich erfuhr auch von vielen seltsamen Dingen, die geschehen waren, obwohl sie eigentlich nicht hätten geschehen können oder dürfen, von Zufällen, die mehr sein mussten als nur Zufälle. Ich hörte Stimmen, die nicht da waren, und sah Dinge, die noch nicht geschehen waren. Und als Rabbi hatte ich gelernt, immer hinter eine Geschichte zu blicken, darauf zu achten, was sich zwischen den Buchstaben und den Zeilen verbirgt ... eine andere Dimension wahrzunehmen, wie der Prophet Elias empfindsam zu sein für die leisen, inneren Stimmen.

So kam es, dass diese Geschichten geschrieben wurden. Sie sind alle »wahr«, obwohl ich sie erfunden habe. Manche sind reine Fiktion, während andere sich auf Ereignisse in meinem eigenen Berufsleben oder dem meiner Kollegen beziehen – in diesen Fällen wurden Details so verändert, dass keiner, der diese Geschichten liest, die Menschen dahinter erkennen kann und keiner das Gefühl bekommt, seine persönliche Geschichte sei missbraucht worden.

Aber jeder, der längere Zeit mit Menschen gearbeitet hat, wird wissen, dass manche Geschichten, die man erfährt, so absurd klingen, dass sie völlig unglaubwürdig scheinen – dass sie jedoch trotzdem wahr sein können. Und jeder, der in einer jüdischen Gemeinde gearbeitet hat, kennt die verschiedenen Formen von Schuld und Unterlassung, die Sprünge und die Auslassungen in den Lebensgeschichten, die Veränderung von Namen und Identitäten, die inneren Konflikte, die auf der gemeindlichen Ebene ausgespielt werden. Die Geheimnisse, die nie gelöst werden. Die Konflikte, die nie zur Ruhe kommen. Einige von ihnen werden hier beschrieben.

Aber der Rest ist Fantasie. Muss es sein. Oder ...

Rabbiner Walter Rothschild
Berlin, 2003–2007

Glossar

Alejnu: (hebr.) »Uns obliegt es (zu preisen ...)«. Beginn eines Hymnus, der an die Einzigkeit Gottes und die Auserwähltheit Israels die Zuversicht knüpft, dass Gottes Reich auf Erden bald kommt. Die Formel *»Alejnu«* ist der Abschluss des Morgen- und Abendgebetes.

Amida: (hebr.: »Stehen«) Das Achtzehngebet bildet den Mittelpunkt jeden Gottesdienstes. Da dieses Gebet stets stehend gesprochen wird, bezeichnet man es auch oft als die *Amida*.

Ani ma'amin: (hebr.: »Ich glaube«) Die 13 Glaubensartikel des Rabbiners Maimonides, formuliert um das Jahr 1200. Vorausgegangen war der Wunsch, dass auch das Judentum, ähnlich wie andere Religionen, ein allgemein anerkanntes Glaubensbekenntnis besäße – auf welches man sich dann, in Diskussionen mit Anhängern des Islam und des Christentums, berufen konnte. Jeder Satz beginnt mit *»Ani ma'amin b'emuna schlema...* Ich glaube mit ganzem Glauben ...«

Aufruf zur Tora: (von hebr. Alija: »Aufstieg«). Man wird in der Synagoge zum Lesen eines Toraabschnittes aufgerufen. Da die Tora meist von einem erhöhten Platz aus gelesen wird, spricht man davon, dass man zum Vorlesen der Tora hinaufsteigt.

Bar Mizwa: (hebr.: »Sohn des Gesetzes, Sohn des Gebotes«) Bezeichnung einerseits für den religionsmündigen jüdischen Jugendlichen, andererseits auch für den Tag, an dem er diese Religionsmündigkeit erwirbt, und für die oft damit verbundene Feier. Bei diesem Ritus wird der Junge in die Gemeinde aufgenommen. Bar Mizwa – religionsmündig – wird ein Jude automatisch an seinem 13. Geburtstag. Meist wird die Aufnahme am Schabbat nach dem 13. Geburtstag gefeiert.

Bima: (hebr.: »Bühne«) das Lesepult bzw. der Platz des Lesepults für die Tora in einer Synagoge. Die zentrale Position der Bima im Raum wurde um die Mitte des 19. Jahrhunderts zum Kennzeichen orthodoxer Synagogen, wohingegen liberale jüdische Gemeinden die Bima manchmal auch im vorderen Teil der Synagode platziert haben.

Brachot: (hebr.: »Segenssprüche«; Sing.: *Bracha*) Die Segenssprüche erinnern den gläubigen Juden an die Existenz Gottes und an dessen Güte und ermöglichen dem Gläubigen, sich bei Gott zu bedanken. Zu jeder Lebenslage gibt es eine Bracha, etwa nach dem Essen, morgens beim Aufstehen oder wenn man einem Unglück entkommen ist.

Cheder: (hebr.: »Zimmer«) Die Bezeichnung für die traditionellen, religiös geprägten Schulen, wie sie im westeuropäischen Judentum bis zum Ende des 18. Jahrhunderts und im osteuropäischen Judentum bis zum Holocaust üblich waren. Der Cheder-Unterricht fand oft im Haus des Lehrers statt, der von der jüdischen Gemeinde bzw. einer Gruppe von Eltern finanziert wurde. Diese Form der Erziehung war in der Regel nur Jungen zugänglich; Mädchen lernten meist nebenher bei ihren Müttern. Die Jungen traten mit etwa drei Jahren in den Cheder ein. Sie erlernten zunächst das hebräische Alphabet und die hebräische Sprache. Auf dieser Grundlage studierten sie dann die Tora und den Talmud. Gegenseitiges Vorlesen und Auswendiglernen waren die vorherrschenden Lernformen im Cheder.

Chuppa: (hebr.: »Baldachin«) Der Traubaldachin bei einer jüdischen Hochzeitsfeier. Die Chuppa symbolisiert das »Dach über dem Kopf« und besagt, dass hier ein Hausstand gegründet wird. In vier Richtungen geöffnet, soll die Chuppa an das Haus des jüdischen Vorvaters Abraham erinnern, das eine Tür auf jeder der vier Seiten hatte, damit Gäste immer freundlich empfangen werden konnten. Unter der Chuppa umkreist die Braut den

Bräutigam siebenmal. Dies soll an die behütende Rolle der Frau, die das ganze Haus durch Liebe und Verständnis beschützt, erinnern. Anschließend wird der Wein gesegnet und werden Lobpreisungen gesprochen. Die Brautleute trinken den Wein – gemeinsam unter der Chuppa, damit sie auch im künftigen Leben Freude und Leid miteinander teilen. Zur Trauungszeremonie gehört das Zerbrechen eines Glases, ein heute noch allgemein üblicher Brauch.

chuzpe: (jidd.: »Frechheit, Dreistigkeit, Unverschämtheit«) eine Mischung aus zielgerichteter, intelligenter Unverschämtheit, charmanter Penetranz und unwiderstehlicher Dreistigkeit. Im Hebräischen (*Chuzpa*) enthält der Begriff eine negative Bewertung für jemanden, der die Grenzen der Höflichkeit aus egoistischen Motiven überschreitet. Im Jiddischen und in den meisten europäischen Sprachen schwingt Anerkennung für eine Form sozialer Unerschrockenheit mit. Hier spricht man insbesondere von Chuzpe, wenn jemand in einer eigentlich verfahrenen Situation mit Dreistigkeit noch etwas für sich herauszuschlagen versucht.

Dibbuk: (hebr.: »Anhaftung«) Ein Dibbuk ist nach jüdischem Volksglauben die Seele eines ehemals bösartigen oder verbohrten Toten. Diese Seele kann sich aufgrund ihrer Verfehlungen nicht von der irdischen Existenz trennen und sucht nach einem lebenden Körper, in den sie einfahren kann. Die Auswirkungen des Dibbuks entsprechen demnach der Besessenheit, was sich auch in seinem Namen widerspiegelt, der so viel wie »Umklammerer« oder »Anhafter« bedeutet. Ein Dibbuk ähnelt den Dämonen und Geistern, die in der katholischen Kirche beim Exorzismus ausgetrieben werden. Es wird angenommen, dass eine Seele, die zu Lebzeiten ihre Funktion nicht erfüllen konnte, als Dibbuk eine zweite Chance bekommt. Dieser Glaube ist etwa seit dem 17. Jahrhundert in der kabbalistischen Literatur belegt. Der Dibbuk wird durch einen Zaddik (hebr.: »Gerechter«) sowie zehn weitere Mitglieder der Gemeinschaft (Minjan), welche ins Totenhemd gekleidet sind, ausgetrieben.

Elias: (von hebr.: Elijahu) ein biblischer Prophet, der in der Zeit der Könige Ahab und Ahasja im 2. Viertel des 9. Jahrhunderts v. Chr. im Nordreich Israel wirkte. Sein Name bedeutet »Mein Gott ist der Herr«.

Gebetsmantel: (hebr.: Tallit; jidd.: *tallis*) Der Gebetsmantel ist ein jüdischer ritueller Gegenstand, ein viereckiges Tuch aus Wolle, Baumwolle oder Seide, meistens weiß oder cremefarben. Oft ist der Tallit mit schwarzen oder blauen Streifen verziert. An jeder der vier Ecken befindet sich ein Strang aus vier geknoteten Fäden, den »Schaufäden«. Dies ist eine wörtliche Erfüllung des Gebotes aus 4. Moses 15, 37–41. Dort heißt es, man solle an den vier Ecken des Gewandes Quasten anbringen und sich jedes Mal, wenn man diese sehe, an die Gebote Gottes erinnern, sodass man sie auch erfülle. In der Neuzeit wird der Tallit von erwachsenen Juden (ab 13) nur beim Morgengebet getragen. Dies gilt sowohl für Gebete in der Synagoge als auch für das private Gebet.

Gojim: (hebr.: »die Völker«). Das Wort wird als Bezeichnung für Nichtjuden verwendet.

Haftara: (hebr.: »Abschluss«) Die Haftara ist die öffentliche Lesung aus den Prophetenbüchern an jüdischen Feiertagen und am Schabbat-Morgen.

Hesped: (hebr.: »Trauer- und Gedächtnisrede«) Die Leichenrede bei der Beerdigung eines Juden.

Jad: (hebr.: »Hand«) Ein Zeigestab zum Deuten der Textzeilen bei der Toralesung. Die auch als Torafinger oder Torazeiger bezeichnete Jad besteht aus einem meist silbernen Stab, an dessen vorderem Ende eine kleine Hand mit ausgestrecktem Zeigefinger befestigt ist. Sie soll vor allem vermeiden, dass die teils jahrhundertealten, handgeschriebenen Schriftrollen mit den Händen berührt und damit verschmutzt oder beschädigt werden, da die Torarolle als heilig gilt.

jorzajt: (jidd.: »Jahrzeit«) Eine Jahrzeit bezeichnet das rituelle Begehen des Todestages. Jahrzeiten werden nach dem jüdischen Kalender berechnet. Über das Jiddische ist der deutsche Begriff bei allen Aschkenasim (den osteuropäischen Juden) üblich geworden, auch bei solchen, die im Alltag weder Deutsch noch Jiddisch sprechen. Zur Feier der Jahrzeit gehört das Sprechen des Kaddisch, der Besuch des Grabes sowie das Anzünden einer Kerze, die für 24 Stunden brennt (Jahrzeit-Licht).

Kabbala: Die Bezeichnung geht auf den hebräischen Wortstamm k-b-l zurück und bedeutet »Überlieferung, Übernahme und Weiterleitung«. Die Kabbala ist die mystische Tradition des Judentums. Ihre Wurzeln finden sich in der Tora, aber auch in gnostischen, neuplatonischen und christlichen Überlieferungen. Die Basis kabbalistischer Traditionen ist die Suche nach der Erfahrung einer unmittelbaren Beziehung zu Gott.

Kaddisch: (hebr.: »Heiligung«) Das Kaddisch ist ein Heiligungsgebet (von kadosch = heilig), es wird unter anderem zum Totengedenken gesprochen. Im Anschluss an einen Todesfall in der engeren Familie wird es vom nächsten männlichen Angehörigen 11 Monate lang täglich gesprochen. Am Jahrestag eines Todesfalles wird es noch einmal gesprochen. Damit endet diese Form ritualisierter Trauer. Eine Besonderheit des Kaddischs ist, dass es nur gesprochen werden darf, wenn ein Minjan (d.h. zehn erwachsene Juden) anwesend ist. Diese antworten an bestimmten Stellen des Kaddischs mit *»amen«*. Das Gebet ist im Wesentlichen eine Lobpreisung Gottes. Obwohl sich mit der Zeit Assoziationen mit Tod und Trauer entwickelt haben, kommen diese Begriffe nicht selbst im Gebet vor.

Kiddusch: (hebr.: »Segen« oder »Heiligung«) Am Schabbat und anderen jüdischen Feiertagen wird ein besonderer Segensspruch über einen Becher Wein (Kidduschbecher) gesprochen, um die Heiligkeit des Tages hervorzuheben. Dieser Segensspruch wird als Kiddusch bezeichnet. Anschließend isst und trinkt man miteinander.

Kippa: (hebr.: »Kopfbedeckung«) Die Kippa ist eine Kopfbedeckung des jüdischen Mannes, die er trägt, wenn er seine Religion praktiziert. Dabei handelt es sich um ein kleines kreisförmiges, teilweise reich verziertes Stück Stoff oder Leder, das den Hinterkopf bedeckt und manchmal mit einer Metallklammer an den Haaren befestigt ist. Üblich ist die Kippa für Männer beim Gebet, beim Synagogenbesuch oder auf jüdischen Friedhöfen; orthodoxe Juden tragen sie auch im Alltag.

Maggid: (hebr.: »Sprecher, Erzähler, Künder«) Jüdischer Wanderprediger. Maggidim wirkten im 16. bis 19. Jahrhundert. Der Maggid fungierte auch als rabbinischer Richter.

Mi scheberach: (hebr.: »Er, der gesegnet hat«) Der Anfang eines jüdischen Gebets, das am Schabbat in der Synagoge vorgetragen wird.

Morgengebet: Juden sind verpflichtet, dreimal am Tag zu beten. Dabei sind die Zeiten für die einzelnen Gebete genau festgelegt. Morgens direkt nach Sonnenaufgang ist das Morgengebet (Schacharit) zu beten. Wesentliche Teile dieses Gebets sind das Sch'ma Israel und die Amida.

mozej schabbes: (jidd.: »Schabbatausgang«) Die strengen Regeln, die während des Schabbats eingehalten werden (keine Arbeit, kein Feuer anzünden, kein Auto fahren), werden bei Schabbatausgang hinfällig. Der Feiertag ist vorbei, und der Alltag kehrt wieder ein.

Nefesch: (hebr.: »Atem« oder »Wesen«) Als Gott Adam den Lebensatem einblies, machte er ihn zu einem lebendigen Wesen *(nefesch)*. Außerdem meint *nefesch* auch den Atem, die Lebenskraft, die den Menschen im Moment des Sterbens verlässt.

Neschama: (hebr.: »Seele«) Das göttliche Wesen, das jeder Mensch in sich trägt, solange er lebt. Beim Tod trennt sich die Seele vom Körper.

omejn: (jidd.: »Amen«) Eine ungefähre Übersetzung von »Amen« ist »So ist es«, »So sei es« oder »So soll es geschehen«; es stammt von der hebräischen Verbwurzel A, M, N mit der Grundbedeutung »fest, zuverlässig sein«. »Amen« ist eine aus dem Alten Testament ins Neue Testament übernommene Akklamationsformel in der Liturgie. Später wurde es auch in den Islam übernommen, somit ist das Wort in den Gottesdiensten und Gebeten von Juden, Christen und Muslimen üblich. Amen drückt die Zustimmung der Gemeinde und ihrer Mitglieder zu Rede, Gebet und Segen aus und wird meist zum Ende des entsprechenden Liturgieteils gemeinsam gesprochen.

Parnassim: (Pl. von Parnass; hebr.: »Verpfleger, Versorger«) Bezeichnung für den Vorsteher der jüdischen Gemeinde. Der Parnass war früher religiöser Führer und Verwalter der Gemeinden in einer Person. Seit dem 16. Jahrhundert verblieb nur die Verwaltung bei dem Parnass oder bei einem Kollegium von Parnassim.

Pessach: (hebr.: »Überschreitungsfest«) Pessach erinnert an den Auszug aus Ägypten, also die Befreiung der Israeliten aus der dortigen Sklaverei, mit der sie nach der Bibel als eigenes, von Gott erwähltes Volk in die Geschichte eintraten. Die Nacherzählung dieses Ereignisses (Haggada) verbindet jede neue Generation der Juden mit ihrer Ursprungsgeschichte. Das Pessach-Fest wird in der Woche vom 15. bis 22. Nisan als Familienfest mit verschiedenen Riten gefeiert, darunter dem Seder und dem einwöchigen Verzehr von Matzen. Deshalb heißt es auch »Fest der ungesäuerten Brote«.

Purim: ein Fest, das am 14. des Monats Adar (Februar/März) des Jüdischen Kalenders gefeiert wird. Es erinnert an die Errettung des jüdischen Volkes aus drohender Gefahr in der persischen Diaspora. Nach dem Buch Ester versuchte Haman, der höchste Regierungsbeamte des persischen Königs, die gesamten Juden im Perserreich innerhalb eines Tages auszurotten. Königin Ester führt durch Fasten und Gebet jedoch die Rettung herbei. – In der Synagoge wird aus diesem Anlass ein Gottesdienst gefeiert, bei dem es meist nicht übermäßig ernst zugeht; der ganze Ablauf zielt auf das Zelebrieren der Freude. Dabei wird auch die Festrolle des Buches Ester vorgelesen. Immer, wenn der Name Haman fällt, soll von den anwesenden Kindern so viel Krach wie möglich mit Tuten und Rasseln gemacht werden. Im Mittelpunkt des Festes stehen das Verkleiden mit bunten Kostümen und das Veranstalten von Umzügen. Die Stimmung ist ausgelassen. Es werden Geschenke ausgetauscht und große Mengen (vor allem süßer) Festspeisen – wie mit Mohn, Nüssen oder Schokolade gefüllte Hamantaschen – verzehrt.

Reb, Rebbe: (jidd.: Rabbiner«) Alltagssprachliche Bezeichnung und Anrede des Rabbiners.

Schabbat: (hebr.: »Ruhetag, Ruhepause«) Nach dem Schöpfungsbericht der Tora ist der siebte Wochentag von Gott gesegnet und geheiligt (Gen 2,2 f.). Der Schabbat beginnt am Freitagabend und endet am Samstagabend, er wird von den Juden als Feiertag begangen und erinnert an das Ruhen Gottes am siebten Tag der Schöpfungswoche. Bis heute wird aufgrund des Talmuds bestimmt, welche Tätigkeiten als »Arbeit« anzusehen und deshalb am Schabbat nicht erlaubt sind. So ist es zum Beispiel verboten, Feuer anzuzünden, eine Arbeit zu verrichten, für die irgendein Werkzeug gebraucht wird, oder zu schreiben. Es ist außerdem verboten, am Schabbat etwas zu kaufen oder zu verkaufen oder Geld auch nur zu berühren. Als Arbeiten, die am Schabbat nicht getan werden sollen, gelten im Talmud alle Tätigkeiten, die mit der Erwerbsarbeit oder mit Geldverdienen zu tun haben. Liberale Juden schreiben also am Schabbat, wenn es zur Freizeitgestaltung gehört, aber nicht beruflich. Sie benutzen auch das Auto oder die Bahn nicht, um zum Gottesdienst zu fahren. Auch liberale Juden tätigen am Schabbat, soweit das möglich ist, keine Einkäufe.

Schabbat *sochor:* (herbr.) Der Schabbat vor Purim. Der Schabbat vor Purim wird »Schabbat Zachor« genannt, an welchem man den Tora-Abschnitt »Sochor« verliest. Hierbei geht es um die ewige Erinnerung an das, was der Enkel Esaus, Amalek, den Juden in der Zeit Moses antat.

schabbes: (jidd.) siehe Schabbat

schabbes socher: (jidd.) siehe Schabbat *sochor*

schadchen: (jidd.: »Heiratsvermittler, Brautwerber, Kuppler«) Das Wort stammt vom hebr. Verb *le'schadech:* eine Ehe vermitteln. Schidduch (hebr.: »Heiratsvermittlung«) ist eine Dienstleistung, die heiratswilligen jüdischen Männern und Frauen einen geeigneten Partner für die beabsichtigte Eheschließung vermittelt.

schammes: (jidd.: »Synagogendiener«; von hebr.: Schamasch: »Diener«) Ein Schammes erfüllt die unterste Funktion in der Synagogenhierarchie. Daher wird der Begriff allgemein abwertend im Sinne von »Laufbursche« gebraucht. Seine Aufgaben entsprechen denen eines Messdieners.

Schidduch: siehe *schadchen*

Sch'ma Israel: (hebr.: »höre«) Das Sch'ma Israel (kurz: Sch'ma) und die folgenden Bibelverse sind das zentrale Glaubensbekenntnis des Judentums. Es beinhaltet das Bekenntnis zur Einheit und Einzigkeit Gottes sowie mehrere zentrale Gebote des Judentums: das tägliche Beten des Sch'ma Israel selbst; das Anlegen der Tefillin (»Gebetsriemen«); die Zizit (»Schaufäden«); die Mesusot (Kapseln an den Türstöcken); die Weitergabe der Gebote an die nächste Generation. Der Anfang dieses zentralen Textes lautet: »Höre, Israel: Der Herr ist dein einziger Gott. Und du sollst deinen Gott lieben, von ganzem Herzen, mit ganzer Seele und allen deinen Kräften – und deinen Nächsten wie dich selbst.«

schtetl: (jidd.: »Städtchen, Städtlein«) *Schtetl* ist die Bezeichnung für Siedlungen mit relativ hohem jüdischem Bevölkerungsanteil im Siedlungsbereich der Juden in Osteuropa vor dem Zweiten Weltkrieg. Meist handelte es sich um Dörfer oder Kleinstädte, manchmal auch um Stadtteile, in denen zwischen 1000 und 20 000 Juden lebten. Größere jüdisch geprägte Städte wie Lemberg oder Czernowitz wurden indes als *schtot* bezeichnet. Geografischer Verbreitungsschwerpunkt der *schtetlech* waren Ostpolen, vor allem Galizien, aber auch die Ukraine, Weißrussland und Litauen. Anders als in den Großstädten waren die jüdischen Bewohner in den *schtetlech* geduldet, trotz antisemitischer Ausschreitungen und Pogromen.

schul: (jidd.: »Synagoge«) Eine *schul* ist ein jüdisches Versammlungs- und Gotteshaus für Gebet, Schriftstudium und Unterweisung. Mit zehn männlichen Betern (dem Minjan) kann sich eine Gemeinde konstituieren.

Segenssprüche: siehe Brachot

Siddur: (von hebr. seder: »Ordnung«) Bezeichnung für das jüdische Gebetbuch für den Alltag und den Schabbat. Dagegen ist Machsor ein Gebetbuch für Feiertage. Der Siddur enthält das Morgen-, Nachmittags- und Abendgebet sowie Segenssprüche für verschiedene Anlässe in der Synagoge oder zu Hause (Aufruf zur Toralesung, Anlegen des Talit, Kiddusch, Beginn einer Reise usw.).

Sidra: (von hebr: seder: »Ordnung«) Die Bezeichnung des in der Synagoge zu lesenden Wochenabschnittes der Tora.

tallis: (jidd.) siehe Gebetsmantel

Talmud: (hebr.: »Belehrung, Studium«) Der Talmud ist nach der Bibel das bedeutendste Schriftwerk des Judentums. Er ist sehr viel umfangreicher als die Bibel; vollständige Ausgaben kommen auf fast 10 000 Seiten in einem Dutzend Bänden. Es gibt verschiedene Traditionen des Talmud. Der Talmud liegt in zwei großen Ausgaben vor. Nach Umfang und inhaltlichem Gewicht ist der Babylonische Talmud das bedeutendere Werk. Er entstand in den relativ großen, geschlossenen jüdischen Siedlungsgebieten, die nach der Zerstörung Jerusalems durch die Römer im judenfreundlicheren Perserreich existierten. Daneben steht die erheblich kürzere, in ihren Bestimmungen oft weniger strenge Version, die in Palästina entstand und daher der Jerusalemer Talmud genannt wird. Wenn einfach vom Talmud gesprochen wird, ist in der Regel der Babylonische Talmud gemeint.

Tora: (hebr.: »Lehre, Belehrung, Unterricht, Anweisung, Gesetz«) Die Tora ist zugleich der erste und wichtigste Teil der Bibel. Darin sind insgesamt 613 Tora-Gebote enthalten. Die Tora umfasst die fünf Bücher Mose. In einer weiteren Bedeutung bezeichnet Tora als pars pro toto die gesamte jüdische Bibel (Tanach), also die Tora im engeren Sinne, die Prophetenbücher und die Ketubim (Schriften).